COLLECTION FOLIO

Serge Brussolo

La maison de l'aigle

Denoël

Serge Brussolo, né en 1951, a commencé à publier au début des années 80 et s'est rapidement imposé comme un phénomène littéraire par sa fécondité et la puissance d'un imaginaire qui trouve le plus souvent sa source dans les terreurs de l'enfance.

Il pratique aujourd'hui toutes les formes narratives et leur imprime sa marque, celle d'un grand écrivain. Ses nombreux lecteurs savent qu'il les surprendra toujours et attendent ses livres avec impatience.

AVERTISSEMENT

Ce roman étant un strict produit de l'imagination de l'auteur, toute ressemblance — de quelque nature que ce soit — avec des personnes existant ou ayant existé ne serait qu'un pur effet du hasard.

Puis il lâcha son projectile et Wendy vint s'abattre sur le sol, la flèche fichée dans la poitrine.

James Matthew Barrie, *Peter Pan.*

I

Décembre 1938...

C'est alors qu'ils emménagèrent dans la maison de verre. Un atelier d'artiste au sommet d'un immeuble vermoulu du Quartier latin, une bâtisse du XVIe siècle, plantée de guingois au bord de la Seine, prête à basculer dans le fleuve, tels ces clochards ivres qui oscillent au ras des quais. Une maison étroite, bâtie en hauteur. Les marches de l'escalier, usées en leur milieu, avaient été rabotées par deux siècles d'allées et venues. Leur bois, poncé par les semelles, avait la finesse de la soie.

Au sixième étage se tenait l'atelier. Une cage vitrée où la lumière entrait à flots. Dès qu'elle en franchit le seuil, Judith fut assaillie par le vertige. C'était une maison de verre accrochée au bord du vide, une de ces bicoques qu'on voit parfois en haut des falaises, perchées en dépit du bon sens ; frôlant l'abîme. Abris précaires, on sait qu'elles basculeront au prochain éboulement, lorsque le calcaire de leur assise s'effritera sous le travail des marées. À l'intérieur de l'atelier, on n'était préservé de la chute dans le fleuve que par une mince couche de verre courant du sol au plafond. Une imbrication de carreaux longs et étroits se juxtaposant comme dans une serre d'horticulteur. Judith songea qu'elle n'aurait jamais le courage de s'avancer jusqu'à la verrière et d'y poser le front pour regarder dans le vide, tout en bas.

C'était un atelier « historique », expliqua la concierge. Des artistes illustres y avaient élaboré des œuvres qui, aujourd'hui, se trouvaient dans les musées. Dès qu'ils eurent fait quatre pas à l'intérieur de la pièce, elle leur désigna un globe de verre posé sur le sol et fixé au plancher par de grosses vis. Un de ces globes sous lesquels les paysannes conservaient jadis leur couronne de fleurs d'oranger. Judith se pencha, s'étonna de ne rien apercevoir sous la cloche. La concierge la rabroua. Mais si ! Il y avait quelque chose ! Ces trois gouttes de peinture : une blanche, une brune, une rose. Elles étaient incrustées dans les nervures du bois, mais on les voyait encore. C'étaient trois gouttes tombées du pinceau de François Boucher, lorsqu'il avait exécuté son célèbre tableau *Diane sortant du bain*. M. Veaumollet, l'actuel propriétaire, avait fait analyser les pigments à grands frais. C'étaient bien les mêmes que ceux figurant sur la toile. Même couleur, même composition. Boucher s'était tenu là, en l'année 1742, et la Pompadour, sa protectrice, était peut-être venue jeter un coup d'œil sur son travail. Ses petits pieds chaussés de soie avaient foulé les lattes du parquet, évitant les taches de couleurs fraîches. Évidemment, ils n'avaient laissé aucune trace durable, eux, la soie ça s'use vite. Mais la peinture était restée. Trois gouttes : ploc-ploc-ploc... tombant de la palette ou du pinceau.

C'est pour ça qu'il ne fallait à aucun prix soulever le globe de verre. On pouvait nettoyer tout autour, oui, mais pas en dessous, ç'aurait été du vandalisme.

La concierge débitait ces conseils, le sourcil froncé, la mâchoire mauvaise. Elle expliqua encore que M. Veaumollet avait tenté d'attirer l'attention des Beaux-Arts sur sa découverte et de faire classer l'atelier « monument historique », mais personne ne l'avait pris au sérieux.

Judith hochait la tête, déjà terrorisée à l'idée de casser le globe. Elle se savait maladroite, elle allait bien se prendre les pieds dans cette fichue cloche à fromage. Ou bien elle ferait tomber quelque chose dessus. Elle chercha le regard de Teddy, mais l'Américain ne daigna pas tourner la tête dans sa direction. Il opposait à la fièvre religieuse de la concierge une moue goguenarde.

« Évidemment, marmonna la pipelette. C'est pas mes affaires, M. Veaumollet fait ce qu'il veut, mais tout de même : installer des romanichels dans un musée... »

Elle faisait semblant de parler pour elle-même, mais ses chuchotements étaient aussi sonores que ces apartés de théâtre qu'on doit entendre jusqu'au dernier rang. Elle leur montra le cabinet d'aisances à la turque. Une rareté installée à la fin du XIXe siècle, à une époque où la plupart des gros bourgeois faisaient encore dans un pot de chambre.

Lorsqu'on était accroupi, les pieds posés sur les semelles à croisillons, on pouvait voir, en tournant la tête vers la droite, un croquis au crayon exécuté sur le plâtre cloqué du mur. M. Veaumollet avait fait photographier cette esquisse ; des experts l'avaient étudiée.

Il ressortait de leurs conclusions que ce gribouillis était sans doute une ébauche de *La Falaise d'Étretat après l'orage,* que Gustave Courbet exécuta en 1869. Ou bien un schéma succinct du temple de Borobudur que Kleinst Wegmann immortalisa dans son fameux *Labyrinthe d'ombres javanaises,* en 1886, juste après avoir rencontré Paul Gauguin sur les chemins de Bretagne, quelque temps avant que celui-ci ne se décide à rejoindre Van Gogh en la ville d'Arles. Les experts ne parvenaient pas à se mettre d'accord. Quoi qu'il en soit, une œuvre magistrale était née ici, et M. Veaumollet avait fait poser une vitre de protection sur l'esquisse. La vitre, elle non plus il ne fallait pas la toucher, même pour la nettoyer.

La concierge avait dit cela en jetant un regard désagréable à Judith, lui faisant comprendre d'emblée qu'elle la tenait pour une incapable. Une de ces filles qui s'accrochent aux artistes et se complaisent dans la bamboche. Judith pensa qu'un an auparavant — lorsqu'elle était encore une bourgeoise — cette mégère lui aurait fait des courbettes et l'aurait appelée « Madame ».

Teddy se contenta de grommeler. Malgré tout le talent déployé par la bonne femme pour attirer son attention, il ne fit pas l'effort de se pencher sur la plaque de verre et n'accorda pas un seul coup d'œil au gribouillis. Judith s'éloigna du cabinet d'aisances en se frictionnant les épaules. Il faisait froid. Un gros Godin encroûté de scories trônait dans un angle de l'atelier. Il faudrait ranimer cette ferraille, la faire ronfler en la gavant de boulets.

Oui, c'est ainsi qu'ils s'installèrent au bord du vide, dans cette maison de verre dépourvue du moindre meuble. Teddy s'était procuré un matelas et de vieilles couvertures qui sentaient l'écurie. Rien de plus normal puisqu'il les avait achetées en vrac à un jockey du champ de courses de Longchamp. C'étaient des couvertures de selle qui avaient bu, des années durant, la sueur des chevaux. Même après avoir été bouillies dans le savon en paillettes, elles empestaient la bête. Il fallut s'en accommoder. On campait à même le sol, ne quittant guère le matelas, étroit radeau où l'on parvenait à entretenir un semblant de chaleur. Les yeux fermés, la tête enfouie sous les couvertures, Judith avait l'illusion de dormir dans une écurie.

C'était déjà l'hiver et les nuits étaient fraîches. Il n'y avait pas toujours assez d'argent pour acheter du charbon, même en boulets. Judith s'était prise de passion pour ces gros œufs de poussière noire agglomérée qu'on enfouissait dans le ventre du poêle. Elle aimait quand les vitres se couvraient de buée, lui masquant le paysage, c'est seulement à ce moment qu'elle cessait de souffrir du vertige. La nuit, il lui arrivait de rêver qu'elle dormait au bord d'une falaise ; à force de gigoter, elle se rapprochait du vide sans en avoir conscience. Elle roulait, roulait... Jusqu'au moment où l'abîme s'ouvrait sous elle. Elle se réveillait alors en criant, l'esprit plein de l'image de la muraille de craie défilant sous ses yeux tandis qu'elle tombait vers la plage de galets. La falaise d'Étretat... Est-ce que Courbet avait également souffert du vertige lorsqu'il avait travaillé ici ? Était-ce par association d'idées qu'il avait gribouillé cette esquisse sur le mur ? Elle avait posé la question à Teddy qui lui avait répondu : « Veaumollet est un vieux fou, ni Boucher ni Courbet n'ont jamais travaillé ici. D'ailleurs on s'en fiche, l'important, c'est qu'il nous prête l'atelier jusqu'aux beaux jours, ça nous fera des économies.

— Mais pourquoi nous fait-il cette faveur ? avait insisté la jeune femme.

— Je lui rends service, c'est tout », répondit Teddy avec ce geste vague qu'il avait toujours lorsque la conversation l'ennuyait.

Alors Judith se taisait et le regardait dormir. Elle ne savait rien de lui, et il ne savait rien d'elle. Teddy était aussi opaque qu'une silhouette découpée se déplaçant derrière l'écran d'un théâtre d'ombres. Peut-être même n'avait-il pas plus d'épaisseur que ces marionnettes balinaises, si fragiles, frêles morceaux de papier articulés qu'une erreur de manipulation peut déchirer à tout moment.

Teddy, c'était la grogne latente, la bouderie agressive de ces chiens de traîneau toujours prêts à l'aboiement pour défendre leur place de chef de meute. Il avait la morsure facile. Dans les premiers temps, Judith s'était crue capable de lui apporter la paix. De désamorcer la vigilance permanente qui le faisait dormir d'un sommeil de soldat. Il avait une étrange façon de s'abîmer dans le sommeil, répugnant à se déshabiller, comme si l'éventualité d'une fuite nocturne n'était pas à écarter. Il plaçait tous ses vêtements à portée de la main, de manière à pouvoir les enfiler précipitamment... en cas de besoin. Oui, « En cas de besoin », c'était la seule justification qu'il consentait à donner lorsqu'on l'interrogeait.

Il dormait en grinçant des dents, et son visage, déformé par d'anciens pugilats, évoquait celui d'un molosse au repos. Judith se penchait, écoutait son souffle, posait une oreille sur sa poitrine pour compter les battements de son cœur. Quand elle était certaine de son inconscience, elle se hasardait à lui effleurer la joue, le front. Teddy était de ces races qu'on ne peut caresser que dans le sommeil si l'on ne veut pas se faire mordre. Les gestes de tendresse l'agaçaient. Il griffait facilement, à la manière de ces matous qui détestent les transports d'affection. Par certains côtés, il rappelait à Judith le chat gris de son enfance. Ce chat qu'on disait immortel, parce que personne dans la maison ne savait son âge réel. Le chat gris — le chat fantôme, comme l'avait surnommé Jean-Lou, son frère — ne supportait les caresses qu'à condition qu'on les lui administre dans son sommeil. Si on tentait de le toucher à l'état de veille, on s'exposait à de terribles griffures. Teddy était comme lui. Depuis quelque temps, Judith avait renoncé à l'espoir de lui apporter la paix. Elle savait qu'elle ne le guérirait pas. Le chien de traîneau qui l'avait mordu, là-bas, quelque part au Klondike, lui avait communiqué sa hargne à jamais. Cela serait toujours en lui, fièvre latente mais incurable, explosant en d'imprévisibles poussées.

Elle était fatiguée de l'inanité de ses efforts. Elle avait vingt-huit ans. Elle commençait à ne plus trouver amusant d'avoir froid, de dormir sur le plancher, de ne pas manger à sa faim tous les jours. « Je vieillis », pensait-elle en se dévisageant dans des miroirs de rencontre. Ses cheveux blonds avaient foncé. Et cette blondeur envolée était comme un soleil éteint. Quand elle était petite fille, sa tante Marie lui avait dit, un jour qu'elle rechignait à manger sa soupe : « Tu verras, ma fille, un jour viendra où tu aimeras la soupe... et aussi te coucher tôt... et rester dans un fauteuil sans bouger... et boire une tisane avant de te mettre au lit, et... »

Sur le coup, toutes ces prédictions avaient paru absurdes à Judith. Tellement aux antipodes de sa nature de future exploratrice des jungles africaines ! Et puis voilà qu'elle avait tout à coup envie d'une bonne soupe, d'un lit sans courants d'air, de vêtements confortables, d'une baignoire d'eau chaude... Elle avait eu tout cela, jadis, à l'époque où elle était mariée, à l'époque où elle régnait sur le numéro 3 de la place de Byzance, cet immeuble bourgeois du XVIe arrondissement que son père, Jules Massart, lui avait laissé en héritage. Aujourd'hui, ce passé l'emplissait d'une nostalgie haïssable. Avait-elle tellement vieilli en l'espace d'une année ? Elle avait tout abandonné pour suivre Teddy, elle s'était enfuie à vélo pour rejoindre cet ancien journaliste américain qui traficotait obscurément dans le marché des œuvres d'art. Elle ne savait rien de lui. Il l'avait un temps éblouie en évoquant devant elle des côtoiements fabuleux : Hemingway, Scott Fitzgerald. La colonie du Montparnasse des Années folles. Elle l'avait écouté, les yeux fixés sur ce profil de boxeur au nez écrasé. À cause de ces cartilages broyés, il respirait mal, avec des reniflements de petit garçon perpétuellement enrhumé. C'était émouvant, elle ne le lui avait jamais dit. Les femmes s'émeuvent pour des bêtises qui font honte aux hommes. Des faiblesses qu'ils s'imaginent parfaitement celées. Les détromper est souvent dangereux.

Depuis un an, elle suivait comme une ombre cette ombre d'homme, et la nuit elle dormait au côté de ce chien de traîneau qui grinçait des dents. D'ailleurs il dormait toujours, même lorsqu'il avait les yeux ouverts. Il était de la race des somnambules. Elle se demandait ce qu'elle faisait avec lui. Bien sûr, toutes les femmes se demandent cela un jour ou l'autre en regardant leur compagnon occupé à se barbouiller le visage de savon à barbe, mais Judith se posait la question plusieurs fois par semaine. C'était mauvais signe. Elle essayait de lui raconter son enfance. Elle disait : « Quand j'étais petite... » Il lui répondait : « Je m'en fous. » Elle ne pleurait pas. Elle ne pleurait jamais, c'était sa grande force. Simplement elle devenait toute vide à l'intérieur, comme un immeuble dont les parquets s'effondreraient sans que sa façade bouge d'un poil. Tout dégringolait, mais ça ne se voyait pas.

Pourquoi s'obstinait-elle à vouloir lui servir d'infirmière ? Il y avait en elle une indéniable attirance pour les hommes meurtris, les gueules cassées. Le corps de Teddy était beau, elle avait au moins appris cela. Pendant longtemps — à l'époque où elle était encore une « bourgeoise » — elle s'était satisfaite d'une sensualité diffuse, indirecte : une brosse allant et venant dans ses cheveux chez la coiffeuse, une main posée sur son front, le souffle tiède d'une voix chuchotant à son oreille, lui avaient causé des émois ne réclamant aucun prolongement. Aux affaires du lit elle avait préféré le contact chaud d'un baiser sur la tempe, l'étreinte d'un bras enveloppant ses épaules. Elle avait souvent pensé que la vie des couples aurait dû s'en tenir à cela : des caresses, des frôlements, des choses propres ne nécessitant pas qu'on aille se laver ensuite. Pour en avoir parlé à mots couverts avec quelques vagues amies, elle savait qu'elle n'était pas la seule à poursuivre ce genre de raisonnements. Elle avait aimé que Stéphane, son triste mari, la prenne dans ses bras, l'embrasse dans le cou, elle l'avait détesté dès qu'il avait commencé à la dégrafer, à soulever sa jupe. Au début de son mariage elle avait espéré qu'ils se pelotonneraient l'un contre l'autre au creux du lit, dans une chaleur commune. Elle aurait aimé qu'il lui passe la main dans les cheveux en murmurant : « Ma chérie », mais il n'avait pas su s'en tenir là. Aucun homme ne savait s'en tenir là. Il leur fallait le reste : les manipulations moites, souvent douloureuses. Et cela finissait à cheval sur une cuvette de porcelaine, un savon à la main. Cela aussi, elle l'avait vécu en état somnambulique, assaillie par les odeurs corporelles, essayant de bien se tenir tout de même, parce que cela faisait partie de ses devoirs, et qu'elle avait envie de faire plaisir à son époux. Puis elle avait rencontré Teddy, et elle s'était mise à aimer le corps des hommes, la dureté des muscles sous la peau du ventre restée douce. Les bras qui se refermaient, serrant à vous faire perdre le souffle. Le corps de l'Américain était parfait, mais son visage avait été déformé par les coups, comme une sculpture de glaise qu'un artiste déçu aurait boxée. Le cartilage du nez avait été broyé, les os des pommettes s'étaient fendus et ressoudés de travers. Sa mâchoire, brisée à deux reprises, était légèrement de travers, donnant à son sourire un aspect torve, un peu gouape.

Elle l'avait connu jeune correspondant de presse exilé à Paris pour écrire des billets scandaleux sur la vie de la communauté américaine du Montparnasse. Ses indiscrétions lui avaient valu de se faire corriger par les célébrités des arts et des lettres hantant *Le Dôme* ou *La Coupole*. Ainsi, il racontait à qui voulait l'entendre qu'à la suite d'un article indiscret Ernest Hemingway lui avait cassé une molaire, et que Scott Fitzgerald l'avait giflé avec tant de force qu'un de ses tympans avait éclaté. Il semblait tirer de ces blessures une naïve fierté. Certains pensaient qu'il était tout simplement mythomane et qu'il essayait d'embellir les tristes raclées encaissées lorsque — pour arrondir ses fins de mois — il allait jouer les *sparing partners* dans les salles de boxe de Clichy.

Cela n'avait guère d'importance pour Judith. Dès qu'il dormait, elle caressait son nez cassé du bout des doigts. Teddy, son homme meurtri. Il allait voir d'autres filles, il fréquentait les bordels dont Henry Miller lui avait communiqué la liste, elle le savait. Elle sentait l'odeur des femmes sur lui. Comme tante Marie, qui avait été parfumeuse, elle avait un très bon flair. Elle ne disait rien. Sans doute n'était-elle pas assez perverse pour le satisfaire pleinement ?

Lorsqu'elle s'interrogeait, elle devait s'avouer qu'elle ne savait pas exactement en quoi consistait le travail de Teddy. Elle avait cru comprendre qu'il agissait pour le compte de spéculateurs résidant aux États-Unis. Des collectionneurs qui l'appointaient chichement afin qu'il écume le marché de l'art et fasse main basse sur tous les tableaux susceptibles de prendre de la valeur d'ici quelques années.

« C'est Gertrude Stein qui a lancé la mode, à l'époque des Années folles, lui avait-il expliqué. Elle avait conseillé à Hemingway d'investir dans la jeune peinture, de consacrer tout son argent à l'achat de toiles exécutées par des artistes encore inconnus.

Beaucoup de gens ont suivi son exemple. Ils se sont mis dans la tête qu'il était sûrement possible de faire fortune en dénichant un second Picasso. C'est là que j'interviens. J'essaie d'avoir du flair, j'achète pour trois sous et je stocke tout ce qui, demain, vaudra peut-être de l'or. »

Ses employeurs lui expédiaient pour ce faire une maigre mensualité qu'il allait toucher chaque mois aux bureaux de l'American Express.

Judith, qui s'était d'abord inquiétée à l'idée qu'elle ne possédait plus la garde-robe nécessaire à la fréquentation des galeries et des vernissages, avait vite découvert que la quête de Teddy ne s'exerçait pas sur le terrain des quartiers huppés. La Jeune Peinture habitait Pantin, Clichy, Aubervilliers. Il fallait la chercher au bout de ruelles lépreuses, dans des bicoques de banlieue échouées en bordure des terrains vagues. Elle vivait dans la boue, la misère, et sous un ciel uniformément gris. C'était drôle tout ce gris, ce ciel qui paraissait toujours plus foncé aux abords des abattoirs et des dépôts de vins en gros que place du Trocadéro. Teddy lui apprit que ses compatriotes avaient inventé une couleur en tube qu'ils appelaient « gris parisien ». Pour eux, la prétendue « Ville Lumière » c'était cette teinte unique dont un dieu à la vision monochromatique avait barbouillé le ciel, les ardoises, les maisons et même les pigeons.

Au début, Judith avait aimé ces longues randonnées à bicyclette. On partait le matin, pour explorer la Grande Ceinture, un casse-croûte au pâté de foie, quatre œufs durs et un litre de vin dans les sacoches. On pédalait à en avoir les cuisses nouées. Dès qu'on sortait de Paris, on croisait des troupeaux de moutons, des vaches aussi. Les maisons s'espaçaient. De lourds chevaux creusaient la boue des chemins, remorquant des carrioles chargées de bidons brinquebalants. La campagne sentait le lait, la bouse, l'odeur aigre et caillée des brebis au poil collé par la pluie. Judith grelottait et pédalait plus vite pour se réchauffer. Lorsque Teddy était « riche » on faisait halte chez un bougnat, une de ces gargotes où l'on avait l'autorisation « d'apporter son manger », comme l'annonçait l'écriteau placé au-dessus de l'enseigne. Le bonhomme laissait faire pourvu qu'on commandât du café ou un litre de blanc sec. Judith adorait les sensations extrêmes qui l'assaillaient alors : les pieds gelés, le picotement des aiguilles de glace que le vent avait fichées dans ses joues, et puis, peu à peu, la grosse chaleur étouffante du poêle, avec son odeur de fumée âcre. La suffocation du café brûlant, amer. Le bol de porcelaine où elle se dépêchait de faire fondre quatre sucres. Le café, si noir, au fond du bol si blanc. C'était presque de l'encre, elle aurait pu y tremper une plume et se mettre à écrire, là, sur la nappe à carreaux rouges, un peu poisseuse... Et les odeurs mêlées de pain chaud, d'oignons frits, de bouchon gâté. La tête lui tournait, elle s'étouffait avec les œufs durs, s'étranglait de mauvais vin, le Godin lui rôtissait la peau des mollets. C'était affreux, c'était merveilleux, jamais elle ne s'était sentie aussi *vivante*. Quand l'argent de la mensualité se réduisait à quelques pièces, on déjeunait dehors, assis sur une borne kilométrique ou dans l'herbe humide, les vélos couchés sur le bas-côté de la route. Il fallait relever son col, s'enfoncer le béret au ras des sourcils, taper des pieds sur place pour conserver sa chaleur. Mais au goût du pain noir se mêlaient celui des prairies, celui de la terre retournée... et avec le jambon, le pâté, c'était la campagne entière que dévorait Judith. Elle mangeait les corbeaux, les épouvantails, les pommes tavelées tombées au pied des arbres et toutes picorées par les oiseaux. Elle mangeait la fumée des chaumières, que le vent rabattait au ras de l'horizon, comme pour souligner d'un trait noir l'endroit où le ciel rejoignait la terre. Elle mangeait la paille des étables, et l'odeur d'intimité sure des chèvres. Son appétit l'effrayait. Elle se découvrait ogresse affamée. Il lui suffisait d'examiner les murs des fermes, des étables, pour leur trouver une ressemblance certaine avec le fromage de Roquefort. Si elle ne s'était pas retenue, elle les aurait mangées, elles aussi.

Au bout du voyage, il y avait une bicoque perdue dans la broussaille, un jardin rempli de chats pelés derrière une grille gainée de rouille. Un galetas encombré de toiles inachevées, de chevalets, de palettes encroûtées de peinture. Un artiste habillé en clochard, le bonnet de laine rabattu au ras des sourcils, et qui portait deux manteaux l'un par-dessus l'autre pour affronter les rigueurs d'une maison dépourvue de chauffage.

« Quand tu entres, lui disait Teddy, enlève ton béret, secoue tes cheveux d'un mouvement de tête, pour qu'ils balaient tes épaules. Souris. Et puis dégrafe ton manteau, montre ton corps. Quand tu t'assieds, croise les jambes et n'aie pas peur de leur faire voir un bout de cuisse. Tu n'en mourras pas et moi ça me facilitera le marchandage. »

Judith obéissait, surprise qu'on puisse penser qu'elle était assez jolie pour embrouiller les idées d'un pauvre homme solitaire. Elle avait honte d'agir ainsi, mais, au fond d'elle-même, elle se sentait rassurée.

Les artistes étaient sales, enveloppés dans des loques auxquelles la crasse avait fini par donner la consistance du carton. L'étoffe luisante et grasse *cassait* aux pliures. Il y avait un mutilé de 14-18, les deux bras coupés, qui peignait avec la bouche. Judith ne l'avait jamais vu qu'habillé d'une ancienne capote militaire dont chaque manche était maintenue pliée par une épingle de nourrice. Il s'appelait Hugues Laurencelle d'Estrangère. Teddy l'appelait « Capitaine ». Il vivait entouré de chats faméliques au pelage constellé de taches colorées. Il peignait en saisissant le manche du pinceau entre ses dents. Le pigment, coulant le long du bois, finissait par lui tacher les lèvres et la barbe. Judith le trouvait beau, avec cette impériale déjà grise et toute maculée de rouge, de bleu, de vert, comme s'il venait d'essayer de manger sa palette.

« Faites attention, *captain*, lui disait Teddy. Certaines couleurs sont toxiques, vous pourriez vous empoisonner. »

L'ancien soldat vivait dans une bicoque à demi effondrée et dont il n'occupait que deux pièces. Judith ne l'avait jamais vu autrement que calé dans un fauteuil seigneurial, à haut dossier. Ses vêtements, les accoudoirs du siège, les chats qui dormaient au pied du chevalet, tout était constellé de taches multicolores dues à l'égouttement accidentel du pinceau, et c'était comme si l'on avait jeté là des poignées de confetti rebelles aux courants d'air, souvenirs d'une fête incompréhensible.

Hugues Laurencelle d'Estrangère, Judith lui trouvait quelque chose d'un Grand Meaulnes vieillissant.

Quand il ouvrait la bouche, on apercevait le trou que le manche du pinceau avait creusé dans sa dentition, déformant au fil des années l'implantation de ses incisives. En dépit de cette difformité, il n'était pas laid. Une femme de peine venait le visiter, deux fois par jour, pour lui faire sa soupe et l'aider à se débrouiller. Quand Judith voulait s'approcher de lui, il se raidissait. « Restez à l'écart, mademoiselle, lançait-il. Je pue l'urine, quand on n'a plus de mains c'est difficile de ne pas se pisser dessus, n'est-ce pas ? Un homme peut supporter ça, pas une dame. »

Il peignait d'étranges tableaux auxquels Judith ne comprenait rien. C'était un peu comme le Codex Borbonicus du calendrier aztèque, mais qu'on aurait cette fois dessiné pendant un tremblement de terre de forte amplitude. Teddy sortait son portefeuille, *le portefeuille,* celui qui contenait l'argent des spéculateurs destiné à l'achat des toiles. Il marchandait, achetait en lots : ces trois-là... et puis vous me mettrez ce petit-là, le bleu, dans le coin.

D'autres fois, on allait rendre visite à Jean-Baptiste Boildieu, un peintre spécialisé dans le paravent à huit feuilles et qui s'inspirait du style *Uki-e,* un avatar de l'*Ukiyo-e* auquel s'ajoutait un effet délicat de perspective. Celui-là, Judith ne l'aimait pas. Il avait insisté à plusieurs reprises pour qu'elle accepte de poser nue. Le plus désagréable, c'était qu'il n'adressait pas directement cette demande à l'intéressée.

« La petite dame, lançait-il à Teddy. Elle ne pourrait pas m'accorder deux ou trois séances ? Je sens qu'elle a un beau ventre et une belle attache de cuisses. Je cherche une femme qui aurait une belle fourche, tu vois ? C'est juste le bas qui m'intéresse. Un beau raccordement de cuisses de part et d'autre d'une fourrure bien dessinée. C'est pour un érotique, une figure de courtisane en kimono défait commandée par un client un peu vicieux. »

À la seule idée de se déshabiller devant cet homme au visage de fouine et dont le nez n'était qu'un tissu de veinules, Judith sentait la chair de poule lui hérisser les bras.

« Tu es trop pudique, lui reprochait Teddy. Si je pouvais te prêter de temps en temps ça faciliterait les choses. Tu es sûre que tu n'aimerais pas ? Des tas de femmes se sentent flattées d'être prises pour modèle. Si la toile finit dans un musée, elles deviennent immortelles. Allons, tu n'as jamais essayé, comment peux-tu savoir ? »

Mais Judith s'obstinait, serrant les pans de son manteau râpé sur son corps. Son mari ne l'avait jamais vue nue. Peu porté sur les choses du lit, il ne lui avait fait l'amour qu'en lui rabattant la chemise sur la tête, un peu, pas trop, juste ce qu'il fallait. Judith n'avait appris à goûter la complète nudité qu'avec Teddy. Partager cette complicité avec un inconnu lui aurait semblé une trahison. Comment ne pouvait-il en avoir l'intuition ?

Le rituel du marchandage achevé, Teddy déclouait les toiles, car il lui aurait été difficile d'entasser six ou sept tableaux sur le porte-bagages des bicyclettes. Les peintres ne s'opposaient guère à cette pratique qui leur permettait de réutiliser les châssis, et donc de faire des économies. Ce dépeçage mettait chaque fois Judith mal à l'aise. D'un seul coup le tableau se réduisait à un morceau flasque, rectangulaire, sans armature. Elle ne pouvait s'empêcher de penser à ces peaux mortes qu'on voit dans la vitrine des fourreurs. Privées de leur squelette de bois blanc, les peintures avaient quelque chose d'un morceau de cuir épais, violemment coloré. La peau d'un animal écorché par un trappeur pressé. Elle l'avait dit à Teddy qui s'était contenté de hausser les épaules.

« Le problème avec toi, avait-il soupiré, c'est que tu as trop d'imagination. Ça tourne à cent à l'heure dans ta caboche. Tu vois tout le temps des choses derrière les choses... Tout est vivant pour toi. Tu me fais penser aux Indiens, pour eux c'est pareil : les pierres pensent, les rivières pleurent, et les cactus marchent la nuit. Tu aurais dû naître squaw. »

Les toiles roulées dans un morceau de tissu goudronné, on enfourchait les vélos et on pédalait vers Paris, pour franchir les boulevards de ceinture avant que la nuit ne s'abatte sur la capitale. Les banlieues n'étaient pas sûres. Teddy conservait toujours au fond d'une sacoche un vieux pistolet d'ordonnance dont le barillet était vide. Ce n'était qu'un détail, dans le noir, la simple vue de l'arme effrayait les mauvais garçons.

Les tableaux s'amoncelaient. Il fallait les expédier aux États-Unis, dans des tubes de carton. Judith recopiait des adresses qui faisaient rêver : Los Angeles, New York, Miami Beach... Elle s'appliquait, séchant les étiquettes avec soin.

Parfois leur parvenaient des lettres de félicitations, d'autres fois les correspondants s'indignaient de l'indigence des œuvres reçues. Allait-on vraiment pouvoir faire de l'argent avec des choses aussi ignobles ? Du barbouillage d'aliénés, oui ! Les Européens étaient-ils donc en train de perdre le sens de la beauté ? Ah ! Les Allemands avaient bien raison de parler d'art « dégénéré » !

Teddy rédigeait de longues missives lénifiantes, improvisait des catalogues d'expositions imaginaires. Il fabulait avec élégance et facilité. Les mots *investissement à long terme* revenaient souvent sous sa plume. On eût dit qu'il expédiait, non pas des peintures, mais des paquets de titres par-dessus l'Atlantique.

II

« Alors, insistait Boildieu, tu me la prêtes, ta gosse ? Je paierai la pose en tableaux. C'est correct, non ? Elle fait le modèle une semaine, et je te donne une toile à l'œil. »

L'Américain secouait la tête, embêté. La gosse ne voulait pas. Elle était trop pudique, les méfaits de l'éducation catholique sans doute ?

En l'entendant parler ainsi, Judith réalisait qu'il ignorait tout de son passé. Sans doute voyait-il en elle une ancienne femme de chambre que la fréquentation des dames du XVIe avait rendue quelque peu maniérée ? Sans doute pensait-il qu'elle copiait ses anciennes patronnes par déformation professionnelle ?

« Tu as tort de céder à ses caprices, insistait Boildieu. C'est toi le patron, non ? Et puis plusieurs peintres seraient prêts à la prendre pour modèle si elle disait oui. Elle a quelque chose, cette fille. Elle me fait penser à ces princesses russes tombées dans la débine qu'on voyait débarquer dans les années 20, tu te rappelles ? »

Mais Judith faisait la sourde oreille, provoquant la colère de Teddy.

« Tu ne me facilites pas la tâche, grognait celui-ci. Je vais finir par avoir l'air idiot. Ça te coûterait tellement de te déshabiller devant Boildieu ? »

III

Ils devaient être installés depuis une semaine dans la maison de verre quand Judith décida qu'elle n'en pouvait plus de vivre ainsi, exposée à la curiosité du tout-venant. C'était absurde, bien sûr, puisque la maison d'en face se trouvait de l'autre côté de la Seine, sur la rive opposée. Malgré cela, depuis sept jours elle avait l'impression constante que des yeux invisibles épiaient chacun de ses gestes. Cela se traduisait par une démangeaison au creux de la nuque lorsqu'elle était penchée sur l'évier, ou qu'elle se courbait pour attacher ses bas. Elle se retournait aussitôt, s'attendant presque à découvrir un homme assis dans la gouttière, un homme occupé à la détailler à travers les grandes vitres. Ç'aurait pu être un ramoneur, ou un ouvrier zingueur, l'un de ces types qui se promènent en permanence sur les toits, entre les cheminées. Mais il n'y avait jamais personne, à part quelques pigeons frileusement pelotonnés sur la corniche et qui s'envolaient dès qu'elle faisait un pas dans leur direction.

Un jour que Teddy s'était absenté, elle ouvrit par hasard un placard étroit dont elle n'avait pas soupçonné l'existence jusqu'alors. La porte du réduit, dissimulée par les moulures baroques des murs, était, il est vrai, à peu près indiscernable. Sur les étagères, elle découvrit un amas de tissu jauni, évoquant la toile à voile, et qui se révéla être des rideaux. Des mètres et des mètres de rideaux cuits par le soleil, rapiécés à gros points, mais qui pouvaient encore parfaitement remplir leur office. Elle faillit battre des mains. C'étaient les tentures de l'atelier, elle en était certaine. Pourquoi les avait-on décrochées ? Sans doute parce qu'elles étaient devenues trop laides, mais cela n'avait guère d'importance. Elle alla chercher dans le couloir l'échelle qui permettait aux ramoneurs de se hisser sur le toit, et passa tout le reste de l'après-midi à se battre avec la masse molle des rideaux. Les tringles immenses étaient toujours en place, avec leurs anneaux, il suffisait d'y insérer les crochets cousus au sommet des tentures pour occulter la baie vitrée. Les bras douloureux, toussant et éternuant au milieu des volutes de poussière grise, Judith suspendit toute la toile dont elle disposait. C'était si lourd qu'elle avait par instants l'impression de porter à bout de bras la grand-voile d'une caravelle. Quand elle eut terminé son travail, elle poussa un soupir de soulagement. Désormais la pénombre régnait dans l'atelier, et on ne voyait plus rien du fleuve ni de ses berges. Pour la première fois depuis son arrivée, elle cessa de se sentir espionnée. Elle attendit le retour de Teddy, un peu inquiète des moqueries dont il saluerait sûrement son initiative. Il n'était pas pudique et se promenait souvent nu, surtout depuis que le charbon ne manquait plus et que le Godin ronflait jour et nuit, dispensant une chaleur parfois accablante.

Quand l'Américain fit son apparition, en fin d'après-midi, il marqua un temps d'arrêt au seuil de l'atelier, et entra dans une colère incompréhensible. Se précipitant vers les tentures, il les saisit à pleines mains et tira dessus de toutes ses forces pour les décrocher. Le tissu n'opposa aucune résistance. Il craquait à chaque traction, se déchirant avec des bruits stridents.

« Tu es complètement folle, criait Teddy. Tu veux nous faire mettre à la porte, hein ? C'est ça ? Tu trouves qu'on est trop bien, ici ? »

Judith le regardait s'agiter sans comprendre. Il avait l'air méchant d'un gangster de cinéma ainsi affublé, avec son imperméable au col relevé et son feutre enfoncé au ras des sourcils pour résister aux bourrasques qui rabotaient les quais.

« Comment crois-tu qu'on paie le loyer, hein ? siffla-t-il en marchant vers elle, la tête dans les épaules. Tu crois que c'est donné, la location d'un atelier d'artiste, pauvre cruche ? »

Judith ne comprenait toujours pas. Elle regardait les rideaux en loques, dont quelques lambeaux pendaient encore aux tringles.

Teddy la saisit par le bras, lui faisant mal. Il la traîna vers la paroi vitrée, et, l'espace d'une seconde, elle crut qu'il allait la jeter dans le vide pour la punir.

« Tu vois la maison blanche, de l'autre côté de la Seine, fit-il en baissant la voix comme si on pouvait l'entendre, celle qui est juste en face de nous ? Au sixième étage, il y a une fenêtre qui nous fait face. Une fenêtre entrouverte. Tu la vois ? »

Judith plissa les paupières mais ne vit rien. C'était trop loin et elle n'avait pas les yeux d'aviateur de Teddy.

« C'est là qu'habite Veaumollet, expliqua l'Américain. Veaumollet, le propriétaire de l'atelier. Il se prend pour un artiste. C'est un gros type timide qui n'oserait jamais demander à une femme de poser pour lui. Tu comprends ce que j'essaie de te dire ? Dans l'entrebâillement de la fenêtre, il y a une longue-vue. Une sorte de lunette en cuivre montée sur un trépied. Elle est braquée droit sur nous, en permanence.

— Tu veux dire..., bégaya Judith en dégageant son bras d'une secousse.

— Je veux dire que tu sers de modèle à ce type depuis une semaine. Il t'observe au moyen de sa lorgnette et il peint ton portrait là-bas, de l'autre côté de la Seine, dans son appartement. Tu prends la pose pour lui, sans le savoir, et il suit chacun de tes mouvements à travers sa lentille. »

Judith recula instinctivement, essayant de se dissimuler, mais l'atelier ne comportait aucun recoin. Même la cuisine était vitrée du haut en bas, et le cabinet de toilette où s'étaient jadis dévêtus les modèles. Si elle voulait devenir invisible, ne lui restait que le placard d'où elle avait tiré les rideaux.

« Il ne demande rien d'extraordinaire, plaida Teddy. Pas de tableaux vivants ou de trucs vicieux. Fais simplement comme si tu ne savais pas qu'on t'observe. Comporte-toi naturellement. C'est un vieil homme timide ; en face d'un modèle il perd tous ses moyens, il n'arrive plus à peindre. Alors il a imaginé ce stratagème. Il nous prête l'atelier et nous assure le chauffage tout le temps qu'il mettra à faire son tableau. Tu lui plais beaucoup, il envisage une série complète d'études. Avec un peu de chance nous pouvons passer l'hiver au chaud. »

Il paraissait content de lui. Judith était abasourdie, ses tympans sifflaient comme si on venait de lui faire exploser des pétards aux oreilles.

« Bon sang ! grogna Teddy en arrachant son feutre et son trench-coat. Ce n'est pas un grand effort qu'on te demande ! Ce serait bien plus pénible si tu devais faire le modèle dans un atelier. Là, on te forcerait à garder la pose des heures durant, et on t'engueulerait si tu bougeais d'un poil. Ce n'est qu'un vieux bonhomme fou de peinture. Il barbouille des trucs à la Fragonard, des bergères sur des escarpolettes qui montrent leurs cuisses à des moutons bien propres. Tu devrais être contente : c'est une peinture que tu comprends, *ça !* »

Judith aurait voulu être en colère, hurler, être capable de gifler cet homme qui l'avait vendue à un amateur timoré, mais elle demeurait anéantie, les bras le long du corps.

« Il a peur des femmes, dit encore Teddy. Et plus particulièrement des femmes nues. Il a bien essayé, à une ou deux reprises, d'engager des modèles à la Grande Chaumière, mais il n'arrivait pas à lever les yeux sur elles. Il ne peut pas regarder une fille en face quand elle est à moins de cent mètres de lui. Grâce à la longue-vue, il a pu se remettre à peindre. Il ne vend même pas ses toiles, c'est juste un passe-temps de rentier. Les “ œuvres ” où tu figureras ne sortiront jamais de son boudoir, tu n'as rien à craindre. »

Comme Judith ne disait toujours rien, il grimpa sur l'échelle pour achever de décrocher les lambeaux de rideaux pendant des tringles. La jeune femme noua ses mains derrière son dos, pour résister à la tentation qui s'emparait d'elle. Dans un roman policier, c'est ce moment qu'aurait choisi l'héroïne en colère pour pousser son amant dans le vide. Elle essaya d'imaginer le bruit que ferait la baie vitrée en explosant sous le poids de Teddy et ferma précipitamment les paupières.

Plus tard, quand sa colère se fut un peu calmée, elle s'assit sur l'une des caisses retournées qui servaient de siège et demeura immobile, ne sachant plus que faire, ce regard invisible qui traversait la Seine pour plonger au cœur même de l'atelier la paralysait. Elle imagina qu'en raison du fort pouvoir de grossissement de la lorgnette Veaumollet devait pouvoir examiner la surface de sa peau comme au travers d'un microscope. Il la voyait aussi bien que s'il avait approché son visage du sien, à le toucher. Il connaissait tout de ses traits, le dessin des petites rides naissantes, de ce maquillage de première fatigue que lui faisait l'arrivée de la trentaine, mais aussi l'emplacement géographique de ses grains de beauté. Il l'explorait en gros plan, tel un astronome qui se promène par lorgnette interposée à la surface d'une planète perdue dans le cosmos. Il était très loin, et, en même temps, il était là, penché sur son épaule. Pour un peu elle aurait senti la chaleur de son souffle contre sa tempe.

« C'est bien, dit Teddy. Mais ne reste pas trop longtemps immobile, si tu lui facilites la tâche il aura fini son tableau plus tôt que prévu et nous mettra dehors. Et puis, il faut qu'il ait l'impression de devoir capturer ton image. C'est ça qui l'excite, je crois. Surprendre la bonne pose et la fixer en quelques coups de fusain. Il agit avec toi comme un peintre animalier observant des bêtes dans la nature. »

Judith ne répondit pas. Elle essayait de se remémorer ses actes des derniers jours. S'était-elle promenée nue dans l'atelier ? Non, généralement, au saut du lit, elle s'enveloppait dans une couverture. Et chaque fois qu'elle avait dû se vêtir, elle l'avait fait en tournant le dos à la baie vitrée, par réflexe. Dans le cabinet de toilette — également dépourvu de rideaux — il faisait trop froid pour qu'on puisse se dénuder, elle avait donc procédé à sa toilette à la manière des bonnes sœurs : en se lavant par-dessous sa chemise.

Elle ne se croyait pas particulièrement pudique, mais il lui déplaisait d'avoir été lorgnée à son insu.

La nuit venue, elle refusa d'allumer la lampe à pétrole qui éclairait l'atelier en l'absence d'installation électrique. Elle estimait la lueur des réverbères bordant les quais suffisante, presque trop forte, et elle se déshabilla à l'abri d'une couverture, comme on enlève son maillot de bain sur une plage.

Elle fit un rêve étrange où il était question d'Indiens, de crocodile et d'enfants volants. Elle se réveilla en sursaut au moment même où la pointe d'une flèche s'enfonçait entre ses côtes. Le cri qu'elle poussa ne dérangea pas Teddy qui avait pris presque toute la couverture.

Le lendemain, elle s'installa près du vitrage et entreprit d'écrire un conte à partir des bribes du rêve. Il y avait presque un an qu'elle n'avait pas touché un crayon, et elle s'émerveilla de savoir encore tracer des lettres. Son attitude irrita Teddy qui lui recommanda une fois de plus de ne pas « prendre la pose ». Puis il ajouta quelque chose sur le fait qu'elle était beaucoup trop habillée, mais elle fit comme si elle n'avait pas entendu.

« Je t'aurai prévenue, grommela-t-il. S'il n'est pas content, il cessera de nous faire envoyer du charbon.

Et surtout ne regarde jamais dans sa direction. Il ne faut pas qu'il ait l'impression que je t'ai mise au courant. Je lui ai juré de ne pas le faire. C'était censé rester un pacte secret entre lui et moi... »

Comme il devait sortir pour rendre visite à un peintre, il lui prodigua d'interminables conseils : elle devait s'efforcer d'avoir l'air naturel, faire ces choses qu'une femme fait lorsqu'elle se croit seule : remonter ses bas, par exemple, rajuster l'attache d'une jarretelle. Ce n'était pas très compliqué. Est-ce que c'était trop demander ? Est-ce qu'elle avait réellement envie de claquer des dents tout l'hiver devant un poêle éteint ?

Au moment où il se préparait à sortir, il s'immobilisa, la main sur la poignée de la porte.

« C'est un vieux bonhomme, dit-il. Complètement inoffensif, ne sois pas garce avec lui. Et surtout, essaie de rester naturelle. Bouge, ne prends pas la pose comme un modèle de la Grande Chaumière. Ce qu'il veut avant tout, c'est te voler des moments d'intimité. »

Judith ne dit rien. Une tentation grandissait en elle : celle de s'avancer vers la verrière et de tirer la langue à Veaumollet qu'elle imaginait — elle n'aurait su dire pourquoi — sous l'apparence d'une sorte de vieux clerc de notaire un peu gras, et coiffé d'une toque de velours à la Sainte-Beuve. Après le départ de Teddy, elle se recoucha et gribouilla encore un peu. Puis elle relut son conte, réalisa soudain qu'elle n'avait fait que récrire *Peter Pan,* et déchira les feuillets en menus morceaux parce qu'elle ne voulait pas que Teddy les trouve et se moque d'elle. Bien enveloppée dans la couverture, elle s'abîma dans les délices d'un roman d'Agatha Christie, essayant de deviner l'identité du coupable dès les cinquante premières pages. Elle réussissait une fois sur trois, ce qu'elle considérait comme un très bon score. Elle se demandait parfois comment elle pouvait être aussi fine mouche dans l'univers pourtant plein de chausse-trapes du roman policier, et aussi aveugle dans la vie de tous les jours. Il y avait là un mystère qu'elle n'était pas près de résoudre.

Elle finit par s'endormir, assommée par la chaleur du poêle. Ce fut Teddy qui la réveilla en rentrant. Il avait acheté du pain, un énorme cornet de frites, une bouteille de vin sans étiquette, et un fromage. Il étala ces trésors sur une caisse retournée et invita la jeune femme à venir le rejoindre. Judith adorait manger avec les doigts, sans assiette, la nourriture posée sur un morceau de papier graisseux détaché du cornet ayant contenu les frites. Cela lui rappelait les goûters de son enfance qu'elle improvisait avec son frère Jean-Lou au sixième étage du 3, place de Byzance, dans ce vieux cagibi inondé de soleil et où ils s'amusaient tous deux à faire pousser des orties en pots. Ils dévoraient de la même manière : assis en tailleurs sur le plancher, les « vivres » étalés sur un illustré. Ils appelaient cela le « bivouac », comme dans les romans de Fenimore Cooper ou de Jack London. Ne manquaient que les loups en maraude attirés par le fumet de ce *pemmican* dont les aventuriers faisaient une grande consommation. Le chat gris acceptait quelquefois de tenir à lui seul le rôle de la meute féroce.

« Essaie d'avoir des gestes gracieux, marmonna soudain Teddy. Tu te goinfres comme une bonniche à la fête foraine. Pense qu'on t'observe, applique-toi à être jolie. Tu veux le dégoûter, le père Veaumollet ? »

Judith sourit, se redressa et leva les bras au-dessus de sa tête, comme une ballerine esquissant un entrechat, et se figea dans cette pose.

« Suis-je mieux ? murmura-t-elle humblement.

— Ça va ! Ça va ! gronda Teddy en baissant les yeux. Fais ta maligne, va ! Si tu t'imagines que ce sera facile de retrouver à se loger cet hiver. »

Dans les heures qui suivirent, l'Américain ne cessa de lui prodiguer des conseils, à la manière d'un régisseur dirigeant une comédienne. Ne pouvait-elle avoir des gestes plus coulés ? Pourquoi adoptait-elle cette démarche masculine ? À quoi lui servaient donc ses hanches, n'était-il pas possible qu'elle s'en serve un peu ? Bordel, elle n'avait donc jamais essayé de séduire un homme en roulant du cul ? Chaque fois que Teddy laissait échapper un « Là ! C'est bien ! », Judith avait tendance à s'immobiliser, comme pour une photo, et ce temps d'arrêt gâchait tout le naturel de la scène. Elle suspendait son geste, se figeait, souriait, attendant elle ne savait quel déclic.

« Que tu es godiche ! finit par lancer l'Américain en rabattant son feutre sur ses yeux. C'est à croire que tu n'as jamais lu le mode d'emploi de ton corps. »

Le lendemain les choses se gâtèrent. Dans la matinée, alors que Judith lisait, tournée de trois quarts face vers la baie vitrée, un télégraphiste vint porter un petit bleu adressé à Teddy. Dès qu'il eut déchiffré le pneumatique, l'Américain se renfrogna.

« C'est Veaumollet, murmura-t-il comme si le bonhomme allait l'entendre depuis la berge d'en face. Il n'est pas content. Il voudrait que tu te déshabilles un peu. Tu es trop couverte pour un Fragonard. »

Et comme Judith allait esquisser un mouvement d'humeur, il lui cria : « *Surtout ne regarde pas dans sa direction !* Tu n'es pas censée être au courant. S'il sait que tu sais, sa timidité va le reprendre, et il ne pourra plus te regarder, même au moyen de la lorgnette... et il nous foutra dehors. »

Cette fois c'en était trop. Judith se leva d'un bond, enfila son vieux manteau, glissa Agatha Christie dans sa poche et sortit en claquant la porte, bien décidée à aller poursuivre sa lecture dans les jardins du Luxembourg.

IV

Au début de son escapade avec Teddy, elle évitait de fréquenter le Luxembourg, de peur d'y rencontrer d'anciennes connaissances. Puis, un jour qu'elle faisait le tour du grand bassin, elle s'était effectivement trouvée face à face avec une dame du XVIe arrondissement, l'une de ses anciennes locataires. La dame en question ne l'avait pas reconnue. Judith avait alors pris conscience qu'elle était désormais trop mal habillée, trop mal coiffée, pour qu'on puisse identifier en elle l'ancienne maîtresse du 3, place de Byzance, cet immeuble modern style qui faisait la fierté du pâté de maisons aux abords du square Saint-Euphrose. Il avait suffi de quelques mois pour qu'elle devienne invisible. Les dames de qualité regardaient à travers elle comme on regarde une domestique. Elle en avait été amusée et irritée.

Maussade, elle s'assit sur une chaise de fer, paya l'obole exigée par la maigre surveillante, et s'abîma dans sa lecture. D'ici quelques minutes, des hommes l'aborderaient sous des prétextes futiles, et elle devrait les débouter sans trop de hargne. Parfois elle se demandait si elle ne ferait pas aussi bien de se lever et de les suivre, comme ça, pour voir… Pour rompre le fil qui l'attachait encore à Teddy. C'était peut-être l'unique moyen d'en finir : le tromper. Mais non ! Il s'en ficherait, elle en était certaine, ou bien il lui demanderait des détails, pour la faire rougir. Elle n'avait pas prise sur lui.

Elle essaya de se plonger dans sa lecture, mais, à côté d'elle, deux anciens combattants s'empoignaient à propos de l'imminence de la guerre. Une fois de plus quelqu'un prononça les mots magiques : Ligne Maginot, et le calme revint, lui permettant de s'immerger dans son livre. Elle commençait à soupçonner le majordome quand elle éternua. Elle avait trop froid et la nuit commençait à tomber ; dans quelques minutes les gardiens allaient siffler la fermeture du jardin. Elle décida de rentrer par la rue Férou, la place Saint-Sulpice. Elle grelottait dans son manteau élimé. D'un seul coup elle ne pensait plus qu'au Godin ronronnant. Quand elle entra dans l'atelier, le visage gelé, Teddy lui désigna sa robe noire de « cérémonie » qu'il avait étendue sur le matelas.

« Tu peux la mettre, dit-il, j'ai donné la pièce à la concierge pour qu'elle la repasse. On est de sortie. Un vernissage où il faut que je me montre. Il y aura un buffet, profites-en pour bien bouffer. Et si tu as la possibilité de cacher des sandwiches dans ton sac, n'hésite pas. »

Judith obéit, elle était trop fatiguée pour discuter, et puis elle appréhendait de rester seule dans l'atelier en l'absence de Teddy.

« Je me suis occupé des encadrements, expliqua l'Américain. C'est pour La Laubellerie… Tu sais, le type qui écrit des pièces de théâtre. Il s'est mis dans la tête de présenter sa collection de tableaux modernes à ses amis, ce soir. J'ai fait l'accrochage. À toi de lui sourire, les manières c'est ta spécialité. »

Ils cachèrent leurs vêtements de soirée sous leurs vieux manteaux et prirent l'autobus. Lorsqu'ils furent introduits dans la salle de réception, un domestique les débarrassa de leurs pelures du bout des doigts. Le brouhaha des conversations et l'éclat des lumières abasourdirent Judith qui se dépêcha de se réfugier dans un coin de la salle. Sa petite robe — une splendeur fanée rachetée par Teddy à un rat d'hôtel de la rive gauche qui l'avait volée dans une suite du *Lutétia* — ne faisait illusion que dans les coins sombres.

« Et puis j'ai déjà vingt-huit ans, pensa la jeune femme. Je vais bientôt atteindre l'âge où l'on n'est belle qu'à condition que l'éclairage ne dépasse pas 50 watts. »

Pour se donner une contenance, elle se plongea dans la contemplation des tableaux suspendus. Teddy, poussé par cette malice qu'il mettait en toute chose, avait fait exécuter des cadres étranges, massifs, constitués d'un fourmillement de figurines entrelacées qui semblaient se presser autour de la toile comme une foule autour d'un ring. Tous ces visages minuscules se tendaient vers l'espace rectangulaire de l'œuvre, et, si l'on prenait la peine de plisser les yeux, on ne tardait pas à s'apercevoir que chaque figure avait sa physionomie et son expression propres. Celle-là exprimait l'admiration, celle-ci la déception, cette autre la moquerie... Chaque cadre était le produit d'un magnifique travail de miniaturiste, et, à bien des égards, les minuscules personnages encerclant le tableau étaient beaucoup plus fascinants que la toile elle-même. Judith se laissa très vite griser par cette merveille de virtuosité. Délaissant les peintures, elle ne s'intéressa plus qu'aux cadres, à ces centaines de gnomes tous différents les uns des autres, et qui se serraient au coude à coude, spectateurs prisonniers d'une grande tribune rectangulaire. Il y avait là des vieillards, des jeunes gens, des filles, des couples d'amoureux qui s'embrassaient, des gosses qui grimaçaient ou pointaient le doigt vers quelque chose d'invisible. Ils étaient tous là, avec leurs têtes pas plus grandes que l'ongle du pouce, foule bruyante et pourtant silencieuse, attendant que débute la corrida ou l'affrontement des gladiateurs.

Elle dut accomplir un effort pour s'arracher à la fascination qui s'emparait d'elle. Étourdie, elle réalisa qu'elle avait quitté le salon et se trouvait à présent dans une grande bibliothèque aux murs couverts de livres anciens. Les étagères montaient jusqu'au plafond, au point qu'on avait dû installer une échelle coulissant sur des tringles de cuivre pour y accéder. Dans la pénombre, les ouvrages ressemblaient à des briques brunes posées verticalement, les unes à côté des autres. C'était comme un mur dont les pierres n'auraient été fixées par aucun ciment, un mur instable qui pouvait s'ébouler à tout moment.

« C'était la bibliothèque de mon arrière-grand-père », dit Étienne La Laubellerie qui venait d'entrer, un verre de champagne à la main. « Je n'y mets les pieds que pour fumer le cigare. Mon père avait coutume de dire qu'une grande bibliothèque vous fait immanquablement passer pour un imbécile, et qu'il faut toujours se garder de faire étalage d'un trop grand nombre de bouquins.

— Pourquoi ? interrogea Judith, qui s'en moquait éperdument mais ne voulait pas rester muette.

— Parce qu'à trop lire on oublie de vivre, ma chère. Et qu'un grand lecteur est souvent un piètre compagnon de lit... », répondit La Laubellerie avec une suffisance d'auteur dramatique essayant ses bons mots sur son entourage.

C'était un homme de trente-cinq ans, mais que le succès facile et la bamboche avaient précocement usé. Il y avait de la veulerie dans la courbe molle de sa bouche. On disait qu'il se faisait décolorer les tempes en gris, par coquetterie, et qu'il avait fait tapisser sa chambre de liège, comme Proust. Il s'approcha d'un bureau Empire, et ouvrit un dossier qui se trouvait sur le sous-main dans un portefeuille de maroquin.

« Vous savez, lança-t-il, que dans les années 20, Nathalie Barney, aidée de quelques autres représentants de la colonie américaine, avait décidé de lancer une souscription pour venir en aide à T.S. Eliot qui, au lieu d'écrire, devait travailler dans une banque pour gagner sa vie ? Je n'invente rien. C'était Ezra Pound qui gérait cette entreprise, et il parvint même à persuader Hemingway de quêter pour eux. Il s'agissait de convaincre les donateurs d'envoyer des fonds à Eliot, ou à James Joyce. Oh ! pas grand-chose, une ou deux livres par an, je crois. Ainsi le mécénat serait devenu une affaire collective, et non plus le caprice d'un magnat jouant les Laurent de Médicis...

— Ça n'a pas marché ? demanda Judith.

— Non. Eliot s'est vexé. Quelqu'un lui avait expédié deux timbres-poste dans une enveloppe, à ce qu'on raconte. Quant à Joyce, il aurait reçu de vieux vêtements enveloppés dans du papier journal. Ils ont exigé de Pound qu'il cesse immédiatement de s'acharner à leur venir en aide. Ça n'a rien d'étonnant, les artistes pauvres ont souvent des pudeurs au-dessus de leurs moyens. »

Il s'assit, fit signe à Judith de l'imiter, et s'absorba dans l'étude du dossier dont les belles feuilles de pur vélin craquaient entre ses doigts.

« J'ai imaginé de faire une nouvelle tentative dans ce sens, expliqua-t-il. Je vais constituer une association de mécènes. L'Assemblée des Trente. Nous élirons un artiste dans le besoin, et chacun d'entre nous lui viendra en aide, à sa manière, en lui expédiant des mandats, des dons, des colis. Ce sera très amusant. Chaque membre de l'association jouira d'une entière liberté quant à la forme de contribution qu'il aura décidé d'apporter. Je veux dire par là, qu'il pourra aussi bien expédier à notre artiste une cravate qu'une terrine de pâté. Contrairement à Pound, je ne suis pas partisan d'instaurer d'office une aide financière. Quand on envoie de l'argent à un artiste, il le boit, c'est bien connu. Or nous voulons l'aider à survivre, pas à se noyer dans l'alcool.

— Et vous savez déjà qui bénéficiera de vos bontés ? » s'enquit Judith en espérant que La Laubellerie ne sentirait pas l'ironie de ses propos.

« Non, avoua l'auteur dramatique. J'ai rédigé un questionnaire que nous allons envoyer à différents artistes dans le besoin. Cela nous permettra de leur venir en aide aussi efficacement que possible. »

Il tendit à son interlocutrice quelques-uns des feuillets constituant le dossier. Avec une certaine incrédulité, Judith vit que les questions portaient aussi bien sur l'habillement que sur les goûts culinaires du postulant. On demandait au futur candidat de préciser son tour de cou, de poitrine et de ceinture, mais aussi la pointure de ses chaussures. Sur une page qui faisait office de catalogue, on le priait de bien vouloir pointer les articles d'habillement qui lui seraient nécessaires à brève échéance. Quelles couleurs préférait-il ? Quels vins ? Quelles viandes ? Dans un espace prévu à cet effet, il devait énumérer ses préférences en matière de littérature, de cuisine, de musique. Dans le domaine amoureux, on l'invitait à dresser un portrait de son type de femme.

« Vous voyez, dit La Laubellerie en se rengorgeant. Tout a été prévu. Ainsi les " actionnaires " de notre petite société d'entraide pourront agir avec le maximum d'efficacité. S'ils veulent faire déposer par leur chauffeur un panier de victuailles au domicile de l'artiste, ils sauront exactement comment il convient de le garnir. »

Il adressa à Judith un clin d'œil égrillard, et ajouta :

« Quant à ses préférences amoureuses, elles seront très utiles aux dames de la bonne société qui meurent d'envie de faire l'amour dans un atelier de peintre ou une soupente d'écrivain. Nous allons distribuer ces formulaires aux *Deux-Magots* et au *Café de Flore*. Une pile posée sur le comptoir, sans autre cérémonie, avec une enveloppe timbrée pour la réponse. Nous exigeons toutefois une photo, car le physique compte beaucoup. Les dames n'apprécieraient pas d'entretenir un garçon à l'aspect disgracieux. Nous procéderons à une sélection. Les dix finalistes devront passer une visite médicale, car il n'est pas question que nous secourions un moribond.

— Vous croyez que vous aurez beaucoup de candidats ?

— Vous plaisantez ? Nous allons être noyés sous les réponses ! D'autant plus que nous n'exigeons rien en retour. Ou presque rien... Enfin, si peu de chose...

— Mais encore ?

— Sur chaque œuvre publiée, notre poulain devra faire figurer une dédicace citant le nom de notre petite société. Oh ! quelque chose de très simple, du style : *À mes chers protecteurs sans qui cet ouvrage n'aurait pas vu le jour...* Vous voyez, rien d'outré. Une simple formule de politesse, en fait. Nous sommes tous très excités par cette entreprise. Vous ne désirez pas concourir, vous-même ? On m'a dit que vous aviez un beau brin de plume... Je serais très heureux d'appuyer votre candidature, et je vous signale qu'en tant que fondateur du groupe d'entraide, mon vote compte triple. Vous seriez notre petite orpheline. Allez, laissez-vous faire. Je vous donne mon stylo et vous remplissez le formulaire. »

Judith secoua négativement la tête en essayant de continuer à sourire. Elle ne voulait pas froisser La Laubellerie qui pourrait nuire aux affaires de Teddy.

« Nous fournirons tout, insistait le bonhomme. J'ai ici, au sixième étage, une belle chambre de service que je ferai remettre à neuf et que je prêterai gracieusement à la candidate élue. Comme je suis moi-même artiste, n'est-ce pas, j'ai une conscience aiguë des besoins manifestés par une nature sensible, et je suis sans doute le plus qualifié parmi tous les membres de l'association pour faire face aux demandes d'un vrai tempérament créateur. »

Il s'embrouillait, remuait les mains. Judith se maudit de s'être ainsi laissé piéger dans le cul-de-sac de la bibliothèque. C'est alors qu'elle aperçut, au-dessus de la cheminée, un tableau qui la fit frissonner. Elle dut pâlir car l'homme de théâtre se tut brusquement pour regarder par-dessus sa propre épaule ce que son interlocutrice fixait ainsi.

C'était une grande toile enveloppée de nuit brune, et d'où surgissait la façade d'un immeuble en ruine. La maison avait quelque chose d'un temple perdu au fond des abîmes marins. Une certaine porosité de la pierre évoquant le travail des lithophages. Elle surnageait à fleur de nuit, comme un visage de noyé.

Judith se raidit sur son siège et enfonça ses ongles dans le bois des accoudoirs. La maison du tableau c'était la sienne... Le 3, place de Byzance, là où elle avait passé toute son enfance, là où elle était restée enfermée jusqu'à l'âge de vingt-sept ans, jusqu'à ce qu'elle prenne la fuite pour aller rejoindre Teddy.

Elle réussit enfin à se redresser et s'avança vers la cheminée. Lorsqu'elle fut au pied du tableau l'illusion se dissipa. Il ne s'agissait pas du 3, place de Byzance. Non, ce n'était qu'une maison parmi tant d'autres, une ruine lézardée, une façade où les fenêtres ouvraient des trous obscurs. Au sommet du bâtiment, un oiseau se tenait perché dans le soleil naissant. L'aube l'éclairait à contre-jour, et ses ailes déployées dessinaient un V ténébreux.

« Saisissant, n'est-ce pas ? fit La Laubellerie en posant la main sur l'épaule de Judith. Je l'ai ramené d'Allemagne, l'automne dernier. Il est d'un certain Arno Zigfeld Hortz, un jeune peintre dont on commence à beaucoup parler là-bas. Cela s'appelle *La maison de l'aigle.* »

Judith frissonna, non à cause des mains de La Laubellerie qu'elle ne sentait pas, mais au souvenir de sa méprise. Pendant une seconde elle avait bel et bien cru avoir sous les yeux l'image du 3, place de Byzance. Une image de désolation, prémonitoire. L'annonce d'une catastrophe que le destin avait soudain choisi de lui laisser entrevoir, là, par caprice, tandis que résonnait à ses oreilles le monologue d'un « théâtreux » à la bouche molle.

Elle approcha son visage de la toile. C'était un travail aux antipodes des barbouillages collectés par Teddy. Une science du détail qui confinait à l'hallucination ; un souci de vérité digne d'un miniaturiste. Il suffisait de fermer un peu les paupières pour avoir l'illusion de regarder une photographie. Pas un tableau... une photographie sur toile.

Les mains pressantes de La Laubellerie la ramenèrent à la réalité. Elle se dégagea, sortit de la bibliothèque d'un pas mal assuré. Il fallait qu'elle prenne la fuite, sans attendre.

« Et vous n'avez même pas rempli votre formulaire ! » se désola l'homme de théâtre dans son dos. Elle récupéra son maigre manteau et s'enfonça dans la nuit d'hiver sans savoir où elle allait.

Elle ne pouvait s'empêcher de penser qu'on venait de lui faire parvenir un message. Un S.O.S., comme on disait dans les romans d'aventures. Et pendant que ses hauts talons claquaient sur le trottoir gelé, elle songeait à cette ruine babylonienne submergée par une inondation ténébreuse. *La maison de l'aigle.* Il lui semblait entendre le bruit du vent dans les plumes du rapace s'apprêtant à prendre son vol. « Tu dois rentrer, murmura une voix au fond de sa tête. Tu dois rentrer à la maison... »

Au cours de l'année qui s'était écoulée, elle avait très peu pensé au 3, place de Byzance. Elle avait voulu vivre comme Teddy, dans un éternel présent. Elle s'était efforcée de vivre « en homme », parce qu'elle imaginait que les hommes vivaient ainsi, sans excédent de bagage. Et voilà qu'il avait suffi de quelques verres de champagne, d'un tableau trop noir signé d'un inconnu au nom imprononçable, pour que tout lui revienne. La maison, le chat gris, Stéphane son piètre mari, Tolokine le concierge, fils d'un Russe blanc émigré. L'inquiétude s'empara d'elle. Comment allait la maison ? Comment s'étaient déroulées les choses en son absence ? Stéphane avait-il conduit l'immeuble à la faillite, avait-il profité de son absence pour entreprendre des travaux dispendieux ? Non, c'était impossible, il ne disposait d'aucun pouvoir décisionnaire et sa signature n'avait pas de valeur.

« Si tu retournes là-bas, pensa-t-elle, le piège se refermera aussitôt sur toi, et ce sera comme si tu n'étais jamais partie. Jamais. À la seconde où tu passeras le seuil du hall, la maison reprendra ses droits sur toi. »

Elle savait tout cela. Elle ne se faisait aucune illusion, mais elle savait également qu'elle devait rentrer parce que...

« Parce que bientôt ce sera la guerre... », murmura-t-elle pour elle seule dans la nuit d'hiver.

Oui, la guerre allait venir. Et elle, Judith, ne pouvait déserter son poste plus longtemps. Elle le devait à son père, Jules Massart, architecte raté et chimérique pour qui cet immeuble bourgeois avait fini par prendre, au fil du temps, les allures d'une véritable arche de Noé.

Lorsqu'elle regagna l'atelier, elle avait si froid qu'elle ne sentait plus ni ses pieds ni son visage. Elle se laissa tomber près du poêle, fixant la grande verrière ouverte sur la nuit. Elle savait déjà qu'elle partirait au matin. Elle écrirait un mot à Teddy, oui... dès qu'elle aurait les doigts moins gourds.

V

Teddy ne rentra pas. Sans doute avait-il séduit quelque femme de la haute société qu'il avait « raccompagnée » ? Judith y vit un nouveau signe du destin. Sur une toile vierge — l'une de ces toiles sur lesquelles Teddy se livrait à de troublantes ébauches de faux — elle traça un laconique *je m'en vais.* Cela faisait mélodramatique, mais c'était le seul moyen d'attirer l'attention de Teddy. Si elle avait déposé une enveloppe sur son oreiller, il aurait cru qu'il s'agissait d'une facture et l'aurait chiffonnée sans la lire. La toile gâchée aurait au moins le mérite de le mettre en colère. Cela fait, elle s'avança jusqu'au bord du vide, le nez touchant le verre de la grande baie vitrée, et esquissa un bref geste de la main à l'intention du pauvre Veaumollet qui ne finirait jamais son « Fragonard ». Voilà, tout était dit, un an de sa vie se terminait sur une pirouette. Elle rentrait chez elle.

En quittant l'immeuble, elle récupéra sa bicyclette, mais, comme il avait gelé pendant la nuit, elle n'osa l'enfourcher. À pied, les joues lardées par les aiguilles que charriait le vent, elle prit la route qui allait la mener place de Byzance. Longeant les quais, elle passa devant la tour Eiffel, puis traversa le pont pour remonter vers le Trocadéro. Teddy ne la retrouverait pas. Jamais il ne lui avait laissé raconter d'où elle venait, préférant voir en elle une petite bonne échappée des quartiers « chic ». Avec l'habituelle fatuité des hommes, il croirait son départ motivé par la jalousie ; c'était bien ainsi. Elle marchait à pas lents, essayant de rassembler son courage en vue de l'instant où il lui faudrait entrer en scène. Au fur et à mesure qu'elle se rapprochait de la place de Byzance, les souvenirs affluaient. Elle songea de nouveau qu'au moment même où elle poserait le pied dans l'immeuble, tout lui reviendrait : les vieilles peurs, les étouffements. Elle aurait ses fièvres, tels les vieux coloniaux. Elle aurait une fois de plus peur de sortir, peur du dehors... Peur même de regarder par la fenêtre. La malédiction de la maison natale lui tomberait sur les épaules comme une fatalité, et c'en serait fait de la liberté qu'elle avait cru conquérir. « Oui, pensa-t-elle. Ce sera comme si tu n'étais jamais partie. »

Et pourtant elle avait eu tant de mal à s'échapper de ce mastaba de pierre grise où elle avait vécu à la manière d'une emmurée.

Lorsqu'elle aperçut la haute silhouette de l'immeuble, ses jambes se mirent à trembler et elle fut heureuse de pouvoir s'appuyer au vélo pour ne pas défaillir. Elle revenait d'un voyage de cent mille kilomètres, elle revenait de l'autre bout de la Terre, et la maison était encore là.

Judith serra le guidon de la bicyclette à travers ses gants de laine troués. Dans une seconde elle saurait si l'aventure allait reprendre à l'instant même où elle l'avait quittée, à l'exemple de ces feuilletons à épisodes dont l'action s'endort, se fige une semaine durant, pour redémarrer comme si de rien n'était, à la parution suivante.

Wilfrid Tolokine, le jeune concierge aux allures de séminariste, était en train de « faire » les miroirs du hall. Il fut stupéfait de découvrir Judith en si piteux équipage. La jeune femme lui adressa un sourire de figurante intimidée par la caméra, et lui abandonna le vélo. Le souffle court, elle chercha ses clefs au fond de son sac. Mais, au moment même où elle sortait de l'ascenseur, la porte de l'appartement s'ouvrit devant elle, tirée par Stéphane... son mari.

« Je vous ai aperçue par la fenêtre, dit-il en lui faisant signe d'entrer. Vous auriez pu prendre la peine de vous accoutrer un peu mieux. Que vont penser les voisins ? Vous n'aurez donc jamais aucun égard pour ma position. *Entrez !* Entrez donc avant que quelqu'un vous surprenne ainsi ! »

Il s'effaça pour lui laisser le passage. Judith franchit le seuil. L'odeur de l'appartement lui sauta au visage, toujours la même. Cire d'abeille, poussière, vieille étoffe des tentures.

Stéphane avait refermé la porte. Il parlait vite, son visage n'avait ni rougi ni pâli.

« Je vais vous mettre rapidement au courant avant que vous ne fassiez un autre impair auprès des domestiques, dit-il. Sachez qu'afin de justifier votre absence, j'ai prétendu que vous étiez devenue poitrinaire et que vous étiez partie vivre chez votre tante Marie, sur la Côte d'Azur. Vous ferez bien d'accréditer cette fable. Les locataires ont eu la politesse de faire semblant d'y croire. Entrez dans le jeu. L'important c'est que les apparences soient sauves. »

« Poitrinaire ? songea Judith. Quelle canaille ! Qu'espère-t-il ? Que je vais me promener en toussant dans un mouchoir ? »

Se retournant, elle essaya de déterminer si Stéphane avait changé au cours de l'année écoulée, puis elle se rappela qu'avant de réussir à s'échapper elle ne le regardait déjà plus beaucoup. Cependant l'absence avait débarbouillé son regard, et elle le voyait d'un œil neuf. Il avait été grand et mince à vingt-cinq ans ; à quarante, il était toujours aussi grand mais il était devenu sec et nerveux. Avec d'interminables mains. Sa pomme d'Adam semblait un débris alimentaire coincé sur le trajet de sa gorge, et chacune de ses déglutitions avait quelque chose de douloureux. Sur les tempes, le poil s'éclaircissait sans grisonner. Il serait chauve avant d'avoir un seul cheveu blanc. Il n'avait pas l'air ému, sa voix sortait de sa bouche sans altération.

« Le concierge s'est beaucoup inquiété de votre santé, ricana-t-il. Il voulait vous écrire. Un concierge ! Voyez-vous ça ? »

Un peu plus tard, il déclara sur le ton d'un général s'adressant à son état-major :

« Je ne veux rien apprendre de ce que vous avez fait pendant cette année. Je sais que je n'ai jamais été capable de répondre à vos appétits, et que vous vous êtes toujours ennuyée en ma compagnie. Je ne m'en sens pas coupable pour autant ; pas plus que je n'ai le désir de raccommoder les choses entre nous. Nous vivrons donc chacun de notre côté. Vous êtes chez vous, après tout. N'espérez de ma part ni colère ni sermon. Vous avez cessé d'exister le jour où vous vous êtes enfuie. Nous continuerons nos existences côte à côte en attendant de prendre une décision. Je pense que c'est très faisable. Vous n'aurez qu'à imaginer que je suis l'un de vos locataires. Les comptes sont en bon ordre, j'y ai veillé et je n'en ai pas distrait un centime. »

Alors, seulement, Judith réalisa qu'on était aujourd'hui le 1er janvier 1939.

Elle ne s'était pas trompée dans ses prédictions. Dans les jours qui suivirent elle fut victime d'un curieux phénomène d'éloignement. L'épisode « Teddy » s'estompait de sa mémoire. Avec un petit pincement au cœur, elle songea qu'elle aurait bientôt oublié le visage de l'Américain, et que son escapade à l'Extérieur prendrait d'ici peu les allures d'un rêve.

Elle recommença à s'habiller, à se maquiller. Les locataires se réjouirent de son retour mais se gardèrent de trop s'approcher d'elle ou de lui serrer la main. Sans doute s'attendaient-ils à ce qu'elle se promène un mouchoir pressé contre la bouche, le visage empourpré de fièvre ?

Elle voyait très peu Stéphane qui passait beaucoup de temps dans l'atelier du sixième, traçant des esquisses architecturales sur lesquelles personne ne se donnerait la peine de jeter le moindre coup d'œil. Elle recevait de tante Marie des lettres au contenu apocalyptique. La vieille dame la suppliait de vendre l'immeuble avant que la guerre n'éclate, et de venir la rejoindre sur la Côte d'Azur, mais Judith ne pouvait se résoudre à abandonner le 3, place de Byzance tout imprégné encore des rêveries de son père. Comment aurait-elle pu oublier qu'un temps Jules Massart s'était cru le souverain de ce royaume dérisoire, et qu'il avait élevé ses enfants dans le respect de cette croyance ? Jules Massart, dont la trop jeune femme, Christine, avait rendu l'âme en donnant naissance à deux enfants : Jean-Lou et Judith. Ils étaient morts aujourd'hui, presque tous : Christine, Jean-Lou, Jules... Tante Marie avait déserté. La dynastie s'éteignait. Elle était, elle, Judith, l'unique survivante de l'ancien royaume. Stéphane ne comptait pas. Il n'avait jamais compté.

Les mois passaient. À la T.S.F., elle n'écoutait que les chansons de Charles Trenet, baissant le son dès que résonnait la musique du bulletin d'informations. À l'extérieur se déroulait quelque chose qu'on appelait la Drôle de Guerre. Stéphane avait essayé de s'engager en faisant valoir qu'il était expert en fortifications et qu'il pourrait travailler à la rectification de la ligne Maginot, si mal construite. On l'avait réformé en raison de son âge et de sa trop faible constitution. Depuis quelque temps il avait des problèmes d'arythmie cardiaque. Ce camouflet ne contribua qu'à détériorer un peu plus son humeur.

En tant que propriétaire d'immeuble, Judith reçut un avis du ministère de la Défense lui commandant de déblayer ses caves et de les transformer en abri en prévision des futurs bombardements. Des géomètres vinrent vérifier que l'épaisseur entre la chaussée et la voûte était conforme aux stipulations des arrêtés.

C'est à cette occasion qu'elle contracta l'habitude d'aller prendre, chaque matin, son petit déjeuner dans les caves du 3, place de Byzance. Tolokine, le jeune concierge, la surprenait ainsi, la robe de chambre dénouée, les mules à la dérive. Alors, il entamait sa besogne de rangement, fourbissant la tuyauterie en monologuant d'une voix égale. Il parlait toujours de la même chose : de la Russie, des tsars, de Raspoutine empoisonné, revolvérisé, roué de coups, et marchant encore, des paroles d'apocalypse à la bouche. Il évoquait la grande horreur du bolchevisme, les généraux réduits à ramasser le crottin pour survivre, les maréchaux aux uniformes rapiécés de ficelle, vendant de la soupe au coin des rues. Et les massacres, toujours les massacres... Le tsar et sa famille assassinés, fusillés à bout portant, achevés à coups de crosse. Il égrenait des noms : Olga, Tatiana, Maria, Anastasia... « Et même la petite chienne », ajoutait-il rituellement. Judith l'écoutait, bouche bée, comme on suit un feuilleton. Elle en oubliait que Tolokine était né à Pantin, qu'il n'avait jamais mis les pieds à Moscou et que parfois, au plus fort du récit, il lui arrivait de perdre son accent russe.

Elle ne savait pas grand-chose de lui. Son père, ancien officier des gardes blancs, avait un temps participé à la contre-révolution avant de passer en France et de devenir chauffeur de taxi. Il s'était marié à une blanchisseuse que les vapeurs de lessive avaient fini par rendre phtisique. Elle était morte en 21, en mettant Tolokine au monde. Le jeune concierge ne parlait jamais d'elle.

« Faut pas vous inquiéter, madame Judith, répétait-il, les Allemands n'aiment pas les communistes, c'est un bon point pour eux, et c'est plutôt rassurant car personne ne pourra commettre plus d'atrocités que les bolcheviques. »

Et il reprenait son monologue, n'attendant de la jeune femme aucune question, aucun commentaire. Il revenait inlassablement sur le massacre du tsar et de sa famille. Non, jamais on ne reverrait pareille horreur. Il est des choses qu'on ne peut surpasser. L'émotion dissolvait une fois de plus son accent ; soudain il se mettait à parler comme tout le monde, et cette défaillance — loin de le rendre ridicule — lui conférait un côté attendrissant.

« Faut pas vous inquiéter, m'dame Judith. Faut pas. Les Boches, ils vont remettre de l'ordre. On avait besoin d'un bon coup de balai. »

Judith touchait son ventre. Si elle avait été enceinte l'enfant aurait entendu tout cela, ce catalogue d'horreurs égrené comme un catéchisme familial. Pourquoi pensait-elle encore à cela ? Il y avait si longtemps à présent qu'elle avait fait sa fausse couche...

« Parlez-moi du sabre de votre père », disait-elle pour relancer le jeune homme dont les regards s'attardaient sur ses pieds nus. Et Tolokine repartait de plus belle, retrouvant son accent roulant pour évoquer la contre-révolution blanche, le complot du général Kornilov, l'armée des Volontaires, l'amiral Koltchak retranché dans l'Oural à la tête des forces antibolcheviques. Le sabre du père de Tolokine avait été de toutes ces batailles. Le jeune homme en conservait la lame ébréchée au fond d'une malle, dans la loge.

Judith fixait le hublot rougeoyant de la chaudière, voyant défiler dans les flammes les régiments trop élégants du grand-duc Nicolas. Puis elle se coupait une nouvelle tartine qu'elle alourdissait de beurre. Elle avait remplacé les tasses, élégantes mais trop petites, par un grand bol paysan dont la seule contenance asséchait la cafetière. Elle jouait son rôle d'ogresse avec un sérieux proche du cabotinage. Durant son adolescence elle avait été un « garçon manqué », un double de Jean-Lou, son frère mort à dix ans de la grippe espagnole. Le petit garçon disparu avait déteint sur elle au point d'étouffer sa féminité. Aujourd'hui, comme sa gourmandise s'exaltant à l'approche de la grande pénurie, son corps et son cœur se réveillaient avec la menace d'une mort violente et terrible. Elle découvrait avec une horreur engourdie qu'elle avait envie de tomber amoureuse. *Vraiment,* cette fois. Un temps, elle avait cru qu'elle avait vécu le meilleur de sa vie durant son enfance, que les minutes les plus exaltantes de son existence s'étaient écoulées dans l'espace étroit du cagibi « africain » du sixième étage, ou encore dans le labyrinthe de la bibliothèque du père Louis, ce concierge qui collectionnait les romans populaires à deux sous. Après l'échec de son mariage, il lui était fréquemment arrivé de penser : « Maintenant il ne se passera plus rien. » Elle devinait tout à coup qu'elle s'était trompée.

Stéphane paraissait, lui aussi, dévoré par une flamme sombre. Judith, prévenue par une petite bonne qu'un incendie s'était déclaré au sixième, l'avait surpris dans son atelier, assis au milieu des maquettes en papier, enflammant une à une les maisons miniatures à l'aide de son briquet. Il avait fallu jeter du sable sur les maisonnettes carbonisées et ouvrir toutes les fenêtres pour dissiper l'odeur de brûlé.

Judith passait de plus en plus de temps à la cave, allongée sur le sofa de ce qu'elle surnommait « son salon troglodyte ». Désormais elle négligeait la gestion de l'immeuble et s'en moquait. Quelque chose fredonnait en elle, une euphorie proche de celle qui s'empare des enfants à la veille des grandes vacances.

Stéphane vint lui rendre visite. « C'est bien, ricanait-il. Vous essayez de vous acclimater à la claustration. Vous nous avez organisé un sépulcre coquet. Six étages de décombres sur la tête, cela nous fera une sacrée pierre tombale. »

Judith ne l'écoutait pas. Elle savait que son mari colportait des horreurs dans le quartier, qu'il fréquentait les cafés et parlait à n'importe qui au risque de passer pour agent de la cinquième colonne et d'être arrêté. Elle n'y pouvait rien, la guerre — la guerre prophétisée par Jules Massart — était là. « Enfin », pensait Judith ; elle ne savait pas pourquoi.

VI

Le 10 mai apparurent les premiers réfugiés du Nord. Des paysans en guenilles remorquant des charrettes où l'on avait parfois entassé côte à côte un matelas et des poules enfermées dans des cages bricolées. Ils arrivaient, tirant une vache en laisse. Des gosses sales à faire peur, qui titubaient, les doigts dans le nez, un mouton trottinant à leur côté. « Un cirque », pensa Judith qui les regardait défiler de sa fenêtre, suivant leur lente claudication au moyen de ses jumelles de théâtre. Dans le quartier beaucoup faisaient comme elle, utilisant le lorgnon d'écaille réservé d'habitude aux soirées d'opéra.

Six jours plus tard, les lignes françaises étaient enfoncées, les Allemands roulaient vers Paris à tombeau ouvert, chassant devant eux une foule hagarde de réfugiés abrutis de fatigue.

« Un cirque », continuait à penser Judith. Ces animaux incongrus qui surgissaient au hasard des rues l'empêchaient de prendre les choses au tragique. D'abord il y avait eu ces moutons, broutant l'herbe du minuscule square Saint-Euphrose ; cette vache, que la panique avait jetée meuglante dans les escaliers du métro...

Les fuyards faisaient lever dans son esprit des images de livre d'enfants : les romanichels aux roulottes bigarrées, les singes jouant de l'orgue de Barbarie. Ces paysannes affaissées au bord des trottoirs lui semblaient des bohémiennes. Si elles n'avaient pas été aussi sales, si peu souriantes, elle leur aurait demandé de lui lire les lignes de la main.

Paris s'emplissait de cette population grouillante et roulante qui dévalait les boulevards en une morne avalanche. On sentait que rien ne l'arrêterait. Parfois la fatigue les forçait à se dépouiller. On abandonnait au bord des trottoirs des objets fétiches qu'on avait pourtant traînés durant des centaines de kilomètres : une pendule à balancier était ainsi livrée à elle-même, plantée près d'une bouche d'égout. Des troupeaux de valises jonchaient la chaussée.

Debout sur son balcon, Judith regardait la débandade. Elle ne voulait pas descendre dans la rue. Elle avait peur, en quittant l'immeuble, d'être happée par ce flot tumultueux.

« Quelqu'un m'attrapera par le poignet, pensait-elle, et je serai forcée de les suivre. »

Elle s'imaginait, enlevée par ces bohémiens, trottant, les pieds en sang près d'un mouton qui lui donnerait ses puces. Une fois prisonnière du flot, elle ne pourrait plus s'échapper. La vague l'entraînerait loin de la maison. C'était une farandole sinistre et morne qui finissait par vous hypnotiser. À force de l'observer on sentait monter en soi un besoin de marche forcée, on descendait du trottoir, et hop... on se retrouvait au coude à coude avec des inconnus aux chaussettes boueuses, des vaches, des chiens crottés.

Le 3 juin, le bombardement des usines Citroën acheva de répandre le germe de la panique. Le XVIe arrondissement lui-même se vidait. Incrédule, Judith voyait s'enfuir ses locataires. On lui rendait des clefs, on s'échappait dans des voitures trop lourdement chargées dont la caisse frôlait l'asphalte, arrachant parfois des étincelles aux pavés. « Mais ici vous seriez en sécurité », leur disait la jeune femme. Elle ne comprenait pas comment on pouvait choisir de quitter la maison pour se jeter dans l'inconnu du « dehors ». Comment on pouvait choisir de dormir à la belle étoile, sans toit au-dessus de sa tête, offert au vent, vulnérable. Nu. Toutefois, à la radio, le général Vuillemin lui-même préconisait une évacuation massive en raison des terribles bombardements qui n'allaient plus tarder à laminer la capitale.

Stéphane exultait silencieusement, les yeux brillants. Chaque fois qu'elle croisait son regard, Judith devinait qu'il avait envie de crier : « Alors ? N'avais-je pas raison ? »

La maison sonnait le creux. Judith, renouant avec la déambulation somnambulique de Jules Massart, son père, frappait aux portes, n'éveillant qu'un écho de coquille vide dans les logements déserts.

Dans leur hâte à prendre la fuite, beaucoup de Parisiens avaient empoisonné l'animal familier qui aurait pu les ralentir. Les rues étaient jonchées de cadavres de chiens et de chats. À l'intérieur de la maison elle-même, Tolokine ne cessait de monter les escaliers, d'ouvrir les placards à balais pour dénicher les dépouilles des pauvres bestioles avant qu'elles ne commencent à pourrir. C'est en l'accompagnant dans l'une de ces expéditions que Judith se trouva nez à nez avec le chat gris. Il n'avait pas changé. Bien campé sur ses pattes, il la regarda venir du fond du couloir, puis, quand elle ne fut plus qu'à deux mètres, s'esquiva d'un bond et disparut sans qu'on puisse savoir par où il était passé. « Passe-muraille », pensa la jeune femme, retrouvant au fond de sa mémoire le surnom inventé jadis par son frère. Les autres étaient morts, tués par leurs propres maîtres, lui survivait une fois de plus, indestructible, ironique.

« Ce n'est sûrement pas le même, madame Judith », observa Tolokine à qui elle s'était laissée aller à raconter la légende du matou fantôme. « Il serait bien trop vieux. »

La jeune femme hocha la tête. Paradoxalement, la présence du chat fantôme la rassurait. Elle était heureuse de retrouver, en ces heures troubles, ce dieu au rabais qui avait traversé toute son enfance.

Sur les boulevards, les avenues, la ruée continuait à s'écouler. À présent surgissaient des soldats en fuite, dépenaillés, parfois blessés, juchés sur des vélos. Ils réclamaient du vin et détournaient les yeux quand on les interrogeait. Leur présence était comme la signature du médecin au bas d'un permis d'inhumer. On savait maintenant que tout était perdu. Même l'honneur.

Au fur et à mesure que se formaient d'immenses bouchons aux portes de la capitale, les quartiers se vidaient.

L'immeuble était un paquebot déserté par ses passagers en pleine tempête. En consultant ses fiches, Judith constata qu'il lui restait tout au plus une dizaine de locataires. Elle songea un moment à rejoindre tante Marie, sur la Riviera. Ç'aurait été possible. La vieille dame possédait une maison adossée à une colline où poussaient les violettes d'une parfumerie voisine que de petits ramasseurs venaient cueillir à quatre heures du matin. Mais pour cela il aurait fallu se jeter dans le troupeau, rejoindre le « cirque », les « bohémiens ».

« Je suis comme ces Chinoises dont on bandait les pieds, pensa-t-elle. Je ne peux pas marcher trop longtemps. Je n'ai jamais appris. »

En fait, malgré les rumeurs apocalyptiques serinées par la T.S.F., elle ne parvenait pas à se sentir *réellement* menacée. Tant qu'elle resterait au sein de l'immeuble, elle ne risquerait rien. Les fantômes familiers du numéro 3 la protégeraient, elle en avait l'intuition. La guerre ne la concernait pas, elle se déroulait ailleurs, dans un autre pays qui commençait au seuil de la porte cochère. Elle ne se sentait pas française, elle était « Byzantine »... « Tribyzantine », aurait dit Jean-Lou. Elle aurait aimé avoir ses propres couleurs, son propre drapeau qu'elle aurait fait claquer au balcon, annonçant à l'ennemi qu'il se trouvait en face d'un autre territoire, d'une enclave qu'il lui faudrait nettement délimiter sur ses relevés stratégiques.

« Vous êtes folle ! » soupirait Stéphane lorsqu'elle lui exposait son sentiment.

Du 6 mai au 13 juin, plus de deux millions de Parisiens partirent pour le Sud, dépeuplant entièrement certains quartiers. Le gouvernement lui-même s'était enfui, emportant des montagnes de dossiers.

Des chevaux dételés, des ânes, galopaient au hasard, faisant sonner leurs sabots sur les avenues désertes. On racontait qu'on allait libérer les fous, et aussi les animaux des jardins zoologiques.

Des conducteurs d'autobus avaient pris le large au volant de leur instrument de travail. Rien de tout cela ne pouvait être sérieux, n'est-ce pas ?

Dans la chaleur des nuits de juin, sa chemise collant à la peau, Judith allait se poster sur le balcon, guettant les spectacles insolites qu'éclairait la lune. Il y avait ce petit âne du bois de Boulogne, tirant sa charrette enluminée, et qui broutait les plates-bandes du square ; cette chèvre échappée de l'arrière-cour d'on ne savait quelle crémerie, et qui mâchonnait le carton des valises abandonnées... Autant de visions qui ôtaient toute crédibilité au désastre à venir, à ces hordes de Huns dévalant des Ardennes et terrorisant les populations.

« Vous rirez moins dans quelques jours, disait Stéphane. Alors vous regretterez de ne pas être partie chez votre tante. »

Mais Judith regardait tourner en rond le petit âne du bois de Boulogne. Il était à la fois tout proche et très loin. De l'autre côté de la rue ce n'était pas chez elle, c'était... *ailleurs*.

Le 13 juin, Paris fut déclaré ville ouverte. Judith fit fermer le portail. Tolokine n'était pas inquiet. Excité, mais pas inquiet. Son accent russe s'en allait, revenait, le trahissant une fois sur deux.

« Maintenant ils vont nous bombarder, expliqua doctement Stéphane. Ils vont nous canonner jusqu'à ce qu'il ne reste plus pierre sur pierre. Vous pouvez d'ores et déjà descendre à la cave. J'espère que vous avez prévu des provisions ? »

Mais Judith, tendant l'oreille, n'entendait aucun écho d'explosion. Seulement le clip-clop régulier des sabots du petit âne au chômage.

VII

Le soir même, Teddy fit irruption dans le hall. Le visage mangé de barbe, le corps entortillé dans un vieil imperméable militaire. Il remorquait un énorme rouleau retenu par des ficelles, et que Judith prit tout d'abord pour un amoncellement de tapis.

En peu de mots, il lui expliqua qu'il était en fuite. L'arrivée des Allemands devenant imminente, il avait dû quitter en hâte l'atelier de Veaumollet par peur des dénonciations.

« Mais je te croyais parti depuis longtemps, répétait mécaniquement la jeune femme. Tous les Américains se sont embarqués dès que les événements... »

Tous les Américains, oui, sauf Teddy. Ayant pu trouver une remplaçante à Judith, il avait obtenu de Veaumollet de rester dans l'atelier, mais l'arrivée des Allemands avait tout bouleversé. Le peintre timide, qui ne pouvait observer ses modèles que par l'entremise d'une lorgnette, l'avait chassé. Depuis plusieurs jours, l'ancien aviateur errait dans Paris, n'osant ouvrir la bouche à cause de son accent, traînant sur l'épaule le trésor accumulé au cours de ses maraudages chez les peintres de banlieue.

« Toutes les toiles que je devais expédier aux États-Unis, expliqua-t-il. Tu te rappelles ? Je les ai déclouées des châssis et roulées ensemble. Je ne pouvais pas les abandonner, tout de même. »

Judith hocha distraitement la tête, les yeux fixés sur l'épais paquetage effrangé aux couleurs violentes, plein d'éclaboussures abstraites. Elle se fit la réflexion qu'un tapis volant, au repos, devait avoir à peu près cet aspect.

« Il faut que tu me caches, dit simplement Teddy.

— Mais alors, murmura Judith, tu savais où j'habitais ?

— Je l'ai toujours su. Je t'ai suivie dès le premier jour, lorsque tu as accepté le travail de misère que je te proposais. Tu m'intriguais. Une fausse dactylo habillée en grande bourgeoise. Tu avais l'air sortie d'un roman policier américain. C'était à l'époque de *La Lettre de Paris.* Au début, je croyais que tu essayais de t'introduire chez moi pour récupérer des photos compromettantes. »

Judith soupira, c'était si loin. Teddy la saisit aux épaules, la secoua. Il fallait le cacher, il le répéta, mais sans mettre dans ces mots la nuance dramatique qu'on aurait pu attendre. Il annonçait cela comme il aurait dit « C'est toi qui t'y colles », à l'aube d'une formidable partie de cache-cache. Judith fronça les sourcils, l'immeuble était désert, plus vide qu'un paquebot en train de faire naufrage, mais aucun de ces appartements à l'abandon ne correspondait à l'idée qu'on se fait d'une bonne tanière. « C'est trop vide, dit-elle pensivement. On t'y verra de trop loin, c'est comme si tu essayais de te dissimuler sur une plaine sans arbres. » Et soudain l'idée jaillit, merveilleuse parce que enfantine.

« Je sais où ! souffla-t-elle en serrant la main de l'ancien journaliste. En Afrique ! »

Teddy ne manifesta aucun signe d'étonnement ou d'incrédulité, et la jeune femme comprit dans une bouffée de tendresse revenue que c'était pour cela qu'elle l'avait aimé, pour cette aptitude à entrer de plain-pied dans l'imaginaire, pour ce merveilleux pouvoir d'enfance qui ne s'était pas atrophié en lui avec le temps.

« Oui ! dit-il. L'Afrique, c'est à quel étage ? » Elle le guida dans les méandres de l'escalier de service vers le cagibi du sixième. Au cours des dernières années, obéissant à une impulsion qu'elle n'avait jamais cherché à comprendre, elle avait fait poser sur la porte du débarras un grand miroir en pied qui masquait le battant et, par là même, occultait complètement l'existence du réduit. En réalité, la glace pivotait sur des charnières, et, lorsqu'on la saisissait aux bons endroits, on faisait tourner sur ses gonds la porte vermoulue du débarras. Aujourd'hui Judith était incapable de déterminer *pourquoi* elle avait commandé un travail aussi insolite, peut-être parce que la vue de cette étroite porte ouvrant sur son enfance lui était peu à peu devenue insupportable ? Elle se rappelait qu'un temps elle avait projeté de murer tout bonnement la pièce, mais qu'elle avait renoncé à la dernière minute, gagnée par une inexplicable bouffée superstitieuse.

« L'Afrique..., souffla Teddy en se baissant pour franchir le seuil.

— C'est là que nous faisions pousser des orties, murmura Judith avec un petit rire d'excuse. Et que nous lisions jusqu'à nous en abrutir. »

La chaleur était au rendez-vous, comme jadis. Tout l'été se trouvait pris en conserve entre les quatre murs du placard, vous jetant au visage une odeur de poussière sucrée, cuite par les rayons tombant du vasistas. Et c'était comme une confiture de souvenirs qui vous poissait les lèvres.

L'Afrique. Les pots qui avaient jadis contenu les plantations de Jean-Lou étaient encore là, et les malles que personne n'avait jamais pu ouvrir, et les romans aux couvertures brûlées, blanchies jusqu'à l'effacement... Teddy posa son rouleau de toiles comme un marin jette son sac à terre.

« C'est parfait », murmura-t-il. Et sa confiance, son optimisme, effrayèrent Judith. Elle eut peur de son sourire, de cette bonne blague qu'ils se préparaient à faire aux envahisseurs. Elle fut à deux doigts de lui dire « Tu ne te rends pas compte... », mais comprit à temps que cela sonnerait entre eux comme un gros mot.

Déjà Teddy dressait une liste d'explorateur : il faudrait de l'eau, des bidons et des conserves. Pas de réchaud, car si l'immeuble était réquisitionné, les odeurs de nourriture trahiraient sa présence. Un seau hygiénique, bien sûr, qu'il viderait la nuit dans la gouttière en entrouvrant le vasistas. Le plus important c'était ce qu'il appelait « les munitions anti-cafard » : des livres, de quoi écrire, un petit nécessaire de peinture ; de quoi s'occuper dans le silence et la quasi-immobilité.

« Oh, gémit Judith, ce n'est pas possible, ce serait comme si je t'emmurais. » Mais Teddy était justement séduit par cette idée. « Je serai ton fantôme, lui objecta-t-il. Il n'y a pas de vrai manoir sans un bon spectre. »

Il fallait faire vite pour ne pas éveiller les soupçons de Tolokine. La jeune femme rassembla et transporta elle-même les différents éléments de l'équipement d'explorateur nécessaire à la survie de Teddy. Pendant qu'elle s'affairait, des bribes d'anciennes lectures traversaient son esprit : le Pr Cormac se préparant à descendre au centre de la Terre et vérifiant une dernière fois un équipement aussi naïf que merveilleux : *Trois grosses boîtes d'allumettes suédoises, un harmonica pour affronter le silence des profondeurs telluriques, un sifflet pour effrayer les chauves-souris géantes...*

Elle aurait voulu que l'Américain ne lui fasse pas autant confiance, qu'il ne s'abandonne pas entre ses mains comme si, maîtresse des lieux, elle en était aussi la fée secrète présidant aux agencements du destin. Mais, là-haut, Teddy organisait déjà son campement, se mettait torse nu pour affronter la chaleur concentrée que le vasistas faisait tomber sur ses épaules comme une loupe propagatrice d'incendie. Le cagibi se remplissait : conserves, bidons, boîtes de biscuits, bouteilles, biscottes. Les provisions mangeaient le peu d'espace, les livres entassaient leurs briques de papier. Les gestes de l'Américain s'amenuisaient faute de place. Il devint rapidement évident qu'il ne pourrait bouger sans courir le risque de faire s'ébouler ses réserves et que chacun de ses mouvements devrait être calculé selon une courbe précise.

« Le plancher grince, précisa Judith au bord des larmes, si quelqu'un passe dans le couloir, reste bien immobile. Personne ne doit savoir qu'il y a une cachette derrière le miroir. »

Teddy hocha la tête, la chaleur africaine l'engourdissait déjà. « Et s'il ronfle en dormant, songea la jeune femme que gagnait la panique. Et s'il parle pendant son sommeil ? »

Ce soir-là elle repoussa la glace pivotante au moment où l'Américain s'installait pour la nuit, la tête calée sur le rouleau de toiles abstraites comme sur un traversin.

VIII

Le 15 juin, à l'aube, Judith se réveilla en proie à un brusque sentiment de menace. Elle était seule au milieu du lit (Stéphane dormant depuis plusieurs mois déjà dans la chambre d'amis)... et un œil la regardait. Elle se redressa, le cœur battant, s'aperçut qu'elle avait oublié de tirer les volets et que la lumière rose du petit jour traversait les rideaux. Mais le malaise persistait, l'impression gênante d'être montrée du doigt, d'avoir été choisie comme cible à son insu par un tireur embusqué. Elle se leva d'un bond. Il y avait un char sur la place, une grosse mécanique protubérante, hérissée de boulons, et dont le canon pointait droit sur l'immeuble, vers la chambre à coucher. C'était cela qu'elle avait senti : la proximité de la bouche à feu dressée vers sa fenêtre. Elle se cacha instinctivement dans les doubles rideaux.

« C'est fini, pensa-t-elle, maintenant il va tirer, et l'obus disloquera toute la maison. »

Elle éprouva le besoin de se vêtir au plus vite. Tout le temps qu'elle mit à s'habiller, elle regarda pardessus son épaule pour s'assurer que la bouche à feu du blindé ne se rapprochait pas de la fenêtre. Quand elle fut prête, elle quitta la chambre en hâte. Stéphane et Tolokine parlaient à voix basse dans le salon. Ils lui apprirent que les Allemands tenaient Paris et qu'ils occupaient déjà tous les ministères.

Judith se laissa tomber dans un fauteuil, ne sachant quelle attitude adopter. Elle réalisa qu'elle attendait en fait le moment où l'obus fracasserait les vitres pour venir exploser dans l'appartement, elle se traita de folle.

Vers midi, Tolokine l'avertit qu'un homme demandait à la voir au plus vite.

« Un Boche », précisa-t-il dans un souffle. Judith tira sur sa jupe, rectifia sa coiffure et entra dans la bibliothèque, là où l'attendait le visiteur indésirable.

C'était un petit homme rond, lunaire, à la peau rose et fine de jeune demoiselle fraîchement lavée. En fait, Judith le trouva trop propre pour un homme, presque suspect. Ses joues lisses ne trahissaient pas l'ombre d'un poil de barbe. Ses cheveux blonds, taillés très court, au ras du crâne, lui donnaient l'allure d'un cochon de lait déguisé en premier communiant. Pourtant il n'était pas disgracieux, juste un peu trop petit, un peu trop gros. La jeune femme fut surprise de constater qu'il ne portait pas d'uniforme, seulement un costume de velours brun, trop chaud pour la saison. Il n'avait pas d'arme au côté, mais un appareil photo sur le ventre, un gros appareil nickelé se balançant au bout d'une courroie de cuir. Un plan de Paris dépassait de sa poche, parachevant sa défroque de touriste.

« Docteur Klaus Dieter, annonça-t-il sans claquer des talons. Services artistiques du Reich. »

Il ouvrit un porte-documents pour en tirer un mince dossier couvert de tampons à croix gammées.

Un cousin de province qui se rend à une communion, pensait Judith. Il s'est habillé pour faire bonne impression. La cravate est laide.

« Vous avez vu ? lança soudain le petit homme en désignant la fenêtre. Nous avons déjà nettoyé les rues. Paris était très sale. Une ville de chiffonniers : des valises oubliées dans les rues, de vieux souliers dans les caniveaux. Nous avons tout remis en ordre, nous les " barbares ", les " destructeurs ". »

Debout devant la baie vitrée, il considérait les rues avoisinantes avec la satisfaction d'une ménagère qui vient de finir son argenterie. Judith l'observait de profil, avec son petit nez court, écrasé par les lunettes rondes. Un nez de bébé. Un nez qui n'aurait jamais grandi.

« J'ai un ordre de réquisition, dit Klaus Dieter sans tourner la tête. Vous n'ignorez pas que nous logeons les états-majors chez l'habitant ? L'aviation au Luxembourg, ici dans le XVIe, ce sont plutôt les unités de marine... mais je n'appartiens à aucun de ces services. »

Une musique déformée par un haut-parleur remonta la rue. Judith aperçut une voiture qui roulait au ralenti, des croix gammées sur les portières.

« Schubert, commenta Klaus Dieter. Plus tard dans la journée il y aura des orchestres sur les grand-places. Des concerts gratuits. Nous ne cassons rien. Nous nettoyons, nous égayons. Ah ! On a raconté n'importe quoi. J'espère que je ne vous ai pas fait peur ? »

La musique avait changé.

« Mozart ! spécifia le petit homme en levant un index boudiné. Il fait beau, les rues sont propres, et l'on joue Mozart. C'est une belle journée, non ? »

Judith sentit que la tête lui tournait. Elle ne s'était pas préparée au spectacle insolite de ce nain bonasse qui battait la mesure en souriant. Tout de suite après avoir aperçu le char sur la place, elle avait imaginé une meute déferlante, casquée, cuirassée, vêtue de cuir et de fer. Des hommes se déplaçant dans un bruit d'armure, hurlant des choses incompréhensibles.

« Et pas de pillage, insista Dieter. Le soldat allemand paie tout ce qu'il achète. Les Français ne seront pas volés. »

« Des touristes, pensa Judith. Nous avons été envahis par des touristes. Ils ne resteront que le temps d'avoir épuisé leurs réserves de pellicules. »

« On m'a beaucoup parlé de votre maison, disait le petit homme. Belle réputation : qualité, classe. Mais le nom de la place est regrettable : *Byzance.* Trop oriental, il faudra déjudaïser cela. Nous la baptiserons d'un nom plus aryen. »

Judith nota qu'il parlait un français très pur, et prenait bien garde à n'émailler son discours d'aucun mot germanique. Il avait étalé un plan sur le bureau.

« Il faut que je visite, dit-il avec une mimique d'excuse. J'ai des ordres très précis. Voyez-vous, je ne cherche pas simplement un logement pour soldats. C'est plus compliqué. Ah ! mes camarades des autres services ont la tâche plus facile. Pouvez-vous me guider ? »

Judith se secoua. Elle était en train de penser que son prénom était lui aussi trop *oriental.* Allait-on lui en donner un autre ? Greta ? Ingrid ? Elle s'excusa et marcha vers la porte d'entrée. Dieter la regardait comme un vacancier observe un guide dans un musée. Avec une attention d'écolier. Elle se sentit forcée d'improviser un commentaire, de désigner les plafonds, les lustres du hall, de chiffrer la superficie des miroirs.

Dieter hochait la tête, toujours souriant, mais ses yeux étaient à peu près aussi expressifs que ceux d'une bête empaillée.

« Je ne suis pas artiste moi-même, expliqua-t-il. Mais j'ai écrit un traité : *Art dégénéré et aliénation mentale*. Récemment j'ai publié une communication : *Le goût pour l'art abstrait. Élément symptomatique d'un diagnostic de démence*. Bientôt tout cela sera traduit en français. C'est beaucoup d'honneur. »

Il s'était écarté de la jeune femme et caressait les murs, les palpant, les caressant. « Très sain ! annonça-t-il. Bonne constitution. »

Judith eut l'impression qu'il parlait d'une patiente allongée sur une table d'examen, et elle éprouva une gêne inexplicable qui lui fit monter le rouge aux joues. « Bien », répétait Dieter en courant d'un mur à l'autre. Elle crut qu'il allait coller son oreille contre le mur de refend et lui demander de tousser ou de dire 33. Elle avait conscience qu'elle était en train de devenir hystérique et se reprit.

Quand ils empruntèrent l'escalier, Dieter pesa lourdement sur chaque marche pour les faire craquer, traquant à présent des signes d'arthrose.

« Bien », dit-il encore une fois, mais les décorations des couloirs, des encadrements de portes ternirent son sourire.

« Ah ! grommela-t-il. Encore ces abominations modern style. Regardez ces lignes entrelacées : mollesse, lascivité, paresse. C'est mauvais. On sort le matin de chez soi, et l'on voit ces choses. Alors des idées néfastes envahissent le cerveau : le farniente, la sieste, les prélassements du lit. Les débauches latines. »

Il désignait les efflorescences qui serpentaient sur les moulures avec un dégoût non feint. Son doigt se pointait dans leur direction sans les toucher.

« Il faudra nettoyer, décréta-t-il, arracher tout cela. Faire un... curetage. C'est comme cela qu'on dit ? Ou plutôt un... ravalement ? »

Judith avait instinctivement porté la main à son ventre. Elle s'en voulut de s'être laissé si facilement effrayer.

« J'enverrai des ouvriers, annonça Dieter, ils travaillent très proprement. De vrais ouvriers allemands. Pas un gramme de poussière après leur passage. Ils corrigeront les stucs. »

Il fit un geste tranchant, synonyme d'amputation.

« Le reste est bien, commenta-t-il. Très classique. À cause du nom, ce *Byzance* de bazar, j'avais peur d'un goût trop oriental, détestable. Ma tâche est délicate, je dois sélectionner une habitation pour un grand peintre du Reich : Arno Zigfeld Hortz. C'est quelqu'un de délicat, d'hypersensible. La moindre faute de goût lui donnerait la nausée, l'empêcherait de créer. J'ai vu d'autres immeubles, mais ils étaient trop surchargés, rococo, baroques. Il y avait même des Nègres tenant des torchères au bas des escaliers... des Nègres ! »

Il escaladait les marches sans s'essouffler, l'œil aux aguets, scrutant les moulures, les caissons.

« Je ne veux pas quelque chose de trop luxueux, expliqua-t-il. Je cherche la qualité du matériau. La pierre noble, nue, bien travaillée, polie. Pas trop d'ornements. Le regard du peintre ne doit pas être distrait. »

Judith eut envie de lui demander si la courbe des rampes ne lui paraissait pas trop lascive, mais elle eut la présence d'esprit de se mordre la langue avant de commettre une bévue.

« La lumière, insistait Klaus Dieter. Faites-moi voir la lumière. Partout ailleurs elle était mauvaise, trop jaune, trop dorée. Je n'aime pas cela, ce sont des éclairages qui vous font une peau d'Arabe. Arno voudra une lumière nordique. Comme un éclat de soleil renvoyé par la banquise. Une lame qui n'épargne rien. »

Les tempes de Judith bourdonnaient. Quand les mains de Dieter la frôlaient, elle faisait un petit saut de côté, malgré elle, sachant parfaitement qu'elle avait tort.

L'auscultation continua plus d'une heure. Parfois le médecin (?) s'arrêtait devant une frise et faisait la moue. À d'autres moments la nudité rectiligne d'un couloir lui arrachait un cri d'admiration.

« Au fur et à mesure que nous montons, la lumière devient plus blanche, constata-t-il. Vous voyez ? Vous voyez comme votre peau se fait plus rose ? »

Il avait saisi la jeune femme sous le menton, lui tournant brusquement le visage dans un rai de soleil. Ses doigts boudinés étaient curieusement très durs et froids, sans rapport aucun avec les appendices moites que Judith avait imaginés.

« C'est cela la guerre, pensa-t-elle avec stupeur. Maintenant des inconnus auront le droit de te toucher la figure sans te demander la permission. »

En même temps, elle éprouva un plaisir diffus à

être ainsi manipulée sans égards, par surprise... et cette constatation lui fit honte.

La découverte de l'atelier, où avaient trôné jadis les mille et une maquettes de Stéphane, remplit Dieter d'allégresse.

« Un atelier ! clamait-il. Un véritable atelier, et vous ne le disiez pas ? Et la lumière... Vous avez vu la lumière ? Blanche... Nordique. »

Judith se rappela que les peintres professionnels qui avaient jusqu'alors visité les lieux lui avaient toujours fait remarquer que l'exposition était justement mauvaise. « Ce sont les pierres blanches de l'immeuble d'en face, disaient-ils, leur réflexion blanchit la peau. Regardez-vous ! On dirait qu'on vient de vous saigner. »

Qui devait-elle croire ? Quelle sorte de peintre était donc cet Arno Zigfeld Hortz ?

Du bout du pied, Dieter écrasait les débris des maquettes brûlées par Stéphane. « Très bien, décida-t-il. C'est ici que nous nous installerons. Je vais signer l'ordre de réquisition. »

Les ouvriers arrivèrent une heure plus tard, propres, roses eux aussi. Dieter les commandait à coups de chuchotis brefs. Ces murmures impérieux créaient une atmosphère bizarre d'hôpital ou d'église. Ils arrachèrent les placages « lascifs », rebouchèrent les trous, balayèrent soigneusement la poussière.

Vers deux heures, l'immeuble se remplit de jeunes soldats qui, sans un mot, se mirent à passer de gros aspirateurs nickelés dans les moindres recoins. D'autres astiquaient les rampes et les parquets. Judith, les mains nouées sur le ventre, regardait ces vainqueurs qui avaient traversé la France dans des monstres d'acier pour venir faire le ménage chez elle. Dieter allait et venait, excité comme une pucelle à la veille de ses noces.

« Tout doit être prêt pour Arno, répétait-il. Je veux qu'il entre de plain-pied dans une atmosphère propre à la création. C'est pour vous un honneur. Je pense que vous vous en rendez compte. Plus tard il y aura une plaque sur la façade de votre immeuble : *Ici le grand Arno Zigfeld Hortz, peintre germanique, a exécuté les toiles de son époque française.* »

Il eut un gloussement et se détourna avec une pirouette.

Vers le soir d'autres soldats firent irruption. Ils avaient des armes, eux, et des casquettes à galons. Ils ne craignaient pas de parler trop fort. Ils réquisitionnèrent le logement des Pointard pour y installer des bureaux et des machines à écrire.

« Rentrez chez vous, ordonna l'un d'eux à Judith. Vous ne devez pas traîner dans les couloirs. Désormais plus question de se promener à sa guise. »

Il parlait avec un accent prononcé et ne souriait pas. Son visage était si glabre qu'il en paraissait épilé à la cire chaude. « Un derrière de bébé », pensa Judith en battant en retraite. Elle se retrouva bouclée chez elle en compagnie de son mari qui essayait de bâtir un château de cartes afin de lui prouver qu'il ne ressentait aucune nervosité.

À dix-sept heures l'officier entra sans frapper et s'assit en faisant s'écrouler la savante architecture ébauchée par Stéphane.

« J'ai lu votre dossier, dit-il sèchement à la jeune femme. Je suis gêné. Êtes-vous israélite ? Ce prénom que vous portez : Judith, c'est juif, n'est-ce pas ? Il faudra fournir des certificats de baptême, une attestation d'instruction religieuse. Et puis il y a votre concierge, ce Tolokine. Il est russe, bolchevique sûrement. Pouvez-vous témoigner de sa moralité ? »

Judith était abasourdie. Jules Massart avait toujours professé un athéisme tranquille, elle n'avait jamais fréquenté le catéchisme, sinon lors de son bref passage au cours Aristide-Bantoux. Quant à son prénom, elle croyait savoir par tante Marie qu'il s'agissait d'un caprice de sa mère. Le nom d'une héroïne de roman rose dont Christine s'était entichée : *Judith, princesse des sept châteaux.*

Elle bafouilla tandis que Stéphane devenait cireux. L'officier s'impatientait. La jeune femme assura que Tolokine était un antibolchevique viscéral, elle parla des armées blanches retranchées dans l'Oural, du tsar, de Raspoutine, du sabre ébréché... Elle dut avoir l'air d'une folle. L'officier eut un geste irrité :

« Ah ! coupa-t-il. Nous vérifierons. Nous devons nous assurer que nous avons affaire à des gens propres. »

Cette formule agaça Judith qui eut tout à coup l'impression qu'on allait lui faire passer une visite médicale. Quand le militaire fut parti, Stéphane éclata.

« Je le savais, s'étrangla-t-il. Votre nom ! A-t-on l'idée de s'affubler d'un prénom de bohémienne quand on est née dans une bonne famille ?

— Mais je ne suis pas juive, protesta la jeune femme en sentant obscurément que ce n'était pas l'argument qu'elle aurait dû employer.

— Parbleu, je le sais bien ! tempêta Stéphane. Mes parents ont fait une enquête sur vous avant notre mariage.

— Une enquête ? bégaya Judith.

— Oui, votre prénom leur avait mis la puce à l'oreille, mais le détective a été formel...

— Vous avez toujours ce dossier ? interrogea la jeune femme.

— Oui, sans doute, dans un coffre. »

Le reste de la journée s'écoula dans un silence oppressant. Judith percevait la hargne de son mari comme on flaire une mauvaise odeur. Sur la place, le char n'avait pas bougé d'un pouce.

« Il faudrait voir Dieter, hasarda Stéphane. C'est quelqu'un de cultivé, il arrangera sûrement les choses. »

Mais lorsqu'il voulut sortir dans le couloir, il se heurta à un soldat armé d'une mitraillette qui le repoussa à l'intérieur de l'appartement. Il leur fallut peu de temps pour comprendre qu'ils étaient consignés avec le couvre-feu et qu'il leur était maintenant interdit de sortir de chez eux avant le jour. Ils demeurèrent côte à côte sur la bergère de soie rose du vestibule, écoutant les semelles du soldat arpentant le couloir avec une régularité toute mécanique. Dehors, aucune lumière ne brillait plus. Les lampadaires étaient morts. Paris n'était plus qu'un trou noir.

« Je ne suis plus chez moi », pensa Judith, assaillie par une douleur presque physique. Pour la première fois depuis le début du conflit, elle prenait réellement conscience de ce que le mot guerre signifiait. L'ennemi avait envahi *son* territoire. Par l'interdiction de circuler librement, il lui confisquait son royaume. La géographie de l'immeuble se réduisait comme une peau de chagrin. D'un seul coup l'appartement lui semblait trop petit, trop encombré. Un étouffement la saisit, comme devant le lit de Jules Massart peu de temps avant sa mort. Ce lit bourré d'objets invraisemblables : livres, boîtes de chocolats, carnets, crayons, revues...

« Prisonniers, glapit Stéphane en prenant soin, toutefois, que son éclat ne traverse pas les cloisons. Prisonniers dans notre propre maison, c'est un comble. »

Mais il avait raison. Maintenant il n'y avait plus que le chat gris qui pouvait déambuler à sa guise, se moquant des interdictions, traversant les murailles au gré de sa fantaisie.

« Chaque soir nous coucherons en prison, s'indigna Stéphane, ce sera agréable ! »

Judith regardait fixement la porte, écoutant les pas du geôlier dont les bottes éraflaient le bois précieux du parquet. Des images lui venaient. Des images de petits romans populaires : le garde-chiourme obèse et vêtu de cuir, un énorme trousseau de clefs cliquetant sur sa bedaine. Le geôlier des culs-de-basse-fosse, appelant les rats par leurs prénoms, tutoyant les araignées.

Cette nuit-là, elle dormit mal et dut s'asseoir pour échapper à l'étouffement de ce qui ressemblait à une crise d'asthme, elle qui n'avait jamais été malade. Le lendemain, Dieter passa les saluer. En réalité il venait démêler cette histoire de prénom israélite, et obtenir de plus amples informations sur le bolchevisme supposé du concierge. Judith reprit ses explications en essayant de ne pas s'embrouiller, mais au bout de quelques phrases elle fut gagnée par l'horrible impression d'être en train de résumer un roman populaire à deux sous. Raspoutine faisait mauvais effet, et *Judith des sept châteaux*, et le tsar coupé en morceaux, et...

« Ah ! conclut Dieter, tout cela est très embêtant. Je vous crois sur parole, mais ce militaire, Heinzort, est très... *carré*. Je vais voir ce que je peux faire, mais je ne veux pas qu'on vous embête, votre peau prend trop bien la lumière. Je pense que cela pourrait intéresser Arno : une Française à la pâleur nordique. Pas une de ces filles aux cheveux gras du Midi, une de ces Italiennes arabisées par les conquêtes ; non, une jeune femme pâle, préservée du soleil, élevée dans l'atmosphère du vrai gris parisien. Oui, oui, je vais voir Heinzort, mais je n'ai pas de pouvoir sur lui. Je ne suis qu'un attaché des affaires culturelles, bien modeste en vérité. »

Il s'éclipsa sur ces protestations d'humilité, abandonnant le couple à des sentiments mêlés.

« Ah ! explosa à nouveau Stéphane. Vos parents ! Je les retiens ! Et pourtant on m'avait prévenu que la famille Massart était à moitié dérangée ! »

Puis il s'habilla et sortit. S'il lui fallait coucher en prison chaque soir, affirma-t-il, il comptait bien jouir de la liberté qu'on lui laisserait dans la journée. Judith se demanda si elle souhaitait l'imiter, mais elle dut rapidement s'avouer qu'elle n'avait aucune envie d'errer à l'extérieur, sans but. Le Dehors était un pays qu'elle n'avait pas envie de visiter, en ce moment moins que jamais. Elle se lava, passa une robe très simple et sortit dans le couloir. Pour la première fois depuis sa naissance, elle ne s'y sentait pas à l'aise. Les militaires en faction à l'entrée des différents bureaux la regardaient avec des yeux qui s'insinuaient sous ses vêtements. On avait gratté toutes les décorations modern style, et repeint très proprement les murs. Des portraits d'Hitler avaient été accrochés ici et là. Énormes, sombres comme des fenêtres ouvertes sur la nuit, ils paraissaient peints avec du jus de tabac. Au sixième étage, l'atelier brillait, récuré. La verrière grattée laissait entrer des flots de lumière blanche. Le parquet avait été poncé pour retrouver la blondeur initiale du bois. Il ne subsistait plus rien des maquettes, des rouleaux de carton, des innombrables pots de glu au contenu solidifié par le temps.

La nuit même, Judith eut une nouvelle crise d'étouffement. Elle se dressa sur son lit, la chemise collée par la sueur. Tout l'oppressait : l'immeuble qui rétrécissait autour d'elle. L'obscurité parisienne barbouillant les carreaux. Elle se leva. L'appartement lui parut plus petit que de coutume. Pour un peu, elle aurait sorti un mètre de couturière afin d'en vérifier les mesures. Dans un petit roman à deux sous, elle avait lu le récit d'une torture inventée par des bourreaux chinois : on enfermait un homme dans le tronc évidé d'un arbre, puis on arrosait la souche jusqu'à ce que les fibres gonflent, se dilatent. Lentement, l'arbre se refermait sur sa victime, comme une plaie qui cicatrise, l'étouffant. C'était exactement ce qui était en train de lui arriver. La maison rétrécissait sur elle, l'asphyxiant. Elle voulut ouvrir la fenêtre pour se donner de l'air, puis se fit la réflexion que l'atmosphère obscure de Paris ne pourrait que lui faire du mal. Elle renonça.

Son cœur battait au rythme des pas du factionnaire arpentant le couloir. Elle suivait mentalement les déplacements du soldat, déterminant sans mal où il se trouvait d'après les grincements du parquet. Elle connaissait chaque gémissement des lattes, elle aurait pu les numéroter. Elle identifia le couinement de la porte du fond, celle qui donnait sur l'escalier de service, et elle comprit que l'homme allait tout bonnement se soulager aux toilettes de l'étage. Sans plus réfléchir, elle ouvrit la porte de l'appartement et se glissa dehors. Elle courut sur ses pieds nus, zigzaguant pour ne pas faire craquer le sol. Sa parfaite maîtrise du terrain lui assurait une supériorité incontestable sur l'ennemi. Elle se cacha dans un placard à balais, en attendant que le factionnaire reprenne sa ronde, puis elle se lança dans l'escalier de service.

Elle ne savait pas où elle allait. Elle avait simplement envie d'une course nocturne bravant tous les interdits. Bientôt elle fut au sixième. Malgré la rapide escalade, elle respirait bien. Beaucoup mieux en tout cas que dans son lit un instant plus tôt. Elle tremblait d'excitation, heureuse d'avoir su berner les soldats.

« Je suis comme le chat gris, pensa-t-elle en se mordant les lèvres. Je passe au travers des murs. Ils ne peuvent rien contre moi. »

En atteignant le cagibi africain, elle vit que la porte de l'atelier de Stéphane, un peu plus loin, était grande ouverte, et que la lumière de la lune entrait à flots dans le couloir, éclaboussant les murs. Renonçant à l'idée d'aller retrouver Teddy, elle s'avança. Ses pieds nus pianotaient sur le sol, cherchant les bons appuis. Elle était plus silencieuse qu'un fantôme. Quand elle franchit le seuil de la salle de travail, elle fut très surprise d'y découvrir un jeune homme emmitouflé dans un imperméable trop grand pour lui. Il était assis sur une caisse et regardait la verrière. La lumière lunaire décolorait son visage et ses cheveux qui paraissaient blancs. Judith, en le contemplant, songea aux têtes de porcelaine des poupées de jadis. Quoique très grand, dégingandé, il avait l'air d'un enfant, d'un adolescent poussé trop vite, sans chair ni muscles. Elle se prit subitement à l'imaginer nu : le ventre creux, les côtes saillant comme aux flancs des chiens mal nourris. Puis elle eut honte. C'était la première fois que ce genre d'idées lui traversait la tête. Elle aurait dû reculer, s'enfuir, mais elle fit un pas en avant, toujours sans faire craquer le sol.

« Je suis la ballerine des couloirs », pensa-t-elle, soudain emplie d'une euphorie qu'elle s'expliquait mal.

L'homme (?) n'avait pas bougé, fixant la lune tel un chien. Il avait des joues lisses de petit garçon. Et une bouche pulpeuse, presque féminine. Une bouche de fillette, sans rapport avec le coup de rasoir rectiligne qui fend d'ordinaire le menton des mâles. Ses cheveux et ses sourcils étaient sans doute d'un blond très pâle pour perdre ainsi toute couleur dans le halo lunaire. Il avait un long cou avec une pomme d'Adam proéminente d'adolescent. On avait l'impression que cette protubérance devait le blesser à chaque déglutition. Judith pensa que dans la journée, à la lumière du soleil, il paraissait sans doute plus âgé. « Il rajeunit la nuit, se dit-elle, sous l'influence de la lune. » Ce phénomène la séduisait. Elle imaginait déjà un être hybride : homme sous le soleil, petit garçon sous le regard de la lune.

Plus tard, lorsqu'elle eut l'occasion de côtoyer davantage Arno Zigfeld Hortz, elle put se rendre compte à quel point sa première impression avait été juste. Dans la journée le visage du peintre se durcissait, s'ornait d'un réseau de petites rides volontaires qui plaquait sur ses traits un masque de crispation continuelle. Un tic lui secouait la bouche à intervalles réguliers, une sorte de mimique de peur réprimée qui mettait l'interlocuteur mal à l'aise. Mais la nuit... la nuit, les crispations disparaissaient, la chair retrouvait sa souplesse. Avec la montée de la lune dans le ciel, Arno Zigfeld Hortz perdait chaque fois quinze ans.

« Albédo, dit-il avec un accent allemand très prononcé.

— Quoi ? murmura Judith qui — de surprise — fit craquer une latte du parquet.

— C'est ainsi qu'on nomme une lumière produite sans chaleur, expliqua l'inconnu. La Lune ne fabrique pas sa propre lumière, elle la vole au Soleil. La Lune n'est qu'un miroir. Une surface qui permet le ricochet. »

Ces paroles semblaient avoir pour lui un sens profond qui échappait à la jeune femme. Elle eut une bouffée de mauvaise humeur et décida qu'il prenait décidément trop la pose. Et puis il avait les cheveux longs pour un Allemand. C'était bien le premier envahisseur qui n'était pas tondu au ras du crâne. Enveloppé dans son grand imperméable, il rappelait ces jeunes gens des gravures romantiques, qui ont une plume tachée d'encre dans la main, un pistolet au fond de la poche, une lettre d'amour sur le cœur.

« Je vous voyais approcher dans la verrière, dit-il sans tourner la tête. Vous ne faisiez aucun bruit. Vous aviez l'air immatérielle avec votre chemise de nuit blanche, on aurait dit un fantôme qui descendait de la Lune. J'ai cru que j'étais en train de m'endormir et que je commençais à rêver. »

Il débitait ces paroles sans qu'on puisse déterminer s'il s'agissait d'un compliment ampoulé, d'une accusation froide, d'un diagnostic méfiant. Son accent travestissait ses propos, accentuant bizarrement les mots. Sa main se détendit, saisit Judith au menton. Elle vit qu'en plein mois de juin il portait des mitaines de laine ne laissant libres que les deux dernières phalanges. Malgré cela, il avait les doigts froids comme le marbre, et ses ongles paraissaient bleus, cyanosés par la mauvaise circulation. Judith se laissa manipuler sans réagir. Il lui tourna le visage en direction de la verrière, vers les étoiles.

« Je sais, fit-elle avec insolence. Je prends bien la lumière, on me l'a déjà dit. »

Il eut un rire sourd, quinte de toux vite réprimée.

« Je vois que Dieter est déjà passé par là, observa-t-il. Que faites-vous ici ? »

Elle perdit contenance, parla de ses étouffements nocturnes et du soulagement qu'elle avait éprouvé en montant au sixième étage.

« C'est normal, dit-il. En bas stagnent la chaleur, les miasmes qui alourdissent le sang. Pourquoi croyez-vous que les tropiques ne produisent que des peuplades dégénérées ? Tout baigne dans la moiteur, tout tourne au bouillon de culture. »

Puis, lâchant la jeune femme, il conclut : « Moi, je n'ai jamais chaud. Je ne transpire pas. Je suis d'un autre sang. »

Vu de face, il avait plus que jamais l'air d'un adolescent. On lui donnait seize ans, à la rigueur dix-sept.

« Peut-être est-il réellement très jeune ? » pensa Judith avec une sorte de dégoût. Il lui déplaisait de s'être laissé tripoter la figure par un gosse aux cheveux trop longs, trop blancs.

« Je suis Arno Zigfeld Hortz », déclara-t-il en se levant. Déplié, il était plus grand que la jeune femme.

« Je suis arrivé il y a une heure, expliqua-t-il. Je voulais voir l'atelier. Je me méfie des goûts de Dieter. Souvent il n'est pas assez exigeant. Mais c'est bien, très bien. Je vais rester. »

Il prit Judith par le bras et la guida vers le couloir. Elle comprit qu'il allait descendre avec elle, et se sentit gênée de s'afficher en chemise au côté d'un homme vêtu de pied en cap pour un long voyage. Pendant que ces pensées bourdonnaient en elle, il continuait à monologuer au sujet de la lumière froide, mais elle n'écoutait plus.

Au cinquième, ils furent arrêtés par un soldat qui braqua sa mitraillette dans leur direction. En reconnaissant Arno, le factionnaire balbutia une phrase mal assurée qui devait être une excuse, et baissa la tête.

« Ils ont peur de lui, constata Judith. Ils obéissent à un enfant. »

Elle jeta un bref coup d'œil au profil du peintre, pour voir s'il ne s'était pas déjà retransformé en homme, mais le phénomène perdurait à la lumière des couloirs.

« Votre visage, dit-il. Dans l'atelier... Il me rappelait les figurines de porcelaine de la boutique de Hanzel, à Götterdhal, où j'allais lorsque j'étais enfant. Le même blanc bleuté. Pas de coloration rose. C'est très rare. J'ai rencontré une fois un modèle de ce type, à Heidelberg. C'était une très jeune femme souffrant du cœur. Elle avait la bouche bleue, et la pointe des seins violette. Le blanc, le bleu, c'était très beau, très froid. Rien de rose, de rouge, de moite. Pour une fois ce n'était pas une femme qui avait l'air d'une muqueuse ambulante. On aurait dit une statue vivante. Antique. À la fois chair et marbre. Elle est morte alors que je n'avais encore fait que quelques études. J'ai été très contrarié. »

Judith ne savait que répondre. Ces confidences la mettaient mal à l'aise. En pleine lumière elle trouvait sa chemise de nuit trop transparente, indécente. Elle avait été folle de partir ainsi à l'aventure. En atteignant le troisième, Arno toussota comme s'il était oppressé.

« Vous aviez raison, dit-il. On respire mal ici. Je demanderai à Dieter de m'installer un lit de sangles dans l'atelier. Je n'ai pas besoin de confort. »

Chaque fois qu'ils croisaient une sentinelle, celle-ci claquait les talons et se mettait au garde-à-vous.

« Je suis arrivée, dit sottement Judith en désignant la porte de ses appartements.

— Eh bien, bonne nuit, lui répondit Arno. Je pense que nous allons nous revoir. Souvent. Très souvent. »

Et il tourna les talons sur ces dernières paroles.

IX

Il y eut d'autres jours, il y eut d'autres nuits.

Il y eut ce déjeuner où Arno se présenta, habillé en croque-mort, un cartable de cuir noir à la main. Pendant plusieurs minutes Judith ne put détacher les yeux de cette serviette aux serrures nickelées, et qui paraissait le réceptacle de menaçants secrets. Dieter, aussi volubile que son compagnon était silencieux, avait investi le salon. Il parlait dans l'inondation de soleil qui ruisselait des vitres ; et la lumière, traversant ses chairs, le rendait encore plus rose que d'habitude. Par les fenêtres ouvertes, les oiseaux chantaient comme des fous dans un Paris qu'écrasait l'été. Leurs trilles enfonçaient des épingles dans les nerfs de Judith. Au milieu des rayons brûlants qui lui rougissaient les oreilles, Dieter avait l'air de ces porcelets de pâte d'amande qu'on vend dans les fêtes foraines, et sa chair prenait tout à coup un aspect étrangement appétissant.

Et pourtant Dieter parlait, faisant sonner des paroles de fer.

« Nous sommes là pour porter le germe vigoureux de l'art allemand sur la terre de France, disait-il.

Il faut nous regarder avec un œil de poète, et voir en nous des jardiniers tentant une greffe désespérée sur la tige d'une plante malade. Nous venons régénérer un corps dévitalisé par des années de pratiques malsaines. Le cubisme a diminué les Français comme une syphilis rampante ; purger l'art de toute cette sanie sera une dure entreprise... »

Arno s'était installé à l'écart, du bout des fesses, dans un fauteuil. Son cartable sagement posé sur les genoux tel un écolier venu prendre une leçon particulière. Le regard de Judith allait d'un homme à l'autre. Arno, Dieter, Arno... Elle éprouvait une certaine difficulté à voir en eux autre chose que deux garnements préparant une mauvaise blague, et qui se retiennent de pouffer. Mais la serviette de cuir noir continuait à lui faire peur. Quels papiers à tête d'aigle allait-on en tirer tout à l'heure, quelle condamnation ? Les croix gammées dont chaque document était constellé l'effrayaient.

Lorsqu'on passa à table, Arno s'installa sans lâcher son cartable. De jour, il semblait réellement plus âgé. Judith songea à nouveau qu'elle était peut-être en présence d'un enfant-garou. Au chant du coq, il se métamorphosait en adulte, mais des gaucheries entachaient son attitude, trahissant la malédiction dont il souffrait en secret...

Quand on apporta les hors-d'œuvre le peintre se décida enfin à ouvrir son porte-documents. Il en tira une boîte métallique rectangulaire, d'aspect militaire, et qui contenait des biscuits à la cuiller saupoudrés de sucre blanc.

« Arno suit un régime très strict, commenta Dieter. Des biscuits et du lait, jamais autre chose. Mais lord Byron ne se nourrissait-il pas exclusivement de gâteaux secs, d'eau gazeuse et de vinaigre ? L'art a besoin d'ascètes, comme la religion. »

On alla chercher du lait, et, pendant qu'un soldat drapé d'un tablier couvrait la table d'épaisses charcuteries, Arno Zigfeld Hortz commença à tremper un à un ses biscuits dans sa tasse. Il procédait avec une science déconcertante, ne se laissant jamais surprendre par l'amollissement des gâteaux. Judith remarqua soudain qu'en dépit de la chaleur il portait une épaisse écharpe de laine grise, et des mitaines de cuir maculées de taches de peinture.

« Mon thermostat interne est déréglé, murmura le peintre sans cesser de fixer sa tasse. Le soleil ne parvient pas à réchauffer mon corps. Je ne sens pas sa chaleur. Pour moi c'est comme s'il n'existait pas. Je vis toujours en hiver, même l'été. Je suis une sorte de bonhomme de neige égaré. Cela doit vous paraître amusant, non ? »

Judith pensa qu'à la manière des plantes qui poussent dans la pénombre, il n'avait effectivement ni couleur ni vigueur. Malgré tous ses efforts, elle ne put se persuader que du sang coulait dans ses veines.

« Mais je ne me plains pas, reprit Arno. Le froid me préserve. Ma glacière intérieure protège ma chair du pourrissement général. Ne sentez-vous pas ce qu'une journée aussi chaude que celle-ci a de néfaste pour le corps ? Les cellules s'agitent, les échanges chimiques s'accélèrent, les humeurs, la sueur, jaillissent par tous les pores. Transpirer, c'est cuire sur pied, à l'étouffée. C'est mijoter dans ses vêtements comme un morceau de bœuf dans une cocotte. Vous sentez cela, vous aussi, n'est-ce pas ? Quelqu'un d'aussi pâle que vous ne peut pas ignorer ce genre de choses. »

Ses chuchotements traversaient la table sans que Dieter ou Stéphane, abîmés dans une discussion sur l'architecture, paraissent les entendre. C'était comme si un fantôme s'adressait à Judith. Un fantôme dont elle était seule à percevoir les paroles.

« C'est pour cela que je ne vieillirai jamais, chuinta Arno. Pas de soleil, pas de rides. Regardez Dieter, regardez votre époux. Ils transpirent. Vous voyez leur front briller. Ces petites gouttes de sueur, c'est le jus de cuisson qui leur monte au visage. Voyez comme ils sont rouges. Ils mijotent. Bientôt ils seront cuits à point, et la Mort les mangera avec ses doigts d'os. »

Judith pouffa devant l'outrance naïve de l'image qui semblait sortir d'un conte gothique. La seconde d'après elle douta d'avoir réellement entendu ces paroles. N'avait-elle pas tout imaginé ? Arno mangeait sagement ses biscuits.

« Nous sommes des croisés de l'Art, disait Dieter. Il faut partir en guerre contre les collectionneurs, les marchands de tableaux, qui thésaurisent les œuvres et privent le peuple de son patrimoine pour le seul bénéfice de quelques juifs enrichis par les trafics les plus honteux. Plus d'élitisme, plus de jouissance secrète et égoïste. Les tableaux doivent être exposés sur la place publique, pour le bonheur des petites gens, des démunis. Il faut encourager la bonne peinture, celle qui réjouit le peuple... et détruire la mauvaise, celle sur laquelle s'excite une poignée d'intellectuels malsains. Les seuls bons critiques, en matière d'art, sont les bouchers et les concierges. La vérité sort de la bouche des gens simples, c'est bien connu. »

Judith sentait la migraine l'envahir. Le chant des oiseaux transformait sa tête en pelote d'épingles.

Arno continuait à manger, saisissant les biscuits les uns après les autres. Il avait du sucre sur le menton. Des mouches bourdonnaient au-dessus des plats, attirées par le parfum des viandes. Son étrange repas achevé, le peintre referma soigneusement la boîte métallique, la rangea dans sa serviette. Judith eut soudain honte de son assiette engluée de sauce, de cette chair qu'elle avait découpée en menus morceaux sans pouvoir se résoudre à l'avaler.

« Je suis certain que vous êtes de celles qui ne brunissent pas au soleil, murmura Arno sans la regarder. Vous avez un corps très blanc, sans doute. Et des petites veinules bleues qui se dessinent au bout des seins, là où la peau est si fine. Je me trompe ? »

Il avait dit cela sans presque bouger les lèvres, en écolier qui déploie des ruses de ventriloque pour bavarder impunément sous le regard d'un pion. Judith se figea, le cœur en déroute, ne sachant que répliquer. Mais il n'y avait rien d'égrillard dans la question de l'artiste.

« Non, je ne brunis pas, s'entendit-elle répondre. D'ailleurs je n'aime pas le soleil. »

Plus tard, lorsque les deux Allemands se furent retirés, elle se persuada qu'elle avait rêvé toute cette conversation. Elle fut tentée de dire à Stéphane : « Avez-vous entendu les propos bizarres que m'a tenus ce peintre ? » Mais elle préféra se taire. D'ailleurs Stéphane ne l'aurait pas écoutée, cet après-midi-là il ne savait que répéter : « Votre prénom pose problème, ma pauvre. Il est trop... oriental, Dieter m'a promis d'intervenir auprès de Heinzort pour nous épargner des tracasseries désagréables, mais je reste inquiet. En attendant je compte sur vous pour ne pas contrarier ces messieurs. Et par pitié, gardez la bouche fermée quand on parle d'art, vous savez bien que c'est un sujet qui vous échappe totalement. Vous ne diriez que des bêtises. »

X

Dans les jours qui suivirent, l'immeuble se remplit de toiles vierges. Les soldats ne cessaient de grimper les escaliers, halant les grands tableaux. Judith trouvait amusant de voir ces guerriers, bottés de cuir et bardés de baudriers, manipuler avec beaucoup d'embarras des châssis qu'un faux mouvement pouvait crever à tout instant. Très vite, les toiles encombrèrent les couloirs, rectangles immaculés qui finissaient par évoquer d'immenses paravents. Il y en avait partout, parfois empilées, surfaces en attente dont la vacuité produisait une impression de malaise. Les courants d'air les faisaient frissonner, et Judith se sentait peu à peu gagnée par l'illusion que des bouches suffoquaient derrière des draps, cherchant vainement à retrouver leur souffle. Elle s'approchait alors, les bras tendus, les paumes à plat, pour effleurer la surface de la toile. Quand les vents coulis prenaient de l'ampleur, l'étoffe se cabrait dans le carcan du cadre, tirant sur les clous.

Cette blancheur vacante éveillait en Judith des instincts de vandale, des besoins de gribouillis.

Le vertige la gagnait. Le soleil d'été, entrant par les fenêtres ouvertes, se heurtait aux toiles vierges comme un oiseau se casse la tête contre une vitre.

Les couleurs arrivèrent ensuite, dans des pots, des bocaux de verre estampillés de ces étiquettes à tête de mort par lesquelles on a coutume de désigner les substances toxiques. Judith se mordit les lèvres jusqu'au sang, cette fois c'en était trop : Arno Zigfeld Hortz était en train de remplir l'immeuble de poisons. En même temps que montait sa colère, les derniers mots prononcés par le peintre continuaient à tourner dans sa tête : *des veinules bleues au bout des seins...* Un soir, n'y tenant plus, elle rabattit sa robe sur ses hanches, arracha son soutien-gorge pour examiner sa poitrine. Les petites veines bleuâtres étaient bien là, entourant les mamelons, à peine discernables sur la peau très blanche. Comment avait-il su ? L'espace d'une seconde, elle fut sur le point de croire qu'il pouvait voir à travers les vêtements. Cela faisait-il partie de ses pouvoirs d'artiste génial ?

Un après-midi, alors qu'elle déambulait au milieu des châssis, guettant la lente suffocation de grandes bouches invisibles, Dieter s'approcha d'elle.

« Il ne faut pas vous effrayer des bizarreries d'Arno, murmura-t-il sur un ton de confidence. C'est un artiste *naturel.* Une sorte d'*enfant sauvage.* Je veux dire par là qu'il n'a jamais étudié dans aucune académie. Il n'a pas de diplôme, il n'est frotté d'aucune théorie, ni politique ni esthétique. Il n'a même jamais lu *Mein Kampf,* et pourtant... Il s'est fait tout seul. C'est cela qui est formidable. Personne ne l'a endoctriné et il a su d'instinct trouver la juste voie. »

Cette définition faisait lever en Judith des images insolites. Elle finissait par voir Arno sous les traits d'un enfant nu, au corps maculé de peinture, errant dans une jungle bariolée tout droit sortie d'un tableau du Douanier Rousseau. Le petit garçon était perdu, il avait peur.

Ces rêveries absurdes la jetaient dans une déambulation aveugle. Elle remontait alors les couloirs, indifférente aux sentinelles en armes qu'elle finissait par confondre avec les plantes en pots jalonnant les paliers. Fréquemment, son chemin croisait celui d'Arno Zigfeld Hortz, le peintre en maraude, dans son éternel habit d'hiver.

Il marchait lentement, au milieu du couloir, suivant une ligne qu'il était seul à voir. Les mains croisées derrière le dos, il jetait de brefs coups d'œil à droite et à gauche, inspectant l'alignement de toiles vierges entre lesquelles il se déplaçait. De temps en temps, il s'immobilisait, ayant repéré un infime défaut de la surface. Une écorchure, une ombre, une dénivellation, un nœud du tissage qui le faisait grimacer de dégoût. Il tirait alors de sa poche un scalpel à l'aide duquel il lacérait la toile, la fendant obliquement de droite à gauche, comme d'un coup de sabre. Malgré elle, Judith sentait tout son corps se crisper chaque fois qu'elle voyait se déchirer le drap. À d'autres moments, le peintre approchait son visage du tableau, et caressait du bout des doigts l'étendue neigeuse, explorant le grain de cette peau morte attendant son bon plaisir. En l'observant à la dérobée, la jeune femme l'imaginait, flattant l'encolure d'une jument rétive, apprivoisant une bête indocile.

« Vous voyez comme c'est fragile ? chuchotait Arno. Comment peut-on confier un chef-d'œuvre à un tel support ? Dès qu'on y réfléchit cela paraît fou, non ?

Un bout de tissu, un cadre de bois, quelques clous. Une misère. Et il suffit d'un mouvement maladroit ou malintentionné pour crever tout cela, le réduire en lambeaux. Cette fragilité... c'est comme une provocation, une invite au vandalisme. Il y a quelque chose de pervers dans cette obstination à bâtir sur tant de précarité. Un appel aux forces destructrices qui dorment en nous. Un défi. Vous n'avez jamais, en vous promenant dans un musée, été tout à coup saisie par le désir de lacérer les œuvres qui vous entouraient ? Moi si. Un besoin animal né du spectacle de toutes ces peaux bien tendres écartelées sur leurs cadres, offertes en pâture. »

Il hochait la tête, marmonnait quelque chose en allemand, puis se mettait à ausculter la toile, enfonçant les doigts à la manière d'un médecin palpant l'abdomen d'une patiente.

« Vous voyez comme c'est mou ? soufflait-il en aparté, comme si le tableau encore vierge pouvait les entendre. Il n'y a pas de muscle sous la chair. Rien qui résiste, je pourrais la crever du bout de l'index. C'est trop... *féminin.* Il faudrait quelque chose de plus solide. La toile me fait peur, je sais que je ne peux pas lui faire confiance, je devine qu'au moindre accroc elle me trahira. La toile ne sait pas se défendre. Elle est victime. Oui, c'est cela. Elle s'offre au pinceau, elle se laisse maculer sans se battre. Il faudrait retrouver les gestes essentiels des hommes des cavernes peignant sur le roc avec des substances élémentaires : le sang, la merde, la cervelle de leurs ennemis... Ah ! il faudrait avoir le courage de ses rêves. »

Judith l'écoutait sans proférer un mot, n'osant interrompre ce monologue rituel qu'elle commençait à connaître par cœur.

« J'ai de plus en plus de mal à m'y mettre, soupirait Arno. Les jours qui précèdent la mise en chantier deviennent une torture. Je suis comme un général qui douterait de ses soldats. Je suis entouré d'objets prêts à me trahir. Des toiles pleines de défauts, des pinceaux qui perdent leurs poils, des couleurs qui virent à la lumière. Les autres ne s'en rendent pas compte, ils n'ont pas l'œil assez sensible, mais *moi* je les vois : les jaunes qui foncent au soleil comme du beurre oublié sur le coin d'une table, les rouges qui brunissent comme du sang de bœuf en train de cailler. À peine exposée au jour, l'œuvre se dégrade déjà, la corruption s'empare d'elle. Elle meurt, au fil des semaines son éclat diminue, et souvent c'est un tableau déjà mort qu'on expose dans la galerie le soir même du vernissage. Un cadavre. »

Pendant qu'il soliloquait sa voix restait froide, mesurée. On aurait cherché vainement dans ses propos la scansion d'une véhémence suspecte. Il parlait à la manière d'un rapport administratif, sans passion, égrenant les mots comme une dactylo novice tape à la machine.

« Les tableaux, répétait-il. Les tableaux... dès qu'ils quittent le chevalet, il faudrait les enfermer dans le noir, à l'abri de la corrosion de la lumière. On saurait qu'ils sont là, mais on ne les regarderait jamais, pour ne pas les user. On en parlerait comme d'un butin, d'un trésor caché. Comme d'un dieu ? Il faudrait bâtir des musées sans fenêtres, sans électricité, des musées gardés par des aveugles. »

Lorsqu'il émergeait enfin de sa rêverie, c'était pour reprendre de plus belle l'examen des toiles. Il lacérait sans pitié des châssis que Judith aurait jurés sans défaut. Son œil isolait du premier coup la ridule, la tache, l'imperfection du grain. Ces atteintes infimes condamnaient à la destruction des formats que la jeune femme jugeait gigantesques.

« Ne tremblez pas ainsi, soufflait Arno alors qu'elle frissonnait une fois de plus au crissement du scalpel. Tout bien réfléchi, ce ne sont que des suaires qui finiront par empaqueter une œuvre morte, tuée par la lumière. Quand le tableau aura rendu son dernier soupir, il suffira de le déclouer du cadre, de le rouler et de le porter en terre. Les tableaux sont comme les hommes : ils dorment, vivent et meurent dans un drap... L'œuvre est en quelque sorte livrée avec son linge funéraire. »

Judith se demandait s'il ne jouait pas avec elle, si elle ne constituait pas en définitive un public idéal car trop naïf, tout disposé à se laisser émerveiller par les effets de manches d'une fausse éloquence. À force de l'entendre, elle se fit la réflexion qu'il parlait comme un homme que personne n'a jamais écouté... et qui le sait. Mais l'idée de ces tableaux tués par la lumière du jour l'aimantait plus qu'elle ne l'aurait souhaité. Et les théories du peintre vibraient dans son esprit tel un diapason douloureux.

« Ils sèchent, expliquait Arno quand elle quêtait une explication. Comme des poissons pendus à un crochet. Souvent, dans les galeries, lorsqu'on prend la peine de s'approcher vraiment d'eux, *on les sent puer.* Vraiment. Mais là encore il faut avoir un bon nez. »

XI

Elle n'oubliait pas Teddy pour autant. Chaque fois qu'elle ouvrait les fenêtres et que la chaleur de l'été lui sautait au visage, elle pensait au naufragé du placard, là-haut, sous les ardoises que le soleil trop ardent faisait se fendiller. Elle aurait voulu monter plus souvent, le rassurer, mais les sentinelles arpentant les couloirs rendaient ces incursions difficiles, presque impossibles. Il lui fallait ruser, guetter interminablement, son panier sous le bras, ou bien feindre quelque inspection. Tapie à l'angle d'un corridor, elle comptait les pas, s'appliquant à déterminer le moment où le soldat se trouverait à l'autre bout du bâtiment pour courir vers le grand miroir pivotant qui dissimulait la porte du cagibi. Elle grattait, selon le signal convenu, et se glissait dans l'entrebâillement du battant.

Entrer dans le réduit, c'était s'immerger dans la fournaise d'une serre. La chaleur vous racornissait le visage dès le seuil, vous faisant une tête de pomme cuite. Judith avait subitement l'illusion de sentir son crâne rapetisser, tel un fétiche jivaro. Le soleil qui frappait le vasistas installait entre les parois du réduit une haleine de four où la moindre étoffe semblait destinée à s'enflammer au bout de quelques secondes. Aussitôt, la sueur lui nappait la peau, et ses cuisses devenaient collantes sous la robe.

« Oh ! soupirait tristement Teddy, la sueur c'est au début. Après on est bien trop sec, on a rendu toute son eau. Touche-moi. Tu ne trouves pas que j'ai la consistance d'un vieux jambon ? »

Il vivait nu, étendu sur le plancher. « Les premiers temps, à cause de l'inaction, j'avais peur de grossir, murmurait-il, mais la chaleur me fait vivre dans un bain de vapeur continuel. Regarde, on voit mes côtes. »

Oui, il maigrissait à vue d'œil. L'été lui ôtait l'appétit, et de son propre aveu il ne pensait qu'à boire. L'eau des bidons, dont il usait avec parcimonie, était vite devenue tiède, imbuvable. Elle lui faisait l'effet d'un poison.

« Le pire, soufflait-il en serrant le poignet de Judith, c'est d'entendre goutter le robinet du palier, de l'autre côté de la porte. *Tic-tic-tic...* ça n'arrête pas. Toute la journée, toute la nuit. C'est de l'eau fraîche, tu comprends ? Pas cette pisse qui croupit au fond des bonbonnes. »

Il avoua qu'à plusieurs reprises il avait failli sortir de sa cachette pendant que le factionnaire se trouvait à l'autre bout du couloir, et courir jusqu'au robinet pour se désaltérer. Cette perspective terrifia Judith qui le supplia de n'en rien faire.

« Mais je vais me momifier, ricana Teddy. Toutes les conditions sont réunies pour un parfait embaumement : aridité, déshydratation du sujet. J'ai perdu ma graisse, mon eau, maintenant je vais commencer à me ratatiner. Je suis déjà moins grand, non ? Si, si. Je rapetisse, mon corps s'adapte à mon environnement. À force de vivre dans un placard je vais devenir un nain. »

La jeune femme s'efforçait de rire, de trouver la plaisanterie follement drôle, mais elle se demandait si Teddy n'était pas en train de perdre la tête. Il n'avait pas touché aux livres qu'elle lui avait amenés, il n'avait pas écrit une ligne. Il restait manifestement tout le jour allongé sur le plancher, nu, fixant le drap blanc tendu sur le vasistas, se laissant peu à peu anéantir par l'épouvantable chaleur qu'emmagasinait le cagibi.

Pour le réconforter, elle se déshabillait, s'étendait sur lui. Ils faisaient alors l'amour au ralenti, dans l'espace exigu du placard, attentifs à ne provoquer aucun craquement de planches. Quand, de l'autre côté de la paroi, les pas du factionnaire se rapprochaient, ils se figeaient tous deux au milieu de leur élan, haletants, le cœur frappant les côtes. Et la sueur gouttant du front de Judith tombait en perles salées sur les joues de Teddy. Ils entendaient crisser les bottes du soldat, et son baudrier. Parfois sa mitraillette heurtait le mur alors qu'il pivotait pour faire demi-tour. Et ils étaient là, à peine cachés par une mince pellicule de plâtre, emboîtés, accrochés l'un à l'autre de tous leurs ongles, enracinés. Le pire c'était d'entendre s'éterniser les piétinements de la sentinelle lorsque celle-ci s'attardait devant le miroir pour rajuster son uniforme, Judith avait soudain peur que sa respiration ne la trahisse, que le bruit de son cœur ne traverse la glace, signalant leur présence. Teddy, lui, ne paraissait pas inquiet. « Mets ta main sur ma bouche, suppliait la jeune femme. Quand tu sentiras que je vais jouir, empêche-moi de gémir. »

Après l'amour, ils restaient l'un dans l'autre, tandis que la chaleur séchait sur leurs corps. Judith découvrait qu'ils n'avaient rien à se dire, mais qu'elle n'en souffrait pas. Il y avait dans ce silence quelque chose d'apaisant. Quand ils s'asseyaient enfin, la jeune femme aimait découvrir les grandes silhouettes que leur transpiration avait tatouées sur les planches mal rabotées du parquet. Ces accouplements muets leur criblaient le dos d'échardes qu'ils devaient ensuite s'ôter à tour de rôle.

« On dirait des babouins en train de s'épouiller, plaisantait Teddy. Je devrais peut-être conserver ces épines, ça me donnerait l'allure d'un porc-épic ? »

Les esquilles enlevées, Judith caressait de l'index les taches bleues ou jaunes qui marbraient les omoplates de son amant. Depuis quelque temps en effet, Teddy avait pris l'habitude de s'allonger sur les toiles qu'il avait emportées dans sa fuite. Les tableaux abstraits, empilés sur le sol, constituaient une sorte de matelas élastique et bigarré qui le préservait des échardes. Par malheur, sa transpiration avait fini par dissoudre le mauvais vernis dont certains d'entre eux étaient badigeonnés. Des taches de couleur dont il ne pouvait se défaire — faute de pouvoir se laver — maculaient à présent sa peau. « Je vais me transformer en triton », ricanait-il tandis que Judith essayait de le nettoyer.

« Tu ne devrais pas rire, protestait-elle, c'est peut-être toxique. »

Le rire clandestin de Teddy, ce spasme étouffé d'asthmatique qui tente vainement de reprendre sa respiration, lui faisait peur. Réduit au silence, l'Américain ne risquait-il pas de devenir muet ? Elle avait lu quelque part que la réclusion engendrait parfois de telles infirmités. Les cordes vocales de Teddy n'allaient-elles pas s'atrophier progressivement faute d'une utilisation normale ? La proximité du factionnaire condamnait le plus souvent les deux amants à user d'un langage gestuel approximatif, ou bien ils gribouillaient en une sténo de fantaisie de courtes phrases sur un bloc-notes. Le recours à la parole était rare et se réduisait à des chuchotis, bouche contre tempe, lèvres collées au lobe de l'oreille, à un souffle brûlant et intime, humide. Et même en ces instants il fallait prendre garde aux dérapages imprévisibles de la voix, aux stridences inopinées, aux *couacs* rebelles des cordes vocales mal jugulées.

À d'autres moments, la jeune femme s'effrayait des régressions successives que leur imposait le cabinet de survie. Le silence, l'immobilité, le rétrécissement de l'espace. À chaque nouvelle visite le cagibi lui semblait un peu plus petit, Teddy plus maigre, moins grand. Un jour elle découvrit le chat gris, installé sur le couvercle d'une malle, les yeux réduits à deux fentes.

« Tu n'as pas pu t'empêcher d'ouvrir la porte ? haleta-t-elle dans le cou de son amant. C'est encore cette histoire d'eau fraîche. Tu es fou. »

Mais Teddy jura qu'il n'en était rien. Il ne savait pas comment la bête était entrée. Un matin, il l'avait découverte, juchée sur le coffre comme sur un piédestal. Judith choisit de ne pas le croire et lui fit promettre de ne plus sortir.

Malgré la peur toujours présente, la jeune femme était contrainte d'avouer qu'elle s'était mise à aimer ce recroquevillement mutuel au cœur des murs, au sein de ce territoire insoupçonnable, cette adhérence des corps moites qui finissait par souder leurs peaux et faire d'eux des siamois qu'elle rêvait inséparables.

« Si j'ai besoin de quelque chose, écrivit un soir Teddy, je t'enverrai le chat comme messager. Pas avec une lettre dans la gueule, non, ce sont les chiens qui font ce genre de choses. Mais j'écrirai sur lui.

— Tu écriras ? murmura Judith en collant ses lèvres contre la tempe de l'homme.

— Oui, ou bien je lui peindrai des rayures, ou je mettrai une tache de couleur au bout de sa queue. Il suffira d'établir un code entre nous, et tu pourras facilement déchiffrer ce que j'essaie de te dire. »

C'était une idée absurde mais séduisante, et Judith imaginait avec un certain plaisir le chat fantôme transformé en messager secret. Il trottinerait à travers toute la maison, S.O.S. sur pattes dont personne ne soupçonnerait la mission.

« Une tache noire au bout de la queue signifiera *j'ai soif,* rêvait déjà Teddy. Une rayure sombre sur le dos *je n'ai plus rien à manger...*

— Tu n'y arriveras pas, objecta Judith, il ne se laissera jamais faire.

— Tu te trompes, affirma Teddy. C'est un clandestin, lui aussi. Il nous aidera, j'en suis sûr. »

XII

Un beau matin, alors que Judith venait à peine de se lever, Dieter fit irruption dans l'appartement pour lui apprendre qu'elle était réquisitionnée par le service artistique du Reich. Sa mission consisterait à accompagner Arno dans ses déplacements à l'extérieur. Le peintre désirait en effet visiter les grands musées français, et seule une Parisienne pouvait efficacement le guider à travers la capitale.

La visite au Louvre se déroula dans un climat de tension qui bouleversa la jeune femme. Arno était lui-même sur les nerfs, et chacun de ses gestes, chacune de ses mimiques semblait l'annonce d'une crise formidable qui n'allait pas tarder à le jeter sur le sol, écumant tel un épileptique. Une voiture noire vint les chercher au lever du jour pour leur faire traverser la ville déserte. Judith regarda défiler les rues avec la sensation idiote qu'on l'emmenait assister à quelque duel secret.

« C'est la veillée d'armes, murmura Arno en escaladant les marches du musée. Elle s'éternise. Elle me donne la fièvre. Il va falloir bientôt entrer en campagne, se décider à se battre. »

Judith ne savait s'il parlait de la guerre ou de son travail, elle se contenta de hocher la tête d'un air entendu. Arno se déplaçait vite, son éternel cartable à la main. En dépit de l'intense chaleur, il s'était entouré le cou d'une écharpe grise.

Les salles sonores aspirèrent Judith. Plus que tout, l'écho de ses propres pas l'effraya. Elle les entendait galoper devant elle. Cette cavalcade invisible se perdant dans la pénombre des galeries lui fit serrer les doigts sur la poignée de son sac à main. Elle s'appliqua à poser les pieds en douceur, mais les lattes de l'interminable parquet explosaient en craquements dès qu'on les effleurait. Elle songea à ces tunnels d'avalanche, si sensibles au bruit, qu'un simple éternuement peut provoquer l'effondrement d'une montagne de neige, et elle se mit à regarder les grands tableaux appendus aux murs avec une angoisse qui n'était pas feinte. Arno avait choisi de parcourir les ailes d'ordinaire peu fréquentées où se trouvaient reléguées les grandes « machines » académiques du XIXe siècle, ces toiles lourdement enchâssées dans des cadres dorés, vastes comme la façade d'une petite maison, et dont les couleurs brunissantes évoquaient le jus de chique. Il fallait marcher le nez levé, la nuque cassée, pour examiner ces colosses aplatis contre la muraille, ces titans aux uniformes chamarrés qui gesticulaient dans les vapeurs d'une nuit que le vernis craquelé faisait briller comme une chaussure bien cirée. Il y avait trop de sabres, trop de bouches hurlantes, trop de chevaux abattus. Les tableaux étaient autant de fenêtres ouvertes sur des mondes crépusculaires aux lumières jaunissantes. Les batailles figées avaient quelque chose d'un ballet suspendu par la baguette d'un magicien. Même les fusillés y agonisaient trop bien, avec une grâce surprenante chez des mourants. Et puis tous ces bruns, cet or, ce pourpre. Le déchirement des éclairs aussi, la fulgurance arrêtée des canons, le front lumineux d'un empereur serein au milieu des tumultes, sa main replète, rose et manucurée, cueillant le rameau de victoire tendu du fond du ciel par une déesse aux gros seins. Tant de brun, tant d'or... Judith sentait la tête lui tourner. Arno allait et venait, minuscule au pied des peintures géantes, collant son nez sur la toile alourdie de pâte comme si quelque infime détail allait lui communiquer un oracle. La jeune femme ferma les yeux pour échapper au vertige, à l'écrasement. Peut-être ces tableaux poussaient-ils comme des arbres centenaires ? Chaque année on changeait leurs cadres devenus trop petits ? Au départ, lors de leur premier accrochage, ils tenaient dans le creux de la main, jolies miniatures au dessin délicat, puis ils avaient commencé à croître, s'étalant, poussant dans toutes les directions.

« Vous avez vu ? lui jeta l'artiste. On dirait qu'on les a brossés sur les voiles d'un navire. C'est comme cela qu'il faudrait toujours peindre : sur des voiles que les cyclones n'auraient pas réussi à déchirer. Sur les drapeaux qui auraient flotté dans la fumée des batailles... »

Il délirait, s'agitant tel un moineau mécanique. Judith le regardait avec stupeur, ne sachant que dire.

Ils marchèrent longtemps, revinrent sur leurs pas. À un moment, Arno s'assit sur l'immense parquet, ouvrit son cartable pour en tirer sa boîte à biscuits, une bouteille de lait et un gobelet. « Venez, ordonna-t-il. C'est l'heure du bivouac. Il faut reprendre des forces. »

Judith dut s'asseoir à côté de lui, filant ses bas sur les aspérités du sol. Arno grignotait avec entrain, le menton saupoudré de sucre blanc. Il lui tendit la boîte ouverte, désigna le gobelet et la bouteille.

« Restaurez-vous, commanda-t-il. Le travail nous attend. »

Judith se sentait affaiblie, fatiguée, en posture délicate. Perméable aux microbes. Elle songea que c'était un mauvais moment pour côtoyer Arno.

« Voilà la route qu'il faut suivre », murmura celui-ci le nez levé vers l'un des tableaux géants comme s'il cherchait à localiser un chemin à flanc de montagne. « Rien qu'à les contempler, on sent ce qu'ils ont coûté de sueur, ajouta-t-il. Après tout ce temps ils sont encore imbibés de transpiration. Sous la poussière, il y a une odeur tenace de maillot de corps. Ils sentent le casseur de cailloux... le forgeron, aussi. C'est cela le vrai parfum des grandes œuvres. La transpiration. »

« L'art et la sueur », par la suite cette expression devait fréquemment montrer son nez dans les monologues d'Arno. Plus tard, quand Judith le vit peindre, elle réalisa qu'il brandissait ses pinceaux comme des couteaux. Il créait comme on saccage. Il y avait quelque chose d'effrayant dans cette lutte contre un adversaire qui — au demeurant — ne l'épargnait pas, et dont il paraissait encaisser en titubant les coups invisibles.

« C'est ainsi qu'il faut travailler, affirmait-il, dans la sueur, l'envie de pisser au ventre, le dos et les bras noués par les crampes. Et si à la fin de chaque séance on ne tombe pas sur les genoux, rompu, c'est qu'on n'a pas été au bout des choses. C'est qu'on n'a rien fait. »

Il se voulait ouvrier, sale, avec de pauvres mains irrécupérables, des mains « à faire honte aux bourgeois, à casser les tasses à thé ». Il se voulait tâcheron, brisé, les épaules plus douloureuses qu'un portefaix. S'il avait pu, il aurait peint en maçon, étalant les couleurs à la truelle. Il aimait mélanger les pigments, parce que cette opération avait quelque chose de boueux qui évoquait la préparation du mortier. Il aurait souhaité mourir au travail, non d'extase mais d'épuisement.

« Le peintre et le modèle doivent pleurer de souffrance à la fin d'une bonne séance de travail, répétait-il avec obstination. L'art doit les avoir blessés l'un et l'autre, *également.* »

Judith ne savait quel parti prendre devant de telles déclarations. Chez un autre, elle y aurait vu de la pose, chez Arno, elle devinait l'ossature d'un système effrayant.

Les derniers biscuits mangés, il fallut se redresser. Le peintre était très pâle maintenant. Au seuil de la dernière salle, ils furent accueillis par des soldats en armes. Judith hésita à passer entre les deux mitraillettes dont les canons frôlaient ses hanches. Allait-on la fusiller contre l'un des tableaux qu'admirait tant l'artiste ? L'étrangeté du moment la rendait perméable aux fadaises, aux emportements de l'esprit.

Dans la pièce aux tentures tirées, elle se heurta à une triple rangée de jeunes femmes silencieuses. Quarante ou cinquante, les mains croisées dans le dos, la tête baissée. Elles avaient l'air d'étudiantes qu'on s'apprête à réprimander au terme d'un chahut. Quarante, cinquante, oui, avec des visages de cire un peu mous. Elles étaient là depuis longtemps, dans la chaleur, et leurs dos voûtés trahissaient leur fatigue. L'attente avait usé leur arrogance première, et les moues de défi avaient fondu avec la transpiration, comme leur maquillage. Judith fut frappée par leur odeur compacte, mélange de sueur et de parfum bon marché. Ces visages de bougie taillée, où les yeux ouvraient de grands trous noirs, lui firent peur. Les robes chiffonnées, salies, témoignaient d'une nuit passée dans de mauvaises conditions. Une nuit d'insomnie, sans doute, dans un poste de police, une quelconque maison d'arrêt.

« Des femmes en situation irrégulière, expliqua rapidement Arno. Dieter les a sélectionnées pour moi. Du moins il a essayé. Il essaie à chaque fois. Il s'obstine, croyant me rendre service. Le malheureux n'a pas l'œil assez affûté pour dénicher de bons spécimens. Il veut m'aider, en réalité il me fait perdre mon temps. »

Les prisonnières échangeaient des regards furtifs. Il y avait de la haine, de la peur, de la supplication dans ces brèves échappées de prunelles dilatées. Judith crut entendre bourdonner des pensées : *Qui c'est ? Et elle... une poule ? C'est une Française... Qu'est-ce qu'ils veulent ? Qu'est-ce qu'on va nous obliger à faire ?* Arno ouvrit encore une fois son cartable, en sortit une paire de gants de coton blanc et une baguette de chef d'orchestre. Pendant qu'il enfilait les gants, un sous-officier tapa sèchement des mains pour donner le signal d'une cérémonie fixée à l'avance. Deux sentinelles ouvrirent les tentures, laissant entrer à flots la lumière du soleil qui aveugla tout le monde sauf Arno, qui, comme les chats, semblait jouir de la faculté d'adapter ses pupilles à n'importe quel flux lumineux. Avec des gestes que ralentissaient la crainte et l'humiliation, les cinquante femmes commencèrent à se déshabiller. Il n'y avait rien de provocant dans cet épluchage. « Une visite médicale », pensa Judith avec un mouvement de recul.

« Je ne comprends pas, hoqueta-t-elle. Où voulez-vous en venir ?

— Ne vous effrayez pas, dit doucement le peintre. C'est une... audition. Je cherche des modèles, des modèles français ayant des caractéristiques aryennes. C'est très difficile car votre race est déjà abâtardie. Les mélanges ont gâté les peaux, les lignes. Ces pauvres filles se croient blanches alors qu'un œil un peu entraîné détecte du premier coup dans leur silhouette, dans leurs traits, des traces d'arabisation, de négritude.

— Mais ces femmes ne sont pas des modèles professionnels, protesta Judith. Vous ne pouvez pas les forcer à... à se déshabiller ainsi.

— Je n'aime pas les modèles des beaux-arts, dit sèchement Arno. Elles ont des habiletés de putains. Elles n'ont plus de hontes, plus de pudeurs. Ce sont des viandes sans secrets. Je ne peux travailler qu'avec de vraies femmes. Celles-ci sont des étudiantes, des ouvrières ramassées par la rafle. J'ignore pour quel motif. Celles que j'engagerai échapperont à bien des tracas. Elles le savent. »

Les prisonnières étaient nues à présent, blanches, droites et pourtant recroquevillées au milieu d'un parterre de vêtements, de lingeries un peu douteuses. Certaines tentaient de dissimuler leur anatomie derrière leurs mains, d'autres demeuraient les bras ballants.

Leur haine sourde convergeait non pas vers les hommes armés qui montaient la garde aux quatre coins de la salle, mais vers Judith sanglée dans son tailleur blanc, et dont le mignon petit chapeau accrochait la lumière. « Marchez, bougez... », ordonna Arno.

Alors la horde se mit en branle, lentement, en traînant des pieds. Une fragrance d'aisselles emplit la salle. Les captives tournaient en rond, foulant les vêtements épars qui se mélangeaient. Arno s'approcha du troupeau, touchant de temps à autre l'une des inconnues du bout de sa baguette. « Toi, disait-il, viens dans la lumière. »

Il prenait bien garde de ne pas poser les mains sur la fille, et se contentait d'estimer la souplesse de sa chair de la pointe de son stick. Il la poussait, la piquait, la contraignant à tourner sur elle-même dans les rayons du soleil. « Non, non, grommelait-il rituellement, pas bon. Des taches de rousseur. Des boutons. Et ces aisselles, trop touffues. »

Et se tournant vers Judith, il ajouta : « Voyez, elle n'est pas saine. La peau est blanche, mais elle brille. Trop grasse. Non, ce n'est pas ça. Je l'ai répété à Dieter : la race française est gâtée, mais il ne veut pas comprendre. »

Au centre de la salle, les femmes continuaient à tourner, trébuchant sur leurs sous-vêtements emmêlés. « Toi, toi... », psalmodiait Arno en agitant sa baguette. Ses choix provoquaient l'arrêt subit de la horde ; épaules et seins s'entrechoquaient, la chair des fesses et des cuisses tremblait dans la lumière crue. Judith avait honte. Elle se répétait que si elle avait eu le moindre courage elle aurait elle aussi arraché ses vêtements pour se mêler aux filles abruties de fatigue qui titubaient les yeux mi-clos dans l'aveuglante blancheur du soleil matinal. Mais elle ne sut que pétrir son sac, les yeux fixés sur les culottes et les soutiens-gorge que les pieds des marcheuses amalgamaient en un inextricable fouillis.

« Ah ! ça suffit, soupira Arno au bout d'un quart d'heure. C'est inutile. »

Il se retira dans l'embrasure d'une fenêtre, le visage fripé et le menton tremblant, tel un enfant qui se prépare à pleurer.

Tout à coup, saisissant Judith par le bras, il l'entraîna hors de la salle et se dirigea d'un pas furieux vers la sortie.

« Tu as vu comme elles étaient laides ? balbutia-t-il en passant devant le guichet vide. Cette... *vulgarité*. Les plus blanches avaient l'air d'avoir été saignées une heure auparavant. Pâle ne veut pas forcément dire maladif ! Ah ! Quand Dieter saisira-t-il la nuance ? »

Le retour fut sinistre. Pendant tout le voyage, Judith eut sur la langue la saveur douceâtre des biscuits qu'elle avait dû grignoter au pied des tableaux.

« Et pourtant je ne peux plus attendre, gronda Arno alors que la voiture s'arrêtait devant l'immeuble. Il va bien falloir trouver quelqu'un. »

rapidement pour se tenir aux rives glissantes de [illegible] que [illegible] quelques [illegible] cher. [illegible] Mais [illegible] [illegible] gorge que les pieds des [illegible] en une [illegible] touffe.

Ah ! C'est sûrement [illegible] au nom [illegible] d'Henri. C'est [illegible].

Il se tenait dans [illegible] et le membre [illegible] prête à pleurer.

Tout à coup [illegible]. L'étrangère [illegible] de la salle et se dirigea d'un pas lourd vers la sortie.

[illegible] comme [illegible] devant le [illegible] vide. Germaine [illegible] Les plus blanches [illegible] une heure auparavant. Elle ne veut pas forcément [illegible]. Ah ! Quand [illegible].

Le retour fut [illegible]. Pendant tout le voyage [illegible] sur le [illegible] de [illegible] au pied des tableaux.

« [illegible] ne peux plus [illegible] que la voiture s'arrêta devant la [illegible] bien [illegible] quelque chose. »

XIII

Quand la nuit tombait sur l'immeuble et que le va-et-vient des sentinelles emplissait les étages, Arno était saisi d'une brusque frénésie. Au milieu du dîner, d'une conversation, il se levait, saisissait Judith par le poignet et l'entraînait à sa suite dans l'ancien atelier de Jules Massart. Là, il installait la jeune femme sur un haut tabouret, et commençait à tourner autour d'elle, la saoulant de paroles. Jamais la fatigue ne venait à bout de ces crises d'exaltation. Tout se passait comme si son organisme ignorait l'obligation du sommeil. Le surgissement de la lune lui ôtait dix ans, plaquant sur son visage des expressions d'enfance, des rires espiègles, des ahurissements de gamin. Il parlait vite, se laissant rattraper par son accent, mais déployant des afféteries de conteur. C'est toujours cet instant qu'il choisissait pour déballer les pigments, faire couler les poudres dans des mortiers de porcelaine. Avec beaucoup de complaisance, il révélait à la jeune femme que son travail l'obligeait à manipuler des substances éminemment toxiques. « Des poisons, rêvait-il tout haut. Le blanc d'argent, le jaune de zinc, le vermillon, le bleu de Prusse, la céruse... Le monde de l'art est plein de pièges. Les poisons se cachent sous les plus jolies couleurs. Mais le diable habite également à l'intérieur des toiles. Vous ne savez pas cela ? On le dit des miroirs, on pourrait aussi appliquer la formule aux toiles vierges. »

Un soir, alors que la jeune femme ne parvenait pas à masquer son incrédulité, il entreprit de lui raconter l'histoire du vieil Hanzel, un artisan miniaturiste de son village.

« J'avais tout juste dix ans à l'époque, fit-il. Je traînais sur les trottoirs. La boutique de Hanzel m'hypnotisait, toutes les rues, toutes les errances m'y ramenaient, inévitablement.

« En fait la boutique était minuscule, presque introuvable. Une échoppe comme une niche au bas d'une grande maison surchargée de sculptures. C'était une bauge d'artisan datant du Moyen Âge, en marge du temps, une sorte de couloir au fond duquel, dans la lueur d'une lampe à pétrole, un vieillard peignait nuit et jour des miniatures sur des bonbonnières, des tabatières ou des boîtes à dragées.

« Il était là depuis tellement longtemps qu'on ne savait même plus comment il s'appelait, soupirait Arno. Certains disaient Hanzel, d'autres Hanz, d'autres encore Heinz.

« Le vieillard ne rectifiait jamais, acceptant tous les patronymes avec une égale indifférence. Sa figure avait quelque chose d'un cierge mince à demi fondu, et son menton se terminait par une barbiche pointue comme un pinceau grisonnant. Il vivait au fond de sa niche, à la manière d'un saint de pierre oublié des fidèles dans une église trop sombre, peignant sans relâche des bonbonnières de porcelaine qu'un marchand de la ville venait rafler à date fixe. Il était si maigre, ses doigts si grêles, que le pinceau semblait le prolongement naturel de ses phalanges. Il procédait avec une extrême minutie et une si grande avarice de mouvements qu'on pouvait le croire prisonnier d'une éternelle immobilité.

« Comme l'aiguille des minutes sur le cadran de l'horloge, murmurait Arno. On a beau la fixer, on ne parvient pas à la voir se déplacer.

« Le vieil Hanzel était pareil à ce temps sournois, à cette coulée invisible des secondes. Il paraissait dormir, et pourtant il bougeait, toute sa vie concentrée dans l'extrémité d'un pinceau japonais aussi fin qu'une aiguille.

« Il avait cette loupe d'horloger vissée à l'œil, expliquait le peintre. Une grosse prothèse de verre et de métal. Il ne l'enlevait jamais, je me disais qu'en rouillant sous l'effet de la sueur elle avait fini par adhérer à sa peau. J'en rêvais la nuit. Je me rappelle encore son œil gauche toujours fermé, comme s'il était borgne, et son œil droit, disparaissant sous cet appareil. Cela lui faisait une tête inhumaine, à moitié homme, à moitié machine. »

Longtemps, il s'était raconté que le vieux voyait, grâce à cette loupe, des choses que personne ne soupçonnait. Les visages des clients le submergeaient probablement telles des planètes entrant brusquement dans le champ d'un télescope. Il les découvrait dans toute leur horreur épidermique, avec leurs cratères d'acné, leurs furoncles qui — démesurément grossis — atteignaient la taille d'une petite colline.

« Je croyais que l'œil, sous la lentille, avait fini par mourir, et que l'oculaire expédiait directement les images à son cerveau. Il voyait le monde comme une fourmi. De manière démesurée.

« Hanzel peignait des motifs en trompe l'œil, des miniatures étranges qu'on était obligé de regarder à deux fois pour s'apercevoir qu'elles étaient fausses. Avec une grande malignité, il reproduisait de minuscules insectes sur le couvercle des bonbonnières. Des mouches, des pucerons, avec leurs ombres, leurs reflets... des bestioles qu'on essayait rituellement de chasser d'un geste agacé. C'était un travail magnifique, d'une précision effrayante et qui nécessitait une sûreté de main peu commune. La perversité du vieillard allait jusqu'à reproduire de fausses fêlures sur les porcelaines, des réseaux de craquelures au fond des assiettes. Ces mystifications étranges, qui lui prenaient des heures, paraissaient son seul plaisir. Peut-être même sa seule raison de vivre.

« J'allais souvent le regarder travailler, soliloquait Arno. Il ne me prêtait aucune attention. Si je le suivais dans la rue, il ne se retournait même pas pour me parler. Il ne vivait que pour ses insectes en trompe l'œil. De temps en temps on le convoquait dans un manoir des environs pour restaurer un faux relief. Il passait des jours et des jours à recouvrir de veines bleues un balustre de bois pour donner l'illusion qu'il était en marbre. Il truquait les matières. Il les rendait plus vraies que nature, et pourtant elles étaient fausses. Il faisait du marbre avec du bois, mais aussi du bois avec de la pierre. C'était une sorte d'enchanteur bizarre, une espèce d'escroc fascinant. Il était si tranquille, tellement silencieux, qu'on finissait par l'oublier. Mais il y avait de la perversité en lui, quelque chose de diabolique. Il ne pouvait s'empêcher de laisser sa marque. Une fois, je l'ai vu, dans un château, peindre en cachette de fausses fêlures sur un miroir ancien qui faisait l'orgueil de son propriétaire.

« Quand il en avait fini avec les balustres, les lambris, les placages — semant du marbre blanc ou noir, là où il n'y avait à l'origine qu'un bois vulgaire —, il grimpait sur une échelle pour tracer, dans le recoin d'un plafond, une toile d'araignée plus vraie que nature. Une toile engluée de poussière, et que les valets essaieraient vainement de balayer dans les jours qui suivraient.

« Il était malade, probablement. Mais c'est en l'observant que j'ai compris les pièges du réalisme. La précision rend fou, elle porte en elle des germes de démence. Il faut la manier avec beaucoup de précaution, comme une bombe. Elle peut vous ronger le cerveau, vous contraindre à vivre une loupe vissée à l'œil. Il y a quelque chose de diabolique à vouloir singer la nature, je l'ai deviné très tôt. Contrairement à ce qu'on croit d'ordinaire, les peintres abstraits ne courent aucun risque, ils barbouillent comme des enfants. Leurs œuvres sont anodines, et je ne partage pas le dégoût de Dieter à leur égard. Le Diable est ailleurs, il guette l'artiste au sein même du réalisme. C'est là qu'est la vraie tentation ; dans l'obsession maladive de se rapprocher le plus possible du modèle, puis de l'égaler... *puis d'y substituer l'œuvre.* De falsifier le monde en le reproduisant. Cela peut devenir une véritable maladie. »

Il se tordait les mains en disant cela, et Judith sentait qu'il revivait des souvenirs précis sur lesquels elle se garda bien de l'interroger.

Une nuit il parla de la singularité qui était, à son sens, un piège aussi redoutable que le réalisme.

« Le piège de l'individualisme, confia-t-il, j'y ai succombé également. À quinze ans je ne voulais plus rien devoir aux autres. Je désirais que mes œuvres sortent intégralement de mes mains, qu'elles soient le pur produit de mon cerveau, de mon corps... Et comprenez-vous bien ce que " pur produit " signifie ? »

Judith ayant avoué son ignorance, il s'approcha d'elle à la toucher pour lui chuchoter : « Je ne voulais rien utiliser de ce qu'auraient pu me fournir les boutiques. J'étais entré dans une sorte de folie ascétique courante à cet âge. Je fabriquais des pinceaux avec mes propres cheveux, j'envisageais de peindre avec mon sang sur des lambeaux de peau prélevés sur mes cuisses. Devant l'impossibilité matérielle du projet, je me suis alors initié à la pratique du tatouage pour devenir en quelque sorte ma propre galerie d'art. Oui, j'envisageais sérieusement de faire de mon corps un musée ambulant. Confier mes œuvres à un étranger me semblait inacceptable, une sorte d'amputation. »

Il avait vécu ainsi plusieurs mois, au bord de la fièvre cérébrale. Se criblant les cuisses et le ventre de coups d'aiguille, s'injectant sous l'épiderme des couleurs approximatives de son invention.

« Mais elles ne tenaient pas, ricana-t-il amèrement. Mes tatouages se changeaient en furoncles, mes tableaux étaient gagnés par l'inflammation. J'ai manqué de mourir d'un empoisonnement du sang. On a dû me badigeonner de soufre, on m'a attaché les mains pour que je ne m'écorche pas tout vif, les démangeaisons étaient atroces. J'aurais voulu qu'on m'arrose d'essence et qu'on me brûle pour en finir plus vite. C'est à ce moment que j'ai compris qu'il fallait se défier de la singularité, de cette "originalité" à laquelle tiennent tellement les artistes. Elle m'a laissé de belles cicatrices, " l'originalité ". Si je n'étais pas bien élevé, je vous montrerais la peau de mon ventre... »

Judith se dépêcha de lui assurer qu'elle le croyait sur parole.

*

Cette nuit-là, alors que l'immeuble dormait, Teddy força le vasistas rouillé, contraignant la lucarne à s'ouvrir. Il ne savait pas pourquoi il prenait un tel risque, mais d'un seul coup la touffeur du cagibi lui était devenue insupportable. Il lui fallait à tout prix respirer, sortir de ce placard où Judith commençait à l'oublier. Il se faisait l'impression de ces bonshommes à ressort cachés au fond de leur boîte. *Johnny in the box,* comme on disait dans son pays.

Les charnières du vasistas grincèrent mais la sentinelle se trouvait à l'autre bout du couloir quand il les fit jouer, et ce bruit ne l'alerta pas. Teddy se hissa à l'extérieur, complètement nu. Une voix, dans sa tête, lui soufflait qu'il n'aurait pu imaginer meilleure tenue pour s'évader.

Les ténèbres du couvre-feu recouvraient Paris mais les ardoises du toit étaient encore gorgées de la chaleur du jour. Cela lui rappela les cailloux du désert Mojave, en Californie, qui craquent le soir lorsqu'ils refroidissent. Il aspira à pleins poumons cette odeur de pierre chauffée qui levait en lui des souvenirs de bivouac. Il sortit du cagibi comme on s'extirpe de l'écoutille d'un sous-marin. Il songea que cette image lui venait peut-être de *Vingt mille lieues sous les mers* qu'il avait terminé en fin d'après-midi. Il se dressa dans la nuit, dominant les toits et la ville, goûtant cette sensation étrange d'être ainsi nu et désarmé dans le vent tiède qui soufflait entre ses jambes et caressait son scrotum. C'était une impression bizarre, grisante. Il fit quelques pas sur la pente du toit. La lune était masquée et il y voyait à peine. Il savait qu'un simple faux mouvement pouvait le déséquilibrer et le jeter dans le vide, mais il n'avait pas le vertige. Il dut se retenir de courir. La ville était étrangement silencieuse, et le seul bruit qui lui parvenait était celui du grand drapeau à croix gammée flottant mollement au bout de son mât dans la brise du soir. Une seconde il fut tenté de le voler, de l'emporter dans le cagibi pour s'en faire une couverture, par dérision, puis il réalisa que cette blague de collégien risquait de déchaîner les foudres de l'Occupant.

Il se sentait un peu ivre. Il avançait à tâtons au milieu des cheminées en songeant que ses pieds humides devaient laisser des traces sombres sur les ardoises, mais personne ne pourrait suivre sa piste dans le dédale des cheminées dressées comme des cactus, il faisait bien trop noir pour cela, et même un éclaireur indien aurait passé la main. Il étouffa un rire puéril.

Et puis, tout à coup, l'illusion se dissipa, son excitation s'évanouit et la griserie se transforma en angoisse. Il ne comprenait plus ce qu'il faisait là, sa nudité lui parut grotesque.

Pis que tout : il était perdu, incapable de s'orienter. La proximité du gouffre de la cour le terrifia, et il réalisa qu'à cause des ténèbres il risquait de ne plus retrouver l'entrée du cagibi. Il s'accroupit derrière une cheminée pour reprendre son souffle. Son cœur battait à toute vitesse contre ses côtes, et il avait du mal à respirer.

Il resta un long moment dans cette position, dans l'espoir que ses yeux finiraient par s'habituer à l'obscurité. En revenant sur ses pas, il put vérifier qu'il s'était considérablement éloigné du vasistas. L'affolement n'allait plus tarder à le gagner, il en reconnaissait les signes précurseurs. Il avait connu cela une fois, quand il était pilote, et que son hélice s'était soudain bloquée en plein vol. Au bord de la chute définitive, quelque chose s'était éboulé en lui, comme si tous ses organes se décrochaient, aspirés par la pesanteur.

Il s'injuria. Est-ce qu'il perdait la boule ? Est-ce qu'il devenait vieux ? Oui, c'était peut-être cela, la réponse ? Vieux...

Ses doigts finirent par toucher le cadre oxydé de la lucarne, et il s'en voulut d'éprouver une telle impression de soulagement. C'est avec un peu de honte qu'il se laissa couler dans le cagibi. La tête lui tournait et il ne comprenait toujours pas ce qui venait de lui arriver. Il lui fallut un long moment pour se ressaisir. Malgré la lourde chaleur qui régnait dans le réduit, il grelottait.

Le lendemain, quand Judith vint lui rendre visite, il lui raconta son équipée nocturne. D'abord elle ne le crut pas, ensuite elle le regarda comme s'il était devenu fou.

« Pourquoi ? chuchota-t-elle contre son oreille. Pourquoi ? »

Mais il ne savait pas.

Nous entrons dans la saison des fièvres..., écrivit-il sur une page de carnet. Il n'avait aucune idée de ce que cela voulait dire.

XIV

Les travaux préparatoires durèrent six mois. Six mois pendant lesquels Arno s'absorba en de curieuses séances d'alchimie qui lui teintèrent les ongles et la peau des doigts, lui faisant des mains d'arlequin. Très vite, en effet, il s'était déclaré mécontent des pigments fournis par Dieter, et, bien que concoctés par les officines les plus réputées, il les jugeait sans finesse, dépourvus de nuances et de luminosité, juste bons à barbouiller des affiches publicitaires. Après avoir passé des heures à mélanger poudre et huile en une pâte homogène, il grimaçait, affirmant que « la couleur ne tenait pas à la lumière, qu'elle noircissait comme une crotte de chien dans le désert ». *Elle n'était pas vivante,* prétendait-il, si l'on commettait l'erreur de s'en servir, elle tomberait en poussière à peine sèche. Judith rêva longuement à ces tableaux hypothétiques qu'effaceraient peu à peu les vents coulis, mais Arno ne partageait pas son émerveillement naïf. Il lui arrivait d'étaler la peinture à grands coups de truelle sur une toile vierge, et de l'exposer au soleil un après-midi durant. Planté en sentinelle au pied du châssis, il commentait alors d'une voix hargneuse les progrès d'altérations qu'il était seul à voir.

« Elle noircit, le vermillon est en train de mourir, marmonnait-il. Voyez comme il fonce. C'est le soleil qui l'oxyde. On dirait déjà du bitume, de la nuit liquide... »

Désormais Judith connaissait tout de sa théorie sur les couleurs diurnes et nocturnes. « Le soleil me gêne, répétait-il sans craindre de radoter. Il a quelque chose... *d'africain.* Pour moi il reste associé aux jungles, aux Nègres en sueur, à la végétation gluante. L'éblouissement de la lune est seul digne d'un homme du Nord, parce qu'il est sans chaleur, sans suées. Il est... blanc. Bientôt, quand j'aurai achevé mes travaux de recherches, je peindrai des tableaux qu'on ne pourra contempler qu'à la lueur de la lune. Le jour ils seront invisibles, blancs sur une toile blanche. Indétectables, dissimulés aux yeux des profanes, à tel point que ces toiles sembleront vierges aux imbéciles... Ce seront, en quelque sorte, des œuvres brossées à l'encre sympathique, comme ces lettres qui ne restituent leur contenu qu'après avoir été soumises à l'action de certains réactifs. Seuls les rayons de la lune les révéleront au regard. On ne pourra les voir que la nuit, quand la lumière froide, l'albédo, activera leurs pigments. Alors, tache après tache, le dessin émergera du fond de la toile, se matérialisant l'espace d'une nuit pour s'effacer progressivement à l'aube, où il s'estompera au premier chant du coq. Seuls les insomniaques visiteront ce musée, personne d'autre n'en pourra jouir. »

Ces chimères le jetaient dans une exaltation qui effrayait Judith. Tout de suite après, il se remettait à pester contre la « camelote » fournie par Dieter. Il plongeait les mains dans les pots de poudre colorée, laissant fuir entre ses doigts écartés les rouges, les jaunes, que les courants d'air faisaient voler à travers la pièce. Certains jours de grande exaspération, il lançait contre les murs les sacs de couleurs dont l'éclatement levait des brouillards pourpres au sein desquels il gesticulait en toussant, prisonnier des tempêtes qu'il avait lui-même levées.

« Il faut que je retrouve la pureté des anciens pigments, disait-il. Si cela se révèle nécessaire, je les fabriquerai moi-même, tant pis si nous perdons du temps. »

Il évoquait alors les mystères des couleurs antiques dont le secret s'est perdu avec les siècles. Le lapislazuli des fresques pharaoniques, qui, trois mille ans après, est toujours intact, d'une luminosité nullement altérée. Le jaune de Naples, hérité des Chaldéens, et dont la formule n'a jamais été réellement percée à jour. Avec une sorte de ravissement d'alchimiste, il égrenait les recettes mi-fabuleuses mi-répugnantes présidant à l'élaboration des couleurs primitives, celles des tombeaux, des fresques funéraires, des portraits d'empereur. La pourpre impériale des toges et des étendards. Devant les yeux ébahis de la jeune femme, il procédait à des tours de magie compliqués. Il y avait ces morceaux de plomb qu'on mettait à tremper dans du vinaigre, et qu'on mélangeait ensuite à du fumier de cheval, cette horrible bouillie engendrant au bout d'un certain temps des pigments d'un blanc immaculé, inégalable. Il y avait toutes ces couleurs organiques, extraites des viscères des bêtes ou des insectes. Le murex, ce coquillage dont les Phéniciens tirèrent la pourpre, mais aussi les œufs écarlates d'un insecte : la cochenille. Et les autres manipulations, innombrables, consistant à extraire la couleur des urines ou de la bouse de tel ou tel animal. Judith s'effrayait en découvrant ce fumier originel, cette alchimie qui mêlait fiente, bile, excréments, pour engendrer la lumière, l'éclat. Elle se demandait parfois si Arno n'inventait pas tout cela dans le seul but de l'effrayer. Elle s'endormait le soir, poursuivie dans ses rêves par l'énigme des teintes perdues, des recettes antiques et mystérieuses. Le bleu des fresques égyptiennes, immortel, finissait par l'obséder, elle aussi.

Comme il fallait s'y attendre, Arno entreprit bientôt d'élaborer ses propres pigments. On vit alors entrer dans la cour du 3, place de Byzance, des tombereaux de fumier frais dans lequel le peintre fit enterrer pendant quarante jours des urnes d'un mélange pour le moins insolite qui se transforma comme il l'avait annoncé en une poudre d'une merveilleuse pureté.

« Il faut penser à la vie des couleurs, répétait-il. La méconnaissance chimique de certains peintres a provoqué la mort prématurée de leurs œuvres. Vous seriez étonnée d'apprendre combien de tableaux pourrissent dans les caves des musées, rongés, dissous, *se mangeant eux-mêmes.* Ne pas se soucier de la pureté des couleurs, c'est comme de bâtir un immeuble avec des briques mal cuites. Un jour ou l'autre, la maison s'écroule. »

Cependant, au fil du temps, Judith sentait poindre une certaine exaspération chez Dieter. Chaque fois que le petit homme rose zigzaguait entre les châssis inutilisés, on devinait son impatience à une crispation de la bouche, à sa semelle battant sur le parquet la cadence d'une musique imaginaire.

« Quand vas-tu commencer ? demandait-il avec un sourire crispé. *Maintenant* tu as tout ce qu'il te faut, non ? »

Mais Arno haussait les épaules et retournait à ses mélanges, à ses oxydations. Judith savait, elle, qu'il ne donnerait pas un coup de pinceau avant d'avoir fabriqué de quoi alimenter sa palette. La naissance des couleurs s'accompagnait de pestilences qui vous forçaient à conserver en permanence un mouchoir imbibé d'eau de lavande à portée de la main, ce qui faisait pester Stéphane en secret. « On se croirait dans une ferme, grommelait-il. Au milieu des cochons. » Mais il ne murmurait ces imprécations qu'après s'être assuré que personne ne pouvait l'entendre, et en cachant sa bouche derrière sa main, tel un collégien qui tente de bavarder sans se faire pincer par le pion de service.

« Arno vous a-t-il dit quand il comptait commencer ? demanda un soir Dieter à Judith. Nous risquons une inspection du ministère, et je ne voudrais pas... »

Il s'interrompit brusquement, puis chuchota : « Je vous remercie de la patience que vous manifestez à son égard. Ces natures d'artiste portent souvent sur les nerfs des honnêtes gens, je dois reconnaître que moi-même... Arno est mû par un grand souci de pureté, le frelaté lui fait horreur. C'est en cela qu'il exprime parfaitement l'âme allemande. Il est tout d'un bloc, ce n'est pas un alliage, c'est du métal pur, et sa peinture est comme lui... »

La jeune femme fut un instant tentée de lui parler du plomb macérant dans le vinaigre et le crottin de cheval, mais son interlocuteur ne lui en laissa pas le temps.

« Arno est un soldat, ajouta-t-il, ne s'épargnant pas et n'épargnant pas les autres. C'est ainsi que devra être l'artiste dans le nouveau monde qui va bientôt naître. Plus d'indolence, de paresse. Une volonté de fer méprisant douleur et fatigue. Une âme d'ouvrier métallurgiste travaillant dans une fonderie de canons ! »

XV

Au bout d'un semestre, Arno Zigfeld Hortz décida qu'il avait désormais assez de munitions pour — sinon se lancer dans la bataille — du moins entamer les premières escarmouches. Les couleurs, stockées dans des pots, recouvertes d'une couche d'huile protectrice, avaient été entassées au fond de l'atelier comme des tonnelets de poudre dans un arsenal. Commença alors la phase des croquis préparatoires et le défilé des modèles. Six nouveaux mois s'écoulèrent sans qu'Arno fasse autre chose que prendre des notes et griffonner des esquisses sur des feuilles de papier. Elles jonchaient les planchers, ces feuilles couvertes de silhouettes énigmatiques, de visages inachevés, de corps imprécis. Elles débordaient de l'atelier, cascadaient peu à peu dans l'escalier, envahissantes, tapis craquant qu'il ne fallait à aucun prix balayer ou même tenter d'ordonner.

« Je ne veux pas qu'on les mette en pile ! hurlait le peintre lorsque Dieter entreprenait de collecter les croquis. Je veux les avoir sous les yeux, à tout moment ! »

Judith aimait ce désordre, ce craquement sous la semelle qui finissait par lui donner l'illusion que l'automne était entré dans l'immeuble, entassant au long des couloirs les feuilles jaunies des arbres bordant la place de Byzance. Les modèles allaient et venaient sans relâche, Arno les renvoyant rituellement au bout d'une séance. C'étaient toujours des jeunes filles apeurées que conduisaient des hommes vêtus de longs manteaux de cuir noir, le chapeau enfoncé au ras des sourcils. Il y avait de la haine et de la terreur dans les yeux de ces femmes chiffonnées. Elles arrivaient, blêmes, dans leurs vêtements douteux, la bouche parfois tuméfiée, des boutons manquant à leur corsage. Elles se déshabillaient avec résignation et gardaient la tête baissée, sursautant dès qu'Arno leur donnait un ordre. Quand il devait corriger la pose, le peintre se servait d'une baguette, veillant à ne jamais poser les doigts sur elles. Certaines débarquaient, les menottes aux poignets ; quelques-unes, victimes de secrets tourments, s'évanouissaient pendant la séance. Judith ne savait pas d'où elles venaient, et lorsqu'elle posa la question à Stéphane, celui-ci s'emporta : « Des communistes, des terroristes sûrement, bafouilla-t-il. Cela ne nous regarde pas. Et vous feriez bien de les ignorer. »

À travers les portes fermées, Judith percevait de temps à autre la voix aiguë de Dieter vociférant d'impatience. Les femmes entraient, se déshabillaient, sortaient, ne revenaient jamais. Parfois, elles étaient si troublées qu'elles oubliaient une pièce de lingerie.

« Elles prennent mal la lumière, expliquait Arno quand Dieter le sommait de justifier le renvoi systématique des modèles. Leur peau est inapte... C'est comme une impossibilité biologique. Une malformation cellulaire, une aberration épidermique, je ne sais pas... C'est toi le médecin, tu devrais comprendre.

— Allons ! grognait Dieter en consultant des fiches signalétiques où se trouvaient agrafées les photos des modèles involontaires, si encore elles étaient juives, je ne dis pas. Mais Heinzort a fait son enquête. Elles sont toutes racialement acceptables.

— Ah ! coupait Arno, tu ne peux pas comprendre. Tu n'as aucune sensibilité visuelle, tu prendrais la flamme d'une bougie pour le scintillement d'une étoile. Elles... Elles réfléchissent mal, voilà tout. Elles salissent la lumière. »

Une certaine tension s'installa. Sommé de montrer des résultats, Arno consentit à brosser quelques toiles préparatoires. Il achevait rarement ces esquisses, ou bien il ne cessait de les corriger, recouvrant un visage d'une infinité de repentirs. Les couches de peinture se succédant au rythme des physionomies, les figures finissaient par prendre un étrange relief qui les faisait littéralement « sortir » du tableau, telle la face d'un noyé crevant la surface de l'eau. En passant les doigts à fleur de toile, on pouvait alors suivre le contour d'un nez, d'une bouche, comme on aurait pu le faire d'une statue émergeant de la glaise.

« Je les enterre, ricanait Arno. Couche sur couche. C'est tout ce qu'elles méritent. Ce n'est pas un tableau, c'est une fosse commune. »

Contraint par Dieter de se contenter des modèles qu'on lui envoyait, il peignait avec dégoût. Bientôt il tomba malade et ne cessa plus de se gratter. Un vilain prurit lui couvrit le dos des mains, les doigts, l'empêchant de tenir correctement ses pinceaux.

« Une intoxication, grommela Dieter. Tu as attrapé ça en tripotant toutes ces cochonneries chimiques.

— Non, répliqua sereinement Arno. C'est la peau de ces femmes, elle irradie une lumière néfaste, nocive qui est en train de me ronger. Tu ne comprends pas, c'est comme du radium... Cela mange la chair. Je suis irradié, je pèle, je vais pourrir, m'éplucher jusqu'aux os.

— La peau des femmes ? hoqueta Dieter en faisant un effort sur lui-même pour ne pas éclater.

— Oui. Elle modifie la composition de la lumière, elle renvoie dans ma direction des rayons destructeurs. Regarde les toiles, c'est évident... Chaque fois que ces filles franchissent le seuil de l'atelier les vermillons se mettent à foncer. »

Il fallut enduire Arno de pommade, lui faire prendre des bains de bitume. « Comme une momie, se plaisait-il à souligner. Holà ! qu'on déchire les toiles en bandelettes pour m'emmailloter dignement ! »

On ne vit plus de jeunes filles à la bouche meurtrie dans les escaliers. La peinture sécha sur les palettes, les pinceaux.

« Mais enfin, que veux-tu ? suppliait Dieter.

— Une reine, murmurait Arno du fond de sa baignoire boueuse. Une reine de la nuit. Une châtelaine de la lune. Blanche... et froide. Je ne veux plus de ces filles qui transpirent et dont même le bout des seins brille. Je veux du marbre. Mat et blanc.

— Mais ce tableau, au moins, tu as une idée de ce qu'il représentera ?

— Bien sûr : la chevauchée des chevaliers teutoniques du Premier Reich apportant la lumière au royaume des somnambules. »

XVI

Cette fois il fallut entreprendre des rafles dans les amphithéâtres des écoles de médecine, dans les musées d'anthropologie. On vit des hommes en manteau de cuir noir investir les galeries d'anatomie, fracturer les vitrines d'exposition. On réquisitionnait les squelettes poussiéreux que des générations d'écoliers avaient pu contempler au bout de leur potence. Ces étranges prisonniers envahirent la place de Byzance, marionnettes aux articulations maintenues en place par des vis à ailettes. Arno les fit expertiser par Dieter. Il exigeait de connaître l'âge approximatif des ossements, écartant ceux qui étaient trop jeunes. Il voulait des morts de vingt à trente ans, à l'ossature robuste, sans trace de décalcification sénile. On eut beaucoup de mal à réunir quatre spécimens répondant à ces spécifications. Arno les fit alors jucher sur des squelettes de chevaux ramenés d'une école vétérinaire, et s'employa à donner à l'ensemble une pose dynamique évoquant une troupe lancée au galop. Il y avait quelque chose d'effrayant dans cette course immobile menée bride abattue par des morts dont les crânes luisaient ou se creusaient d'ombre selon les jeux de la lumière environnante. Arno rampait sous les pattes des montures, tordant du fil de fer, fléchissant la courbure d'un membre pour lui donner plus de naturel. Au fil des jours, les cavaliers gagnaient de la présence, leurs mouvements s'allongeaient comme s'ils bondissaient effectivement entre ciel et terre, et que la magie d'un enchanteur les avait figés à la seconde même où leurs montures franchissaient un ravin. Judith était émerveillée et terrifiée par cette métamorphose. Elle avait parfois l'illusion que les chevaux allaient tout à coup s'affranchir de leur armature de fer, s'élancer dans les couloirs, galopant dans un vacarme de vertèbres entrechoquées, s'émiettant au fil de la course. N'allaient-ils pas, une nuit prochaine, céder à la tentation de la fuite ? Arno leur avait donné l'élan nécessaire, l'impulsion initiale, il ne leur restait plus qu'à s'arracher à l'ancrage des portants pour tenter un dernier galop...

Plusieurs semaines s'écoulèrent avant que le peintre se déclare enfin satisfait de son arrangement. Même Dieter fut impressionné par l'illusion de vitalité extrême qui se dégageait des morts.

« On dirait qu'ils vont se mettre à bouger », dit-il bêtement en rougissant de se laisser aller à une telle platitude.

C'est alors que Judith crut qu'elle allait céder au vertige et tomber dans un puits sans fond. Car lorsqu'il eut reproduit sur la toile les trois cavaliers d'os et leurs destriers, Arno entreprit de les *habiller,* remplissant les cages thoraciques creuses d'organes qu'il peignait d'un pinceau soucieux, n'épargnant au spectateur aucune des brillances secrètes de l'intimité viscérale de ses personnages. Cela fait, il couvrit les os de muscles, enchevêtrant ceux-ci avec une science d'anatomiste émérite. C'étaient à présent des écorchés qui éperonnaient des chevaux sanglants échappés d'une boucherie. À ce stade du travail, l'œuvre avait pris une dimension insoutenable dont on ne pouvait cependant nier la terrible beauté. Ces quatre cavaliers écarlates, humides de sang, courbés sur leurs chevaux pareillement dénudés, et qui filaient dans le vent, sans paraître souffrir de leur triste condition d'écorchés vifs, faisaient lever un frisson de chair de poule sur la nuque de tout spectateur ayant imprudemment franchi le seuil de l'atelier.

Par bonheur, cet état ne fut que transitoire, car, très vite, Arno enveloppa les muscles dans une peau rose ou blanche, qu'il parsema ensuite de poils et de cicatrices. Judith n'avait jamais imaginé qu'on puisse procéder de la sorte, mais elle était forcée de s'avouer que les personnages qui occupaient maintenant le centre du tableau jouissaient d'une densité stupéfiante.

« C'est parce qu'ils sont *pleins,* souligna Arno. Les autres artistes n'ont pas cette exigence. Ils se contentent de barbouiller des ectoplasmes. Si on gratte la peau de leurs nymphes on ne découvre en dessous que de la toile brute... Avec mon procédé, gratter la peinture prend l'allure d'une autopsie, sous les vêtements on découvrira la peau, sous la peau le muscle, sous le muscle... Ce ne sont plus de simples images. Elles pèsent leur poids de chair, elles sont lourdes, presque vivantes. »

Judith n'aurait pu le contredire. La tête creusée par la spirale du vertige, elle regardait les torses velus, sabrés de cicatrices, s'envelopper de chemises de grosse toile, elles-mêmes reprisées. Puis les chemises disparaissaient à leur tour sous les cottes de mailles. Pour finir, des manteaux de drap recouvrirent les hauberts, et il ne subsista plus de toute cette interminable approche que des visages blêmes, mangés de barbe, qu'on entrevoyait à peine dans la béance d'un capuchon.

« Du travail de maniaque, grommelait Stéphane. Du temps perdu. Pourquoi s'obstiner à fignoler des détails que personne ne verra jamais ? »

Et encore ignorait-il les longues interrogations qui avaient assailli le peintre, ses scrupules, les questions innombrables auxquelles Judith avait dû tenter de répondre.

« Celui-ci c'est Otto, chuchotait Arno en désignant la grande figure du cavalier qui le dominait. Il est plus âgé que les autres, il a fait les croisades, il est blessé. On doit sentir dans son attitude sa fatigue, l'usure d'un corps qui a déjà trop donné. Il a cette blessure à l'épaule qui lui raidit le bras droit et lui donne cette allure un peu empruntée... Nous savons qu'elle est là, sous le vêtement, parce que nous l'avons dessinée sur le muscle aux fibres raccommodées d'abord, puis sous la forme d'un bourrelet cicatriciel, mais le spectateur innocent, inconnu, doit la deviner à de menus signes... Cet homme souffre d'une vieille blessure, doit-il penser. Et s'il fait radiographier la toile, il découvrira effectivement les traces de la plaie. Je ne suis pas un truqueur, je ne peins pas des baudruches. Si je dois brosser l'image d'une femme enceinte assise au coin du feu dans la salle commune d'une ferme, je commence par peindre le fœtus dans son ventre. Tout ce que je montre doit *réellement* se trouver sur la toile.

Je livre le tableau avec ses deux mondes : le visible et l'invisible. Il y a la terre sous les sabots des chevaux, mais sous la terre il y a les racines, les taupes, les vers. Il y a les nuages sur la tête des hommes, mais derrière les nuées, il y a le ciel bleu, puis les ténèbres du cosmos, puis les étoiles. »

Judith était anéantie par la somme de travail qu'impliquait cette étrange conception de la peinture. Comme pour insuffler à ses personnages un surplus de vie, Arno lui demanda de rédiger la biographie imaginaire de ces chevaliers. Il insista beaucoup pour qu'elle prenne ce travail très au sérieux, il avait besoin de leur état civil pour croire à leur existence. Elle devait procéder avec soin, comme pour une enquête de police, ne laissant aucun détail dans l'ombre.

Dieter fit rafler à la bibliothèque Sainte-Geneviève une centaine de grimoires ayant trait au Moyen Âge. Judith les dépouilla, essayant de reconstituer la vie d'Otto et de ses compagnons, d'imaginer leur cheminement. Elle rédigea un mémoire de deux cents pages. Un rapport sec, sans fioritures, éclairant la personnalité des trois chevaliers. « Mettez-les en fiches, lui répétait Arno. Je dois tout connaître de leurs habitudes. Imaginez que nous devions leur tendre un piège. Les capturer. Il est important que nous sachions tout d'eux. Car c'est bien ce que nous allons faire, n'est-ce pas ? Les capturer pour les emprisonner au centre de la toile. »

XVII

Ils avaient fini par la réquisitionner, comme un objet, une maison ou une quelconque denrée périssable. Elle seule convenait, Arno l'avait affirmé. On avait bien tenté de lui trouver des remplaçantes, mais aucune ne s'était montrée à la hauteur. Elle, et elle seule, c'étaient les propres mots de l'artiste. Dieter était venu en avertir la principale intéressée, sans manifester la moindre gêne, la priant simplement de se tenir prête pour une « visite médicale de routine ». Le temps passait, n'est-ce pas ? Il devenait impératif d'obtenir des résultats si l'on ne voulait pas s'exposer à de graves sanctions. Les artistes étaient des soldats, ils devaient faire la guerre et obéir aux ordres comme tout le monde. À Berlin on attendait avec impatience les premières œuvres « françaises » d'Arno Zigfeld Hortz, le peintre le plus prometteur du IIIe Reich. Il fallait mériter cette confiance, donner des preuves. Elle comprenait, n'est-ce pas ?

La figure principale du tableau serait féminine. Une grande déesse nordique brandissant le flambeau des âges nouveaux. Avait-elle conscience de l'honneur qui lui était fait, à elle, la petite Française ? Elle allait contribuer à écrire l'une des plus belles pages de l'histoire de l'Art. Elle allait devenir... éternelle. Son image, fixée à jamais, ferait l'émerveillement des peuples du Reich. Son visage, son corps, trôneraient désormais dans les musées, affranchis des atteintes du temps. Elle resterait jeune, pour l'éternité.

Judith avait subi ce discours comme on écoute la lecture d'une condamnation. Stéphane, loin de s'indigner, avait eu un sourire en coin. Voyait-il dans cette mésaventure un moyen de se frayer un chemin dans la nouvelle société, de participer à cette « collaboration » qu'encourageaient les journaux parisiens... ou bien s'amusait-il de ce qu'il considérait comme une punition méritée ? Quand Judith eut repris ses esprits, il coupa court à ses velléités de révolte en lui lançant :

« Vous n'avez pas l'intention de refuser, j'espère ? Si vous mécontentez Dieter, songez qu'il pourrait bien cesser de nous protéger de la hargne de Heinzort. Et puis, après tout, de nombreuses femmes célèbres ont accepté de poser nues, n'est-ce pas ? Ne dit-on pas qu'au siècle du Roi-Soleil, la Grande Mademoiselle se fit peindre la poitrine découverte ? Vous ne mettez pas, je pense, votre pudeur au-dessus de cet exemple illustre... »

En réalité, la première pensée qui avait traversé l'esprit de Judith avait été saugrenue. Elle s'était subitement demandé si elle aurait froid ! Du temps où elle vivait avec Teddy, elle avait souvent entendu claquer les dents des pauvres filles qui posaient dans les ateliers mal chauffés où la traînait l'Américain. Elle avait vu leur peau hérissée de chair de poule, leurs flancs parcourus de frissons. Oui, aurait-elle froid ?

Pour le *reste*... elle ne savait pas. Depuis qu'elle était adulte, elle ne s'était jamais dévêtue que devant trois hommes : son mari, son médecin, et Teddy. Elle était incapable d'imaginer ce qu'elle éprouverait au moment où il lui faudrait comparaître devant Arno et Dieter dans le plus simple appareil. Les filles de Montparnasse prétendaient qu'au début on avait honte, mais qu'on finissait invariablement par se sentir excitée, et que l'expérience n'avait, en définitive, rien de désagréable.

« Ne jouez pas les pucelles, lui lança Stéphane qui semblait lire dans ses pensées. Je suppose que pendant l'année que vous avez passée loin d'ici, vous avez montré beaucoup moins de pudeur. Vous fréquentiez les milieux *artistiques,* à ce que j'ai cru comprendre. On sait à quoi servent les filles dans ce genre de société ! »

Dieter vint la chercher le lendemain. Elle fut rassurée de voir qu'il avait passé une blouse blanche d'allure médicale. Ainsi l'examen prendrait l'allure d'une consultation.

Dix minutes plus tard, elle était nue devant eux. Au fond d'elle-même, elle s'avoua qu'elle avait toujours su que cela finirait ainsi, depuis la première minute, à la seconde même où Arno lui avait pris le menton dans l'atelier du sixième étage. Elle avait déjoué les manigances de Boildieu, celles de Veaumollet, le voyeur timide. Elle avait différé l'engagement, mais maintenant elle ne pouvait plus se dérober. On se moquait de savoir si la chose lui déplaisait ou non. Elle était là pour obéir.

Dieter lui demanda de se dévêtir derrière un paravent, comme si le plus dur c'était justement « l'épluchage » : les vêtements qui tombent les uns après les autres. Le gigotement ridicule qu'impose la reptation hors de la culotte. Plus que tout, elle eut peur d'avoir honte, peur de rougir sous leurs regards. D'émerger du rempart de toile avec des joues pivoine, telle une idiote de province que la faim pousse à s'exhiber pour la première fois dans l'atelier d'un peintre montmartrois.

Malgré l'épaisse chaleur dispensée par le poêle, elle se mit à grelotter. En leur faisant face, elle fut surprise de n'entrevoir aucune concupiscence dans leurs yeux, mais plutôt de l'inquiétude. Ils la scrutaient comme on examine une statue célèbre débarquant dans un musée au terme d'un voyage mouvementé, propice aux fêlures. Dieter sortit une loupe, une grosse loupe de détective, et se pencha sur son épaule afin d'étudier le grain de sa peau. Derrière la lentille, son œil énorme luisait d'un éclat soucieux. Arno lui-même plissait les paupières, penchait la tête, reculait, s'avançait, tournait pour la découvrir sous des angles successifs.

« Il y a des traces d'éphélides, murmura Dieter. Et cinq grains de beauté ; on devrait pouvoir les faire disparaître au moyen d'un petit traitement médical. »

Judith ne comprenait pas. Pourquoi se donner tout ce mal pour effacer des grains de beauté ? Arno n'avait qu'à faire comme s'ils n'existaient pas, voilà tout. Elle eut la naïveté de le dire, et le peintre se raidit aussitôt. Depuis le temps qu'il lui exposait ses théories, elle n'avait donc jamais écouté ? Il ne pouvait pas *faire comme si...* Les autres en étaient peut-être capables, mais pas lui. Il ne pouvait ni ajouter ni retrancher, ç'aurait été tricher. Quand il avait un modèle sous les yeux, il s'efforçait de le reproduire le plus fidèlement possible, sans jamais trahir la réalité. Il ne pouvait que copier. Copier, et seulement cela. Modifier le réel, ç'aurait été inventer, *tricher*.

« Je n'adapterai pas mon sujet à votre anatomie, dit-il avec une certaine sécheresse. C'est vous qui devrez changer pour correspondre à l'image que je me fais de ce tableau. »

Elle ne trouva rien à répondre. Elle ne comprenait pas. Comment pourrait-elle changer d'aspect ? L'agacement lui avait fait oublier qu'elle était nue et que Dieter promenait son nez à dix centimètres à peine de son nombril. D'un seul coup, elle découvrait qu'elle avait peur de ne pas convenir... d'être écartée du Grand Œuvre. Elle avait envie de les séduire, de les convaincre qu'elle était la seule candidate possible. C'était absurde, incompréhensible. Une heure plus tôt, elle aurait adressé des prières au ciel pour qu'on la juge de peu d'intérêt, et voilà qu'elle se piquait au jeu.

« La peau est bien, lâcha Dieter. Pas de trace de graisse, pas de vergetures. L'élasticité est bonne. Ce n'est pas toujours évident chez les jeunes femmes de la bourgeoisie. Oisives, elles se bourrent de pâtisseries et s'empâtent. Elles tournent vite à l'odalisque. Il y aura quelques petites corrections à apporter, rien de bien compliqué.

— La pointe des seins est trop rouge, observa Arno avec irritation. Il faudra y remédier. Et puis je ne veux plus voir ces grains de beauté. Ils gâchent tout. On dirait des confetti négroïdes collés sur une peau blanche. »

Dieter leva une main apaisante et assura qu'il pourrait aisément remédier à ces menus défauts.

« La figure est un peu trop ronde, enfantine, ajouta le peintre. Je voudrais des joues plus creuses, des pommettes plus saillantes.

— Ne t'inquiète pas, assura Dieter. Ce n'est rien à faire. Tu auras exactement ce que tu désires. »

Judith aurait dû se révolter, les injurier, elle se surprenait docile, soucieuse de correspondre à l'image qu'on voulait d'elle. Elle ne comprenait pas pourquoi. Elle n'avait jamais été capable de lire en elle, de déchiffrer ses motivations secrètes à la manière des héroïnes de roman. Elle ne savait pas pourquoi elle avait soudain envie de plaire à ces deux hommes, et elle en avait honte ; c'était comme un défi mystérieux qu'elle se sentait forcée de relever. Elle leur prouverait... Elle leur prouverait quoi ? Elle l'ignorait mais elle devinait qu'il lui fallait aller jusqu'au bout de l'épreuve, et plus loin encore si elle voulait en sortir intacte.

À partir de ce jour, et durant une semaine, elle dut passer ses après-midi assise dans une baignoire remplie d'une solution laiteuse empestant le produit chimique. Ces bains devaient être pris à peine tièdes, car, au dire de Dieter, la chaleur détruisait l'efficacité du « médicament ». Judith demeurait donc assise dans l'eau froide, essayant de se concentrer sur le livre qu'elle tenait entre les mains. De temps en temps, Dieter faisait irruption, lui demandait de se lever, et examinait son corps pour vérifier si les disgracieux grains de beauté s'estompaient enfin. Elle avait l'impression d'être une statue sur laquelle on effectue des travaux de réfection. Dieter, lui, paraissait très fier de cet élixir, dont il était l'inventeur. À l'écouter, les grains de beauté étaient à n'en pas douter la preuve d'une tare ancienne, d'une quelconque mésalliance avec une peuplade du Sud, à la peau sombre.

« C'est comme en peinture, expliquait-il. Le noir ressort toujours, même sous dix couches de blanc. La tache est là, à jamais, et rien ne peut faire disparaître cette imperfection, si ce n'est la destruction pure et simple de la toile. »

Au bout de sept jours, on dispensa Judith de l'obligatoire station dans la baignoire. Dieter la déclara beaucoup plus blanche qu'avant le début du traitement. Plus aryenne... Bien sûr, ce n'était que temporaire, cela suffirait pour l'instant.

Les séances de pose commencèrent vraiment. Elle dut apprendre à se tenir nue, immobile, au milieu du grand appartement vide qui avait été jadis le logement de la famille Pointard. En avisant les grandes fenêtres dépourvues de rideaux, elle réalisa que les gens de l'immeuble d'en face pouvaient l'apercevoir sans difficulté. Et sans doute ne s'en privaient-ils pas : se passant de main en main les jumelles de théâtre avec lesquelles ils reluquaient les fesses de Judith Massart, jadis si fière... Cette Judith Massart qui s'était crue la reine de la place de Byzance, et qui, aujourd'hui, montrait ses seins, et le reste, aux Boches habitant chez elle !

Elle savait qu'il aurait été vain de réclamer qu'un voilage fût posé. Arno refusait tout artifice qui aurait pu atténuer l'intensité de la lumière ambiante.

Le regard du peintre ne la gênait pas. Les modèles qu'elle avait fréquentés, du temps où elle était avec Teddy, avaient coutume de déclarer qu'en l'artiste « le cochon ne tardait jamais à se réveiller » et que l'art finit toujours en galipettes, mais il n'en allait pas de même avec Arno. Il ne la regardait pas avec un œil d'homme, de mâle, mais plutôt... Plutôt quoi ? C'était dur à définir ! il la regardait comme si elle était, non pas une femme, mais un paysage... Voilà ! Un paysage grandiose qui vous écrase par sa majesté et qu'on ne pourra jamais faire entrer dans le cadre étroit d'une simple toile.

Au bout de trois jours, les premières esquisses de détails achevées, on lui mit un bébé dans les bras. Un bébé nu qu'on abrutissait en lui faisant téter un biberon de lait dans lequel on avait fait tomber quelques gouttes de schnaps afin qu'il n'explose pas en braillements insupportables dès qu'on l'arrachait aux bras de sa mère. « À qui est-il ? demanda Judith. Comment s'appelle-t-il ? » Arno balaya ces questions d'un geste impatient. Il n'en savait rien. Peut-être était-ce l'enfant d'une concierge ? Ce n'était qu'un sujet secondaire sur la toile. Judith se sentait étrangement émue par le contact de ce petit corps tiède dont la bouche goulue, rampant sur sa peau, cherchait instinctivement la pointe de son sein. Quelque chose se nouait alors dans son ventre, l'écho d'une nostalgie, d'un manque peut-être. Elle avait failli être mère, elle aussi, deux ans plus tôt, avant qu'une chute dans l'escalier ne lui fasse perdre l'enfant qu'elle attendait depuis trois mois. C'était le chat gris qui s'était jeté dans ses jambes, la faisant trébucher. Sur le moment, dans un réflexe de superstition, elle avait pensé que la bête avait agi délibérément, pour se défaire de l'enfant de Stéphane qu'elle jugeait indigne de régner sur la place de Byzance. Aujourd'hui, elle n'en voulait plus à l'animal. Sans doute avait-il voulu lui épargner l'erreur de mettre un bébé au monde en pleine guerre ? Les animaux ont de ces prémonitions !

Le bébé s'enrhuma dès la deuxième séance. Il fallut s'en procurer un autre alors même que Judith commençait à s'attacher à lui. Elle l'avait appelé Mortimer, en hommage à l'un des héros de son enfance : Mortimer Zaxton, le détective-électricien. Mortimer parti, on lui mit dans les bras un deuxième nourrisson, de taille et de carnation identiques. Lui aussi faisait ramper sa petite bouche chaude sur le sein de Judith, à la recherche de cette tétine de chair érigée par le froid.

La présence du petit aidait la jeune femme à oublier les contraintes de la pose, et les voisins, qui, de l'autre côté de la place, la reluquaient en ricanant, l'œil vissé à l'oculaire d'un lorgnon de théâtre.

Le deuxième bébé s'enrhuma lui aussi. Il éternuait contre la poitrine de Judith, et pleurait en lui boxant le sein gauche. Il fallut le rapporter, en dénicher un troisième.

« Ah ! grommelait Dieter, irrité par ces contretemps. La race française n'est pas très résistante. Chez nous on plonge les bébés dans la neige, à leur naissance, pour les rendre plus forts ! »

Quand on apporta le troisième nourrisson, Arno jeta ses pinceaux sur le sol.

« Ça ne va pas ! hurla-t-il. Ça ne va pas du tout ! Je sentais bien que quelque chose clochait depuis le début. Je sais quoi maintenant. Je viens juste de comprendre. Vous n'avez pas l'air d'une mère. *Vos seins !* Vos seins ne produisent pas de lait. Ils n'ont pas cet aspect lourd, dilaté, propre aux femmes qui allaitent. Vous avez une poitrine de jeune fille. Ce n'est pas ce que je veux. Ah ! décidément, nous n'arriverons jamais à rien ! »

Alarmé, Dieter se précipita. Allons, il ne fallait pas se décourager pour si peu. Si ce détail était véritablement important, on pouvait remédier aux défauts de Judith au moyen de quelques piqûres. Il suffisait d'injections régulières pour provoquer artificiellement la lactation, cela n'avait rien de très compliqué. Un simple médicament qu'on ferait venir de Berlin par le courrier sanitaire arrangerait les choses.

« Est-ce que cela aura l'air *vrai*, au moins ? » demanda sèchement Arno. Oui, oui, assura Dieter. Les seins de Judith produiraient du vrai lait, il s'y engageait. D'ailleurs, elle serait vite forcée de donner la tétée aux enfants qu'on lui amènerait si elle ne voulait pas trop souffrir de cette lactation provoquée.

Judith songea qu'elle aurait dû protester, se révolter, mais quelque chose la séduisait dans cette expérience. Une gourmandise profonde qu'elle ne comprenait pas, et c'est sans rébellion aucune qu'elle accepta les intraveineuses dont Dieter lui larda le creux des bras. Il fallut peu de temps pour que sa poitrine devienne douloureuse. Ses seins gonflèrent, tirant sur leurs attaches. Bientôt, elle eut du mal à supporter le contact des étoffes. Elle accueillait les enfants avec joie et soulagement. Et dès qu'on lui posait un bébé dans les bras, le lait se mettait à goutter tout seul de ses mamelons irrités.

« C'est bien, approuva Arno. C'est même mieux qu'avant. À présent votre visage prend une expression légèrement douloureuse qu'il n'avait pas. Cela nous montre que la maternité est aussi souffrance. Vous voyez qu'on a toujours raison de serrer le réalisme au plus près ! Vous étiez trop sereine, trop calme, on sentait bien qu'aucun lien viscéral ne vous attachait à cet enfant. Maintenant il puise sa nourriture en vous, et il vous donne la fièvre. »

Arno n'exagérait pas. Sous l'effet des piqûres, les montées de lait se faisaient de plus en plus pénibles et Judith se réveillait parfois la nuit pour découvrir que le colostrum coulait tout seul de ses mamelons, tachant sa chemise. Elle restait alors étendue sur le dos, dans l'obscurité, fixant le plafond, goûtant la sensation d'humidité sur ses seins. Quand elle inspirait, une perle de lait s'échappait pour filer le long de son flanc. Ce n'était pas désagréable.

Les bébés l'appréciaient parce qu'elle était intarissable. Ils la mordillaient, l'aspiraient. Elle les regardait se remplir, s'alourdir, sombrer dans le sommeil. Chaque fois qu'il lui fallait les rendre au factionnaire de service, c'était un arrachement.

Un matin Dieter la fit asseoir dans le fauteuil du dentiste du quatrième et la pria d'ouvrir la bouche.

« Arno m'a demandé de vous arracher les molaires, expliqua-t-il. Vos joues sont trop rondes. Cette petite intervention sans danger vous donnera un visage plus félin. »

Avant qu'elle ait pu dire un mot, il se pencha sur elle, lui introduisant un miroir entre les lèvres.

« Tiens ! s'exclama-t-il. Comme c'est curieux, elles étaient justement gâtées. Vous voyez comme l'Art fait bien les choses ! »

Elle n'eut pas mal, ni pendant ni après, car Dieter lui administra force piqûres de morphine. Elle flottait. C'était bon. Elle buvait de la soupe avec une paille. Trois jours après l'intervention, il lui présenta un miroir. Elle vit que ses joues s’étaient creusées et qu’elle avait perdu son habituelle physionomie de petite fille sage. Pour la première fois de sa vie, elle se trouva belle.

XVIII

Arno n'aimait pas qu'on pousse au rouge le grand poêle trônant dans l'appartement transformé en atelier, car il prétendait que la chaleur enflammait la peau de Judith, changeant sa carnation nordique.

« Vous suez comme une fille du Sud ! criait-il, ce n'est plus de la sueur qui s'échappe de vos pores, c'est de l'huile d'olive ! »

Si on l'avait écouté, la jeune femme aurait dû accepter de poser toutes fenêtres ouvertes, dans la bise de novembre. Les radiateurs ne le gênaient pas, mais le poêle — ce Godin que Judith avait exigé dès le début des séances, comme chauffage d'appoint — l'exaspérait.

« On se croirait en Afrique, grognait-il. Moi, je m'en moque, je n'ai jamais chaud, mais vous... Je sais que vous allez vous mettre à transpirer. Et je ne veux pas de ça. Vous entendez ? »

Judith ne répondait pas, laissant passer l'orage. Arno travaillait avec un souci du détail frisant la folie. Il avait exigé des radiographies de la jeune femme. Des radiographies en pied, afin de pouvoir étudier l'agencement des os et des organes sous la peau du modèle. Dieter avait eu beaucoup de mal à se procurer un appareil au champ assez large, et l'on avait passé un temps fou dans les services de radiologie des différents hôpitaux parisiens. À l'occasion de ces démarches, Judith avait senti poindre une certaine exaspération chez l'Allemand. Il était las des caprices d'Arno, et la bienveillance admirative du début avait peu à peu fait place à une sourde rancœur.

« Ça piétine », marmonnait-il en enfonçant rageusement ses petits poings dans les poches de son manteau de cuir. « À Berlin on commence à s'étonner de ne rien recevoir. Une grande exposition était prévue fin septembre, j'ai dû l'annuler. Si je ne peux rien montrer avant trois mois des sanctions seront prises, on nous remplacera par une autre équipe. Arno ne semble pas se rendre compte des pressions qu'on exerce sur moi. Nous sommes en guerre, on attend de lui qu'il gagne des batailles. Au lieu de cela il lacère ses toiles. Il détruit sa production au fur et à mesure. Il a tort, je ne pourrai pas le protéger indéfiniment. Essayez de le lui faire comprendre, vous avez une bonne influence sur lui. Il vous considère comme son inspiratrice. »

Les radiographies géantes furent plaquées sur une table lumineuse verticale. Elles exposaient les mystères profonds du corps de Judith, et Arno les étudia longuement.

« Je peindrai ça d'abord, dit-il. Ce serait mieux, bien sûr, si je pouvais vous disséquer, mais il n'en est pas question, n'est-ce pas ? Alors je me contenterai de ce cliché. Regardez, votre symphyse pubienne est proéminente, c'est ce qui vous donne ce mont de Vénus si bombé... Ce sont des choses que j'ai besoin de savoir pour rendre une image vraie. »

Parfois, quand l'exaltation le gagnait, il affirmait que le tableau serait si réussi qu'il pèserait son poids de viande. Il l'appelait alors « sa boucherie ».

« Ça va crever la toile ! clamait-il. Ça frissonnera dans les courants d'air... ça va meugler ! »

Mais ces moments de joie ne duraient jamais. Tout de suite il était repris par son obsession du détail.

« L'idéal, murmurait-il, ce serait que je commence par le commencement. Peindre le squelette, les organes, c'est déjà prendre le train en marche. Il faudrait travailler au niveau des cellules. Oui, commencer par le début. Peindre l'avènement de la rencontre du spermatozoïde et de l'ovule... »

À quelque temps de là, Tolokine, le concierge, vint trouver Judith. Depuis qu'elle posait nue, il ne la regardait plus en face, et ne s'adressait à elle qu'en fixant ses chaussures. Il se passait, chuchota-t-il, de drôles de choses à la cave. Ce M. Dieter y faisait amener des gens menottés, ensuite il les frappait... Ils avaient mal, c'était sûr, car on les entendait crier et gémir à travers les portes closes. Les gens qui entraient ne ressortaient pas toujours sur leurs pieds. Parfois même, ils ne ressortaient pas du tout. Et puis les Allemands avaient salopé toute la chaudière, elle était très grasse et dégageait une odeur épouvantable. De temps à autre, la cheminée vomissait une fumée noire et nauséabonde qui empuantissait tout le pâté de maisons. On ne l'avait jamais laissé voir ce qui se tramait en bas, sous les voûtes, mais il ne voulait pas être tenu pour responsable de la dégradation du matériel. Un de ces jours, il y aurait un feu de cheminée.

Judith écouta ces confidences sans parvenir à se persuader de leur réalité tant elle imaginait mal Klaus

Dieter dans le rôle de tortionnaire. Comment aurait-il pu frapper quelqu'un avec ses drôles de petites mains ? Quand elle posa la question à l'intéressé, il fit la grimace et ébaucha un geste douloureux.

« Ah ! soupira-t-il, madame Judith, il ne faut pas vous occuper de ça, ce n'est pas un sujet pour les femmes. Je suis un soldat. Un soldat de l'art, mais un soldat quand même. Ma mission consiste à débusquer la racaille des collectionneurs qui thésaurisent les tableaux produits par un art dégénéré. Des juifs, pour la plupart. Vous savez que la loi du 3 mai 1938 a établi l'impossibilité biologique pour les juifs de créer des œuvres d'art ? C'est une donnée scientifique, et malgré cela ils s'obstinent à barbouiller des horreurs... Je suis un chasseur, un nettoyeur. Je dois retrouver ces tableaux effrayants et les détruire, et cela pour préserver la santé mentale de tous.

— Ah, fit Judith brusquement soulagée. Alors la chaudière encrassée, les odeurs, c'était ça ?

— Oui, oui, fit précipitamment Dieter. C'est toute cette mauvaise peinture que nous brûlons. Des horreurs qu'aucune personne saine d'esprit ne peut contempler sans faire de cauchemars. Un art de malade mental. Chaque fois que je jette ces croûtes dans le feu, j'évite de les regarder car je sais qu'elles me poursuivraient jusqu'au cœur du sommeil. »

Il fit une pause, soupira de nouveau, et reprit, un ton plus bas : « Vous n'imaginez pas la racaille que je dois côtoyer pour retrouver ces tableaux. Une faune de marchands corrompus, d'affairistes, d'aventuriers. Ces gens ont volé au peuple son patrimoine pictural, le privant à jamais de la joie d'admirer les vrais chefs-d'œuvre du passé. Des merveilles sont enfermées égoïstement au fond des chambres fortes de quelques gredins de la finance. Elles sont jetées là, pêle-mêle avec des monceaux d'horreurs " modernes ", des ordures cubistes, abstraites... C'est parfois une grande souffrance pour moi d'avoir à plonger les mains dans tout ce fumier. Mais je le fais parce que quelqu'un doit bien se charger d'assainir le marché de l'art. Je suis une sorte de dératiseur. Vous avez remarqué comme la langue française est amusante ? Les lettres du mot *Art* forment également le mot *Rat*... Le beau et l'ignoble peuvent s'obtenir à partir des mêmes éléments. C'est drôle, n'est-ce pas ? Les alchimistes disent que l'or et le plomb ont en commun les mêmes composants, pas un de plus, pas un de moins, et que seule la combinaison de ces éléments diffère, donnant naissance à deux métaux diamétralement opposés. Curieux, non ? Je suis ici pour empêcher que l'art tombe entre les pattes des rats, voilà tout. »

Judith hocha la tête. Elle regardait les mains de Dieter, ces mains que l'encre encore fraîche du journal *Das Schwarze Korps* avait tachées de noir. Des mains roses, un peu boudinées. Sans ossature apparente. Comment auraient-elles pu frapper quelqu'un ? Allons, Tolokine inventait.

« Faites attention aux feux de cheminée, dit-elle avant de s'éloigner. Certaines peintures sont gorgées d'huile et de solvants. Elles brûlent en dégageant des fumées toxiques...

— Ne craignez rien, dit Klaus Dieter en souriant. Je prends toujours mes précautions. »

Judith le quitta sur ces dernières paroles ; en dépit du discours apaisant du petit homme le malaise demeurait accroché en elle, refusant de se dissoudre, tels ces cachets d'aspirine qu'on avale avec trop peu d'eau, et qui mettent une éternité à se diluer, vous brûlant le tube digestif. Elle ne savait pas ce qui se passait réellement à la cave, mais elle avait remarqué que les factionnaires, désertant peu à peu les étages, concentraient désormais leur vigilance sur les bureaux du rez-de-chaussée et le sous-sol de l'immeuble.

Elle cessa bientôt d'y penser car la toile brossée par Arno se mit à exercer sur elle une véritable fascination. Elle s'y voyait comme dans un miroir, mais un miroir magique empli d'une nuit d'encre qu'elle était seule à éclairer par la blancheur de son corps. Elle était femme, mère et géante aux seins lourds, et la lumière sourdait de son épiderme, lait impalpable dissolvant les ténèbres. Elle était comme ces icebergs qui surgissent de la grande nuit océane pour le malheur des paquebots. Elle déchirait l'obscurité, installant partout une luminosité contagieuse. Le trait était si fin, si travaillé, qu'elle finissait par ne plus savoir si elle contemplait un tableau ou si elle observait son propre reflet dans un miroir. Jamais elle n'avait eu conscience d'être aussi belle. Dans une bouffée d'exaltation, elle songea qu'Arno avait eu raison de la faire souffrir. D'un coup, tout se trouvait justifié : les bains décolorants, les dents arrachées, les interminables séances d'immobilité, le froid... L'illusion du trompe-l'œil était telle qu'elle se sentit forcée de tendre la main pour toucher la toile. Jusqu'au dernier moment, elle fut obscurément persuadée que ses doigts allaient rencontrer la surface glacée d'un miroir.

Puis elle se dégrisa, et son exaltation tomba, gâchée. Teddy aurait probablement décrété qu'il s'agissait d'une croûte infâme, un pur produit de l'art pompier digne des pires tâcherons du XIXe siècle. Que savait-elle, en fait, de la peinture ? Rien ou presque.

La nuit même, elle alla voir l'Américain. Ces derniers temps, elle n'avait fait que de brèves incursions dans le cagibi, principalement pour renouveler les provisions du passager clandestin. Elle aurait pu s'y attarder davantage, car la vigilance des sentinelles s'était beaucoup relâchée, et ne s'exerçait plus qu'aux étages inférieurs, Arno les ayant chassées de son territoire sous le prétexte que le crissement de leurs bottes et le cliquetis des mitraillettes le mettaient à la torture.

Judith avait un peu mauvaise conscience d'avoir ainsi négligé Teddy, mais force lui était d'avouer qu'elle n'avait pas ressenti le besoin de sa compagnie avec autant de force que dans les premiers temps de l'invasion. Quelque chose s'était endormi en elle.

Teddy, lui, ne se plaignait jamais. Par bonheur, la colonne d'alimentation du chauffage central traversait le réduit, et ce radiateur improvisé diffusait assez de chaleur pour l'empêcher de souffrir du froid. Malgré cela, Judith s'était empressée de lui monter d'épaisses couvertures et un édredon. Il vivait emmitouflé dans ce cocon, ne se décidant à bouger que lorsqu'il sentait venir l'ankylose. Pour un homme qui, jadis, ne tenait pas en place, il faisait preuve d'un remarquable stoïcisme. Pour occuper les heures, il lisait, jusqu'à l'abrutissement, le chat gris lui tenant compagnie. Judith se demandait parfois ce qui l'avait poussé à accepter cette claustration. Pourquoi n'avait-il pas gagné la zone libre, comme tout le monde, lorsqu'il en était encore temps ? Il était bien assez débrouillard pour passer la ligne, même en fraude. Alors ? Était-il amoureux d'elle au point de sauter sur le premier prétexte venu pour tenter un rapprochement ?

Peut-être l'avait-il aimée, durant toute cette année passée ensemble ? Peut-être l'avait-il aimée à sa manière de chien de traîneau, brutale et bougonne ? Il ne s'en était rendu compte qu'une fois qu'elle était partie. Cette hypothèse ennuyait Judith. Elle ne savait plus ce qu'elle éprouvait pour Teddy. De la tendresse distraite. Une affection un peu endormie. Une camaraderie sensuelle ? Et puis il y avait Arno. Même si elle essayait de ne pas y penser. Arno qui ne l'avait jamais touchée et la regardait avec des yeux de médecin soucieux. Sa folie la séduisait. Il était aux antipodes de Stéphane qu'elle ne voyait plus guère. Elle aurait voulu qu'Arno lui donne un peu de cette fièvre qui couvait en lui et qui le rendait si *vivant*, si différent des autres.

Ce soir-là, elle se glissa dans le cagibi, un panier de victuailles à la main. Elle se sentait coupable de ne manquer de rien alors qu'à l'extérieur les femmes portaient des chaussures à semelles de bois, qu'on grelottait dans des appartements, et que les ménagères s'épuisaient en queues interminables pour essayer de se procurer des denrées le plus souvent immangeables. Au 3, place de Byzance, rien ne faisait jamais défaut. Les vivres, réquisitionnés, emplissaient les cuisines, et Stéphane lui-même avait commencé à se fabriquer une jolie petite bedaine.

Ce soir-là, Teddy voulut lui faire l'amour. Mais les seins gonflés de Judith lui faisaient mal dès qu'on les effleurait. Voyant perler le lait, l'Américain la crut enceinte et posa la main sur son ventre plat. Elle dut lui parler des piqûres, de la lactation artificielle, des bébés qu'elle cajolait des après-midi entiers. Teddy écarquilla les yeux et s'assit, révolté.

« Tu es complètement folle ! siffla-t-il. Tu les laisses te torturer... et en plus, tu as l'air de trouver ça normal ! »

Il tremblait de rage. Judith détourna les yeux. Elle ne savait pas comment lui parler du tableau où elle était si belle. Elle devinait qu'il ne comprendrait pas. Les hommes ne peuvent pas sentir ce genre de choses. Du bout des doigts, Teddy caressa ses seins aux mamelons dilatés, et secoua la tête en répétant : « Tu es folle. » Cela lui semblait monstrueux alors même que Judith avait appris à aimer son état de nourrice involontaire. Elle s'en fichait bien de se gâter la poitrine, ce n'était pas si important qu'il avait l'air de le croire. Maintenant elle resterait belle à jamais grâce au tableau. L'âge n'aurait plus de prise sur elle. Elle pouvait se faire plaisir en nourrissant les bébés des autres. Il n'y avait pas de mal à ça.

Elle comprit bien vite qu'elle avait eu tort de parler.

« Ils t'ont hypnotisée, grogna Teddy. Enfin, tu ne te rends pas compte ? Il faut faire quelque chose... Puisque c'est comme ça, je prendrai ta défense. Je ne sais pas encore comment, mais je ne te laisserai pas t'abandonner entre les mains de ces salauds. »

Elle se demanda ce qu'il aurait dit si elle lui avait parlé des molaires arrachées, et elle se félicita d'avoir gardé le silence sur ce sujet. Elle lui posa la main sur la bouche, pour le faire taire, et prit la fuite. Chemin faisant, des inquiétudes l'assaillirent. Elle imagina

Teddy, sortant en pleine nuit du cagibi, et se déplaçant comme un fantôme au long des couloirs, pour aller étouffer Arno dans son lit, à l'aide d'un oreiller. Non, il n'était pas assez fou pour aller jusque-là ! Et puis il y avait les sentinelles. Jamais il ne pourrait se glisser jusqu'à la chambre d'Arno. Heureusement, le peintre avait, depuis peu, renoncé à dormir dans l'atelier du sixième comme il l'avait fait la première année, ce qui faisait alors de lui le voisin de Teddy. À présent il couchait dans l'appartement des Pointard, sur un lit de sangles, au pied des toiles. Se relevant souvent en pleine nuit pour méditer sur son travail ou esquisser de nouvelles formes. Teddy ne pourrait jamais descendre jusque-là sans encombre, saisir un oreiller et le plaquer sur le visage de l'artiste. Non, elle avait tort de s'inquiéter.

XIX

Le lendemain, le premier pou cubiste faisait son apparition sur le tableau magistral où Judith figurait en déesse nordique éclairant les ténèbres. Un pou, oui... La jeune femme ne trouva pas d'autre mot pour qualifier cette étrange petite figure à six faces qui paraissait se déplacer sur trois paires de pattes, et ramper sur le ventre de la grande femme blême, en direction du nombril.

C'était minuscule, blanchâtre, mais on ne voyait que ça. À trois mètres de distance, on était encore dérangé par cette tache insolite, d'une facture si différente... *si étrangère.* On ne pouvait s'empêcher de plisser les yeux, de s'approcher. C'était comme une reprise sur la toile, un carré de dix centimètres de côté qu'on aurait cousu là, pour masquer un accroc. Mais une reprise faite sans discernement, sans aucun souci de discrétion. Comme si... Comme si, dans un musée, un gardien devenu subitement fou s'était amusé à découper le morceau central d'une toile de Picasso pour aller le coudre sur un tableau de Degas, avec du fil blanc. On voyait la différence. Pour Judith, cela évoquait une greffe de peau sur le corps d'un brûlé. Toutefois, dans ce cas précis, on devinait que la greffe ne prendrait pas. Elle ne serait pas rejetée, non, au contraire, c'est elle qui allait faire pourrir le corps tout entier. Il y avait dans ces quelques centimètres carrés de pâleur une puissance, une force, qui affaiblissait la peinture d'Arno.

Un pou cubiste, un microbe cubiste. Une sorte de grippe espagnole picturale qui allait contaminer cette grande femme nue, un peu bête, qui jouait les déesses en montrant ses fesses. Elle allait s'enrhumer, à n'en pas douter. Bientôt, on la verrait éternuer. Ses « atchoum ! » seraient si violents qu'ils crèveraient la toile. Judith demeurait fascinée par cette intrusion minuscule qui mettait l'art d'Arno Zigfeld Hortz échec et mat. Une tache, une simple tache d'un blanc un peu sale que Teddy avait dû peindre en trois coups de pinceaux.

Car c'était lui le saboteur, elle n'en doutait pas. Il était sorti du cagibi, à la faveur de la nuit. Il avait remonté les couloirs, descendu les escaliers, se guidant à l'odeur, flairant la piste des solvants. Il avait déjoué la vigilance des sentinelles, et pour finir, s'était introduit dans l'atelier où Arno dormait sur un lit de sangles, à la manière des soldats en campagne. Teddy... Judith l'imaginait sans mal, saisissant un pinceau, le trempant dans la couleur, au nez et à la barbe du peintre endormi. Il avait dû trouver cela excitant, amusant même. Il y avait toujours eu du faussaire en lui, un talent extraordinaire de copieur. La jeune femme l'avait plus d'une fois vérifié au cours de leur année de vie commune. À l'époque de la Renaissance, il aurait été l'élève chéri de n'importe quel maître d'atelier. Teddy avait le don de mimétisme.

En quelques minutes, il était capable, sans aucune étude préalable, de peindre « à la manière de... ». Souvent, le soir, elle l'avait vu corriger les tableaux achetés dans la journée, rectifiant une forme, un volume, rehaussant une couleur. Ses interventions étaient chaque fois si habiles qu'il était impossible de les détecter dès que la pâte avait séché.

« C'est mieux comme ça, non ? disait-il en examinant ses retouches. Et puis, qui s'en apercevra, hein ? »

Judith l'avait vu passer d'un style à un autre, complètement différent, sans la moindre difficulté. Cette nuit, il avait peint le « pou » à la manière cubiste, parce que cette façon d'envisager l'espace était aux antipodes mêmes de la méthode d'Arno. Son forfait accompli, il avait regagné le cagibi en rasant les murs.

Judith frissonna en songeant qu'une sentinelle aurait pu le surprendre au beau milieu d'un escalier ou d'un couloir, ouvrir le feu... et le tuer.

En découvrant la bestiole cubique qui rampait sur le ventre de la déesse de la nuit, Arno fut frappé de stupeur. Son premier mouvement fut de chasser « l'insecte » d'un revers de la main. Puis, avec répugnance, il se décida à le toucher du bout de l'index, comme on tâte le corps d'une bête immobile afin de déterminer si elle est morte ou seulement endormie. Son visage reflétait l'incrédulité, le dégoût, et une sorte de terreur superstitieuse qui faisait peine à voir. Enfin, Dieter arriva. Au pied du tableau, il eut un hoquet de surprise, et ses traits se crispèrent en un masque de méfiance instinctive.

« C'est du sabotage, haleta-t-il en touchant le " pou ". Mais qui a bien pu faire ça ? L'immeuble est gardé.

Tu n'as rien entendu, tu es sûr ? Enfin ! Il a bien fallu que quelqu'un vienne jusqu'ici ! Tu réalises qu'on a peint cette saloperie sous ton nez ? Tu es un soldat, tu aurais dû deviner l'approche de l'ennemi, bon sang ! »

La fureur faisait luire de minuscules perles de sueur sur son front rose et dégarni. Arno ne répondit pas. Il paraissait effondré, presque malade.

« Je vais faire mon enquête, grogna Dieter. Toi, en attendant, efface ça. Recouvre-le, fais un raccord, n'importe quoi.

— Ça va se voir, murmura lugubrement Arno. Ce sera comme une cicatrice. Une cicatrice de césarienne sur le ventre d'une déesse, c'est grotesque !

— Mais non, trancha Dieter avec impatience, ça ne se verra pas. Efface-le, personne ne saura que c'était là.

— Si, *moi*. Moi, je le saurai, répliqua Arno. Je verrai le raccord. Je ne verrai plus que ça.

— Ah ! Ça suffit ! explosa Dieter, assez de caprices ! Mets-toi au travail en attendant qu'on trouve le vandale, tu as assez perdu de temps ! »

Et il tourna les talons en vociférant. Heinzort accourut suivi de plusieurs soldats en armes. Judith crut comprendre qu'on allait fouiller l'immeuble de fond en comble ; elle se sentit devenir blême et se cacha le visage dans les mains.

« Oui, vous avez raison, c'est terrible, murmura Arno en se méprenant sur le sens de sa mimique. Toutes ces heures de travail pour rien. Car c'est fichu maintenant. La tache réapparaîtra toujours. On aura beau la recouvrir, elle reviendra. »

Il se mit pourtant au travail, grattant la peinture, la délayant à l'essence. Mais la « peau » de la déesse s'en allait avec le pou. Dans ce trou de l'épiderme apparaissaient les viscères qu'Arno avait tenu à peindre selon les préceptes de cette méthode anatomique totale que Judith surnommait « la dissection à rebours ». La déesse avait l'air éventrée. Judith eut envie de crier au peintre de « refermer ça » au plus vite. Ce n'était plus de la peinture, mais de la chirurgie. Les mains d'Arno tremblaient tant qu'elle eut pitié de lui. L'image de la déesse au nombril entrebâillé sur des abîmes intestinaux avait quelque chose d'insoutenable. Judith se surprit à grelotter malgré la chaleur conjuguée des radiateurs et du Godin. Hortz avait saisi sa palette, ses pinceaux. La jeune femme comprit d'emblée qu'il avait raison : le raccord aurait l'air d'une greffe, on ne verrait plus que lui désormais. Elle serra les dents en songeant à tout ce qu'elle avait dû endurer pour que naisse enfin cette grande figure mystérieuse, et fut prise d'une bouffée de haine à l'égard de Teddy.

La journée s'écoula dans une atmosphère d'alerte et de représailles imminentes. Les couloirs s'emplirent de bruits de bottes, et les portes ne cessèrent plus de claquer. On fouillait les appartements, on vérifiait que toutes les fenêtres étaient bien fermées. Dieter soupçonnait tout le monde, et plus particulièrement Stéphane dont il connaissait la formation d'architecte. Les architectes savent manier le crayon et le pinceau, ils ont l'habitude de brosser des esquisses, de peindre des projets. Stéphane avait peut-être vu, dans cet acte de vandalisme, le moyen de venger son honneur. Après tout, on avait forcé sa femme à poser nue. Il avait pu en concevoir une certaine amertume.

Les sentinelles en faction au cours de la nuit furent punies. Judith essayait de conserver son calme, mais elle tendait l'oreille, redoutant le moment où éclateraient les cris signalant la découverte du cagibi. Au début de l'après-midi, Dieter fit une nouvelle apparition dans l'atelier pour vérifier l'état des travaux de réfection.

« On a trouvé un vasistas ouvert, au sixième, grommela-t-il. Quelqu'un est venu par les toits. Sans doute un étudiant des Beaux-Arts qui s'est cru malin. Ces petits jeunes gens tombent facilement dans l'insolence. Le S.T.O. les matera. »

Judith félicita mentalement Teddy d'avoir été assez malin pour imaginer ce stratagème qui rejetait les soupçons sur l'extérieur, mais elle s'efforça de ne pas laisser transparaître son soulagement. Dieter se campa devant la toile restaurée, examinant le raccord de peinture sur le ventre de la déesse. Pour Judith, cette peau luisante rappelait à s'y méprendre les greffes des grands brûlés.

« C'est très bien, conclut Dieter. Il n'y paraît déjà plus. Le mal est réparé. Il ne faut plus y penser et reprendre le travail. Je veillerai à ce que cela ne se reproduise pas. »

Par la suite, Judith apprit de la bouche de Tolokine que Heinzort avait passé au crible tous les dossiers des occupants de l'immeuble afin de déterminer qui était susceptible d'avoir pu se livrer à cet acte de vandalisme. Stéphane sortait de cet examen avec l'étiquette de suspect numéro un. Il avait les moyens, il avait le mobile... On l'aurait à l'œil.

Le coup de force de Teddy avait secoué la routine du 3, place de Byzance, et ravivé la vigilance des factionnaires. Maintenant il était beaucoup plus difficile de circuler dans les couloirs. Judith, malgré tous ses efforts, ne put trouver le moyen de grimper au sixième pour exhorter Teddy à ne pas recommencer, car elle devinait que ce n'était là qu'une première escarmouche. Émergeant de sa torpeur prolongée, l'Américain allait passer à l'attaque, multipliant les incursions irrévérencieuses sur les toiles d'Arno. L'épisode du pou cubiste avait aidé Judith à se dégager de la fascination qu'elle avait un moment éprouvée pour le style de Zigfeld Hortz. Ce simple petit cube trottinant sur ses six pattes avait réduit à néant la grande machine aux teintes ténébreuses qui la tenait sous son emprise. L'envoûtement s'était dissipé, d'un coup, sans que la jeune femme sache très bien pourquoi, et elle se demandait aujourd'hui comment elle avait pu un instant se croire belle alors qu'elle avait tout bonnement l'air d'une figurante déguisée pour une représentation d'*Aïda*... ou — pis encore — d'une étudiante costumée pour le bal des Quat'z'arts.

Teddy récidiva une semaine après. Cette fois, il s'amusa à copier la manière d'Arno. Avec une habileté de faussaire émérite, il peignit des paupières closes sur les yeux des chevaliers teutoniques dont la tête n'avait pas encore été recouverte par le traditionnel heaume de combat. Ainsi retouchés, les quatre guerriers semblaient chevaucher en dormant, somnambules s'abandonnant au caprice de leurs destriers. Mais il ne s'en tint pas là. Redoublant d'audace, il entreprit de « vieillir » les personnages, creusant des rides sur leurs visages, les affublant de barbes grisonnantes qui faisaient d'eux des vieillards perdus dans des armures trop lourdes. Ces quelques interventions suffirent à détruire la majesté de la toile. D'un seul coup, les paladins magnifiques s'étaient changés en de tristes barbons dont on se demandait s'ils n'allaient pas tomber de cheval d'un instant à l'autre.

Arno demeura frappé de mutisme en découvrant le saccage. On eut beau lui parler, le secouer, il resta une journée entière assis sur un tabouret, à fixer le tableau retouché.

« C'est invraisemblable, hurla Dieter qui se retenait visiblement de saisir l'artiste par les revers de sa blouse de travail. Tu n'as rien entendu ? Mais tu dors donc comme un ouvrier des fonderies ? »

Il était injuste, car Arno travaillait effectivement comme un ouvrier, n'épargnant pas sa peine, et il était inévitable que la fatigue le foudroie au moment même où il abandonnait ses pinceaux, c'est-à-dire fort tard dans la nuit.

Tout en admirant Teddy pour son audace un peu folle, Judith ne pouvait s'empêcher de le détester pour le mal causé à Arno, car chaque coup porté aux tableaux plongeait le peintre dans une désespérance proche de l'anéantissement. Les raccords gâchaient tout, brouillaient les visages. La main tremblante de l'Allemand ne parvenait plus à retrouver la fermeté des premiers traits. L'inspiration le fuyait, sa technique l'abandonnait. Il avait beau peiner, le miracle n'était plus au rendez-vous. Les figures des chevaliers teutoniques devenaient cireuses, comme celles des mannequins d'un magasin de prêt-à-porter. Ce n'étaient plus des guerriers qui habitaient les armures, mais des bonshommes de carton-pâte aux joues trop roses. Le galop des cavaliers de l'Apocalypse devenait aussi mièvre qu'une parade d'opérette.

« C'est une malédiction, murmurait Arno. Quelqu'un veut me détruire... Mais qui ? »

Dieter, au terme d'un interrogatoire vociférant, fit placer Stéphane aux arrêts. Judith, mal à l'aise, vit son mari malmené par deux soldats, la chemise déchirée, les joues écarlates des gifles reçues, et qu'on poussait sans ménagement dans un réduit sans fenêtre du premier étage. Cette image effrayante ranima en elle une bouffée de tendresse pour cet imbécile qui ne s'était jamais donné la peine de la rendre heureuse. Durant une seconde, Stéphane lui était apparu sous l'aspect du petit vieillard qu'il deviendrait un jour, si la guerre lui accordait la chance de survivre.

« Je suis désolé, lui déclara Dieter. Mais cette fois personne n'a pu venir de l'extérieur, j'avais fait cadenasser les vasistas. Je crois que votre époux est coupable, mais cette vengeance de cocu risque de lui coûter cher. Je pourrais le faire fusiller si je le voulais. J'en ai le pouvoir. »

Judith ne trouva rien à répondre. À vrai dire elle n'avait pas entendu la fin de la tirade, son esprit s'était bloqué sur les termes « vengeance de cocu ». Devait-elle en déduire que Dieter la croyait la maîtresse d'Arno ? Dieter... mais aussi Heinzort, et les soldats, Tolokine, Stéphane, et toute la place de Byzance ?

Et peut-être aussi Teddy, qui sait ? Jamais elle n'avait envisagé cela. À aucun moment. Comment avait-elle pu être aussi bête ? Cette révélation la troubla plus qu'elle ne l'aurait voulu. Arno ne se préoccupait que de son art, pas des femmes. En Judith, il ne voyait que le modèle, alors pourquoi aller imaginer que... ?

Pour la première fois depuis que l'immeuble avait été investi, elle prit conscience qu'elle était compromise.

Elle se répéta ce mot désuet qui semblait sortir d'un vaudeville du siècle dernier, et qui, pour elle, restait associé à des images d'amant en caleçon caché au fond d'une armoire.

Compromise. Elle s'avisa qu'un peu partout, dans les maisons des environs, on devait penser qu'elle *collaborait.* Mais qu'aurait-elle pu faire d'autre ? Elle avait tout de suite compris que le sort de Stéphane, de Tolokine et de Teddy, dépendait de la complaisance dont elle ferait preuve. Stéphane le lui avait assez souvent répété : elle devait obéir, répondre poliment aux injonctions des vainqueurs.

On ne tarda pas à libérer Stéphane, Teddy ayant récidivé pendant l'incarcération de celui-ci. L'architecte innocenté, le mystère demeurait entier.

Dès lors une crainte irrationnelle s'installa. Dieter se mit à bredouiller des choses incompréhensibles au sujet de la Kabbale et de la magie juive. Depuis qu'il passait beaucoup de temps dans les caves, à proximité de la chaudière, ses vêtements empestaient la fumée et il était devenu nerveux. À table, son bel appétit de jadis l'avait abandonné. Il chipotait dans son assiette.

Devant la dégradation de la situation, Heinzort se fit encore plus rigide que de coutume et multiplia les rondes. La nuit, on s'embusquait, l'arme à la bretelle, l'oreille tendue, écoutant craquer le parquet et les marches des escaliers. Chacun retenait sa respiration, comme pour une embuscade. Qu'est-ce qu'on chassait exactement ? Un terroriste ? Un blagueur d'étudiant des Beaux-Arts ? Un fantôme juif capable de traverser les murs ? Judith ne comprenait rien à ces allusions bizarres. Pourquoi y aurait-il eu des fantômes juifs au 3, place de Byzance ?

À chaque grincement du parquet, elle croyait entendre s'ouvrir la porte du cagibi. Il lui semblait voir Teddy sortir de sa cachette pour remonter les corridors, son dos moite râpant les murs. Barbu, les cheveux trop longs, il avait à présent moins l'air d'un zazou que d'un prisonnier échappé d'un roman d'Alexandre Dumas. Edmond Dantès fuyant le château d'If. Il se faufilait dans les coins sombres, déjouant la vigilance des sentinelles, risquant sa vie pour une mauvaise blague, avec une obstination imbécile de potache qui ne veut pas avoir l'air de se dégonfler devant ses camarades. Pourquoi faisait-il cela ? Pour contraindre Judith à se morfondre ? Par perversité d'homme que travaillait la jalousie ?

Une nuit, une fusillade éclata, et la jeune femme le crut mort. Elle se rua sur le palier, une main plaquée sur la poitrine, en chemise. La frayeur qu'elle éprouva alors la fit s'interroger sur les liens étranges qui l'unissaient encore à l'Américain. Elle s'étonna de trembler à ce point alors qu'elle croyait s'être complètement détachée de lui au cours des derniers mois. Mais Teddy n'était pas mort, pas même blessé. Les sentinelles avaient ouvert le feu sur le chat gris, dont l'ombre, agrandie par la lune, leur avait fait croire qu'un homme rampait sur le parquet. Ils l'avaient manqué, bien entendu, ne réussissant qu'à abîmer le plancher dont ils avaient fait sauter de longues esquilles. Indifférent à tout ce tumulte, le chat continua son chemin, se frottant aux jambes de Judith pour marquer sa complicité.

Cette nuit-là, la jeune femme rêva que Teddy se transformait en matou pour tromper les factionnaires. Chat-garou, il perdait son apparence humaine dès qu'il quittait le cagibi. Déguisé en animal, il gambadait par les couloirs, trottinant jusqu'au pied des tableaux. Là, seulement, ses pattes de devant se changeaient en mains pour lui permettre de saisir les pinceaux à l'aide desquels il perpétrait ses minuscules forfaits.

Car il revenait à la charge, harcelant Arno, le prenant sans cesse en défaut. Il peignait maintenant des tatouages irrévérencieux et anachroniques sur la peau des déesses nordiques, des titans vikings. Copiant à la perfection la manière de l'Allemand, il posait ses pièges avec ruse, de façon qu'on ne puisse les détecter tout de suite. Chacune de ses intrusions fonctionnait telle une bombe à retardement. Ainsi, un guerrier wagnérien brandissant son bouclier et son glaive au-dessus de sa tête, dans un geste de victoire, se voyait-il affublé sur le biceps gauche d'une inscription en lettres faussement runiques qui proclamait : *À Eva, pour la vie.* Le bouclier, lui-même, affichait dans le creux de ses ciselures la mention : *breveté S.G.D.G.*, ou encore *Manufacture d'armes et cycles de Saint-Étienne...*

Quant à la lame du glaive — si on s'attachait à l'observer de près — on y trouvait bientôt l'emblème d'une fabrique célèbre de couteaux de poche. Ces plaisanteries de rapin étaient toutes exécutées avec un coup de main magnifique, une finesse de touche qu'on ne pouvait différencier de celle d'Arno. Faussaire dans l'âme, Teddy savait d'instinct adopter le coup de poignet de celui qu'il copiait, ses manies, sa facture. Quant à ses interventions picturales, c'étaient des bêtises, bien sûr, mais qui faisaient pouffer, et qui détruisaient la majesté des figures admirables galopant sur le bitume des fonds à l'ancienne. Désormais, Arno Zigfeld Hortz perdait beaucoup de temps à examiner ses toiles à la loupe, grimpé sur une échelle, terrorisé à l'idée de laisser passer une seule des arrogances peintes par le fantôme nocturne. Que se passerait-il s'il oubliait un graffiti, et que l'œuvre soit exposée à Berlin en cet état ? Que se passerait-il si le Führer s'en apercevait, lui, dont l'œil d'aigle analysait tout avec une formidable pénétration ?

Mais cette traque incongrue était rendue difficile par la science de faussaire dont Teddy faisait preuve. Tout d'abord on ne voyait rien, tout semblait normal, intouché, *et puis*... Et puis, à force de fixer le dessin, on découvrait enfin la trace de son passage. Jamais en gros plan, mais toujours fondue dans une masse de détails infimes, de ciselures. Tantôt c'était la griffe d'un grand couturier parisien au bas de la tunique d'une déesse du Walhalla, tantôt c'était un mégot taché de rouge à lèvres, et dissimulé dans le fouillis des hautes herbes d'un champ de bataille à l'antique, ou un ticket de métro froissé, réduit à l'état de boulette entre les pieds d'un chevalier teutonique.

Arno ne travaillait plus. L'œil rivé à la loupe, il explorait la surface de la toile comme un savant de journal illustré examine la peau d'un dinosaure fossile. Judith lui en voulait de se laisser aller au ridicule. Elle en voulait également à Teddy, pour d'obscures raisons qu'elle ne se donnait pas la peine d'approfondir. C'était bête de risquer sa vie pour gribouiller des fadaises sur un tableau, c'était de la vengeance de potache, des blagues de lycéen s'en allant dessiner des cochonneries sur les tableaux du Louvre pendant que le gardien a le dos tourné.

Arno et Teddy l'agaçaient. Ils n'étaient après tout que deux petits garçons se défiant en un duel absurde.

Puis les graffiti disparurent, du jour au lendemain, et Arno poussa un soupir de soulagement. Il était temps ; Dieter avait perdu patience. Ne dormant plus, il arpentait chaque nuit les couloirs, un gros pistolet à la main, bien décidé à abattre lui-même le terroriste facétieux qui venait le narguer dans son fief. Des cernes mauves soulignaient ses yeux, il avait maigri et ne riait guère.

Pendant une semaine on crut le calme revenu. Judith supposa que la surveillance redoublée et les patrouilles sillonnant les corridors avaient tenu Teddy cloué au fond de sa cachette, elle en fut soulagée. Cet affrontement absurde lui faisait peur. Elle sentait qu'il ne pourrait s'achever que dans le sang. Et, à son avis, personne n'en sortirait grandi, ni Arno ni Teddy.

L'accalmie, trompeuse, ne tarda pas à déboucher sur une crise plus grave encore. Arno, dont la méfiance ne s'était pas endormie, découvrit un matin une brillance suspecte à la surface d'une toile apparemment intacte. Approchant la main du tableau, il s'aperçut aussitôt que la peinture n'en était pas tout à fait sèche, comme si l'on avait effectué quelque mystérieux raccord dans la nuit. C'était absurde, car rien n'avait changé. Le ventre du gladiateur, que zébrait une cicatrice mal recousue, offrait le même aspect que la veille... Il y avait là une énigme qu'il ne savait par quel bout prendre.

« Est-ce que je travaillerais en état somnambulique ? demanda-t-il à Judith. On dit que Michel-Ange le faisait. Qu'il s'asseyait dans son lit, sans ouvrir les yeux, pour dessiner sur le mur ce qu'il venait de voir en rêve. Léonard de Vinci également, et... Peut-être faudrait-il que vous montiez la garde au pied de mon lit pendant mon sommeil ? »

Toute la journée durant, il fit les cent pas autour de la toile, la surveillant du coin de l'œil, comme si le gladiateur qui en occupait le centre allait esquisser un pied de nez à son créateur dès que celui-ci aurait tourné le dos. Judith s'agitait sur son tabouret de pose. La tension montait dans l'atelier, et Arno avait peu à peu cessé de travailler. Il allait et venait, écrasant nerveusement du fusain entre ses doigts.

Puis, alors qu'on approchait de midi, il eut une illumination et se rua vers la toile, armé d'un couteau à palette. Furieusement, il se mit à racler la couche supérieure de peinture humide, faisant disparaître la peau blanche de la déesse à la hauteur du nombril. Un trou s'ouvrit dans l'abdomen de la grande figure, mais dans cette cavité, au lieu des entrailles habituelles, s'entassait un pêle-mêle de réveils, de boîtes de conserve, de bouteilles vides et de vieilles chaussures... Judith retint à grand-peine un fou rire nerveux. Teddy avait détourné la méthode de superposition anatomique du maître, n'y faisant référence que pour mieux la tourner en dérision. Il avait gratté la toile, ouvrant un champ vierge au milieu des couches entassées, et avait substitué aux entrailles un empilement hétéroclite de grenier, une brocante de marché aux puces. Le plus irritant pour Arno, c'est que ces objets absurdes avaient été peints comme lui-même les aurait peints, avec un luxe de détails et un fini photographique d'un grand réalisme.

Cette fois, Hortz devint blême, et Judith entendit crisser l'émail de ses dents à travers la peau de ses joues. « Du sabotage, haleta-t-il. C'est du sabotage ! »

Manquant d'air, il appela Dieter d'une voix mourante. Il fallait faire radiographier chaque toile, savoir lesquelles avaient été abîmées en secret. Il y avait une semaine que le saboteur travaillait selon sa nouvelle méthode, et il avait probablement fait beaucoup de dégâts. « On a cherché en surface, haletait Arno, alors qu'il nous attaquait par en dessous. Tu comprends ? C'est comme s'il avait creusé une galerie sous nos pieds. Il a investi les toiles comme les sapeurs s'introduisent dans une ville en ouvrant un tunnel sous la muraille d'enceinte. »

Dieter arpentait l'atelier d'un pas mécanique, examinant les œuvres les unes après les autres.

« Quelle importance, après tout, dit-il au bout d'un moment. Ça ne se voit pas. Qui peut le savoir en définitive ? Tu ne vas pas tout gratter et recommencer, hein ? Ce n'est pas utile, le public n'examinera pas ces tableaux aux rayons X ! »

Mais Arno explosa. Le reste de la conversation se déroula en allemand, les paroles se changeant très vite en rugissements de colère. Judith, abasourdie par ces cris gutturaux qui lui faisaient peur, préféra s'enfuir.

Quand elle revint dans l'atelier, plus tard, ce fut pour découvrir Arno occupé à gratter les toiles, ouvrant des trous dans la peau des chevaliers, des déesses et des chevaux pour vérifier qu'ils possédaient bien chacun leur content d'organes. Quelques-unes de ses investigations avaient démasqué les intrusions de Teddy. Çà et là, les intestins étaient devenus des boas constricteurs, les estomacs des cornemuses, et les poumons des ailes de papillon. Arno grattait avec fureur, et les copeaux de peinture soulevés par le travail du couteau collaient à son visage en sueur, le barbouillant de confetti multicolores. Alors qu'il s'acharnait à faire disparaître un cadran d'horloge installé dans la poitrine d'un guerrier, le tranchant de son outil creva la toile, y ouvrant une longue blessure en forme de V. Terrifiée par l'expression de folie furieuse qui crispait les traits de l'artiste, Judith recula sans un mot et quitta la pièce.

À partir de cet instant, une fièvre contagieuse s'empara des habitants du 3, place de Byzance. Judith tenta à deux reprises de grimper jusqu'au cagibi, mais chaque fois une sentinelle lui barra le chemin. Elle eut peur, en insistant, d'éveiller la suspicion des factionnaires. Un matin, le chat gris vint à sa rencontre. Il avait, entre les oreilles, une tache de peinture blanche qui — selon le code mis au point par Teddy — signifiait : *Je n'ai presque plus rien à manger.* Judith se mordit la lèvre. Maintenant Teddy allait commencer à mourir de faim, et elle ne pourrait rien faire pour lui venir en aide. Pourquoi ne s'était-il pas tenu tranquille ? À cause de ses stupides provocations l'immeuble s'était changé en forteresse et il n'était plus question qu'elle s'y déplaçât un panier de nourriture à la main. Elle chercha en vain une solution, un stratagème. Elle en voulait par-dessus tout à l'Américain d'avoir pris tant de risques pour des gribouillages de collégien. Si encore il avait bravé le danger pour venir la rejoindre dans sa chambre, elle aurait compris, mais là... là ! Sans doute s'agissait-il de l'une de ces histoires d'honneur dont les hommes sont si friands ?

Elle se trouvait dans le hall, en compagnie de Tolokine, quand Dieter la pria de le suivre pour l'entretenir d'un sujet d'importance. Judith réalisa qu'il avait beaucoup maigri au cours des derniers mois. Son visage n'avait plus rien de poupin, et les os des pommettes commençaient à laisser entr'apercevoir leurs contours sous la peau des joues. Dès qu'ils furent seuls, il se pressa de découvrir le sujet de ses inquiétudes.

« Êtes-vous certaine..., commença-t-il en détournant les yeux. Êtes-vous certaine que ces sabotages ne pourraient pas avoir été perpétrés par Arno, lui-même ?

— Que voulez-vous dire ? s'étonna Judith.

— Allons, s'impatienta Dieter, ne jouez pas les gourdes. Vous savez comme moi que ces natures d'artiste ne sont pas fiables. Les nerfs d'Arno sont fragiles. Sur le front, un soldat pris sous le feu de l'artillerie ennemie peut craquer et devenir fou. Je n'aime pas cette histoire de saboteur fantôme. Pire : je n'y crois pas. Si l'on n'a capturé personne, c'est que le saboteur n'est autre qu'Arno lui-même. Vous savez qu'il a refusé que j'installe des sentinelles au pied des tableaux. Au fond de lui, il a peut-être deviné qu'il est le seul coupable ?

— Allons, vous vous emportez, dit Judith. L'atelier est un sanctuaire, c'est la raison pour laquelle il ne veut pas d'étrangers autour de lui. La seule raison.

— Ah ! s'emporta Dieter. Je n'aime pas ces caprices de peintre bourgeois et de petit-maître ! L'artiste aryen doit savoir travailler au milieu des ouvriers, dans le fracas d'une usine, au coude à coude avec le peuple. »

Croisant les mains derrière le dos, il fit quelques pas. Judith sentit qu'il copiait cette attitude avec une certaine application. Est-ce qu'Adolf Hitler ne se déplaçait pas ainsi ?

« Je me demande, hasarda Dieter, si Arno n'essaierait pas de gagner du temps. Vous voyez ? En défaisant la nuit ce qu'il fait le jour... Comme Pénélope et sa tapisserie.

— Mais dans quel but ? Ce serait absurde...

— Peut-être veut-il reculer le moment de la confrontation ? Peut-être a-t-il peur de l'appréciation du Führer, car c'est lui, et lui seul qui portera un jugement sur son travail ! »

Se rapprochant de Judith, il la saisit par les épaules et la fixa dans les yeux.

« C'est très grave, chuchota-t-il, dites-moi la vérité : avez-vous des soupçons, vous aussi ? Vous avez examiné tous ces graffiti ? Ils ont été exécutés dans le style d'Arno. Je les ai bien regardés, tous. C'était sa patte, son tour de main. Il n'y avait aucune différence. J'ai peur qu'il ne soit en train de devenir fou. Un soldat du Reich n'a pas le droit de perdre la tête. »

Son visage s'était contracté en une bizarre grimace proche des larmes.

« Je ne voudrais pas découvrir que notre ami est un... anormal, balbutia-t-il. Ce serait terrible. Sa maladie nous condamnerait. Cet échec rejaillirait sur moi, sur vous. Nous deviendrions suspects, du jour au lendemain. Il faut qu'il se remette à travailler, c'est terriblement important. »

Il avala sa salive, fit quelques pas en agitant curieusement les mains.

« Je vais vous expliquer ce qui va se passer, murmura-t-il. Un beau matin, un avion atterrira au Bourget. Cet appareil transportera le photographe personnel du Führer. Un homme d'élite, très versé dans les questions artistiques. Il viendra ici, sous escorte, et il photographiera le travail d'Arno. Le soir même, les clichés seront sur le bureau d'Adolf Hitler, dans son bunker de la Tanière du Loup. C'est là que tout se jouera. C'est là que tombera la sanction. »

Il se tut, s'arrêtant la bouche ouverte, comme s'il regrettait d'en avoir trop dit.

« Vous avez de l'influence sur Arno, soupira-t-il, à bout de forces. Usez-en pour le convaincre de reprendre le travail. Il en va de notre sécurité à tous. »

XX

On ne parlait plus que de l'offensive contre la Russie. Délaissant l'Angleterre, Hitler tournait ses forces contre l'empire bolchevique. Malgré cela, il consacrait chaque jour plusieurs heures à l'étude des projets artistiques monumentaux qui, bientôt, renouvelleraient le visage de la grande Allemagne. Ah ! Cette fois c'en était bien fini des villes étriquées aux pauvres avenues. Tout allait changer, un plan de rénovation formidable était en marche.

À travers les monologues d'un Dieter amaigri, Judith découvrait un dictateur artiste, dessinant des ébauches architecturales sur des cartes d'état-major, griffonnant des colonnes, des portiques, des dômes, sur la couverture d'un dossier ultra-secret. Déjà, s'érigeait la ville-musée de Linz, temple exemplaire de la nouvelle architecture où serait exposés à la fin de la guerre tous les trésors de l'Art mondial. Dans une mine de sel, quelque part, en un endroit secret, étaient entreposés les tableaux des grands maîtres de jadis raflés aux quatre coins des musées d'Europe. Des Rembrandt, des Rubens... Artiste-soldat, le Führer n'ignorait rien de la formidable puissance de l'art. Il savait qu'aucune civilisation n'est grande si elle ne produit pas une architecture à sa mesure. Le IIIe Reich éclipserait les pyramides de l'Égypte ancienne, l'obélisque de Louxor, les temples de la vallée du Nil, le sphinx de Gizeh. En ce moment même, dans le bunker de la Tanière du Loup, en marge d'une carte stratégique, d'un ordre de marche, d'une proclamation radiodiffusée, s'enchevêtraient les lignes d'un opéra cent fois plus sublime que celui de Paris. D'un crayon pressé et pourtant incroyablement inspiré, Adolf Hitler griffonnait l'ébauche d'un bâtiment monumental dont l'enceinte pourrait accueillir un peuple entier. Un palais colossal. Une architecture géante pour un peuple de géants. Des dômes assez hauts pour jeter leur ombre jusqu'aux frontières du monde aryen, des murailles assez épaisses pour résister aux outrages des millénaires. Un univers de granit dominé par des statues immenses qu'on pourrait apercevoir à des kilomètres à la ronde... Judith écoutait, à la fois médusée et incrédule, essayant de se représenter ce petit homme à la drôle de moustache pas plus grande qu'un timbre-poste, qui faisait la guerre d'une main et bâtissait des musées de l'autre. Comme si, sous les prétextes politiques, sa véritable motivation consistait à raser un monde trop laid pour le reconstruire à sa guise, selon ses goûts personnels. À entendre Dieter, la guerre n'était qu'un écran de fumée, les chars et les bombardiers de simples engins de terrassement. Le but de toute cette agitation, c'était de jeter à bas les horreurs architecturales encombrant l'Europe, de faire table rase du mauvais goût, et de tout reprendre de zéro pour faire sortir de terre un monde neuf et beau. Linz serait le centre de cet univers d'harmonie. Linz, une cité entièrement dessinée par le Führer.

Depuis le 22 juin 1941, le conflit était entré dans une nouvelle phase. Les paysans russes s'enfuyaient devant l'avance des glorieuses armées du Reich. Déguenillés, hagards, ils se rendaient pour un bol de soupe. Certains d'entre eux jetaient leur fusil sans avoir tiré une seule cartouche, et levaient les bras, heureux de cette invasion libératrice qui leur permettait enfin d'échapper au bolchevisme et à son système aberrant. Oh ! ce serait une guerre de huit semaines, une petite expédition qui distrairait les hommes. Moscou tomberait comme un village de province encerclé par les panzers ! Dieter riait presque en évoquant ce prochain succès.

Un soir, un officier au grade imprononçable vint s'asseoir à la table du 3, place de Byzance. Il arrivait de Pologne pour une permission de détente d'une semaine. Il évoqua devant ses hôtes l'image magnifique qui l'avait frappé, au terme d'une escarmouche entre deux divisions blindées.

« Trois chars, murmura-t-il, trois chars gris, sur la neige si blanche, vomissant des torrents de flammes jaunes par leur tourelle, comme des volcans. Et sur tout cela, la fumée noire, épaisse, des incendies... C'est à ce moment que j'ai compris combien la guerre peut être belle et bonne. Et combien son spectacle peut réjouir le cœur des vrais hommes. »

Arno écoutait en hochant la tête. Il était très déprimé. À force de gratter ses toiles, il les avait crevées, toutes, l'une après l'autre. Le travail d'une année entière était perdu. Irrécupérable.

« Je savais que j'avais tort de faire confiance à la toile, avait-il soupiré la veille. C'est un support trop faible, trop... féminin, incapable de supporter la lutte. Ces déchirures sont comme un signe qui me serait envoyé. Le signe que je faisais fausse route. Il me faut un support plus viril. Une surface qui pourra affronter les repentirs, les grattages, les coups de griffes, sans céder comme une peau trop fragile. C'est décidé : je peindrai sur les murs. Mon œuvre prendra désormais la forme d'une fresque à l'antique. Tu entends, Dieter ? Je veux que tu fasses arracher les placages, les panneaux, les lambris. Je veux voir la muraille nue. Des kilomètres de muraille. Et tu feras également abattre les cloisons de séparation. Tu entends ? »

Il s'exaltait. Malgré la démesure du projet, Dieter avait applaudi, les larmes aux yeux. Le Führer adorait l'Antiquité, la statuaire, les fresques... tout ce qui avait su défier les outrages du temps. Il aimait par-dessus tout qu'on travaille à l'imitation des anciens Grecs, cette peuplade racialement pure, aux idéaux guerriers. Une fresque ? Pourquoi pas ?

« J'aime mieux cela, finit-il par avouer. C'est un art tellement plus viril. Je convoquerai une compagnie de sapeurs dès demain, tu leur donneras tes instructions. »

Judith sursauta à l'énoncé de la sentence. Il était hors de question qu'on défigurât l'immeuble, qu'on abatte des murs ! Mais au moment où elle ouvrait la bouche pour protester, Stéphane lui pinça le gras du bras pour lui rappeler qu'elle n'était plus en mesure de donner son avis.

« C'est la faute de Teddy, pensa-t-elle avec humeur. Voilà où nous ont menés ses stupides provocations ! »

Elle se savait injuste mais elle avait besoin de passer sa rage sur quelqu'un.

Les sapeurs envahirent l'immeuble quelques jours plus tard. Ils arrivaient d'Afrique, avec un visage couleur de brique qu'éclairait la trouée de leurs yeux bleu pâle. Ils se mirent immédiatement au travail, sans poser de questions. Ils arrachèrent les lambris, les moulures, cassèrent les cheminées de marbre, brisèrent les miroirs. Dieter leur avait ordonné de besogner le plus vite possible et de ne pas faire de détail. Ils jetèrent les meubles par les fenêtres. Les crédences, les scribans, les armoires, plongèrent dans le vide pour s'écraser sur les trottoirs. Ils explosaient sur l'asphalte, projetant des esquilles jusque de l'autre côté de la rue. Puis les soldats s'attaquèrent aux cloisons de séparation, les émiettant à la pioche. Les appartements perdirent leurs contours, leur géographie intérieure. Chambres, salons, fumoirs, disparaissaient pour laisser la place à une sorte de grand entrepôt vide, encombré de gravats. Les pierres, les briques fracassées, les blocs de plâtre, ils les jetèrent aussi par les fenêtres, faisant naître des cascades de poussière blanche. Et c'était comme si l'immeuble avait vomi ses entrailles. Une fenêtre s'ouvrait à la volée, et un torrent de cailloux, de lavabos brisés, de canapés et de fauteuils plongeait dans le vide dans un brouillard âcre qui prenait à la gorge.

De l'autre côté de la place de Byzance, on suivait ces curieux préparatifs sans comprendre. Une guerre avait-elle éclaté au numéro 3 ? Est-ce qu'on se bombardait à l'intérieur des appartements, est-ce que des chars manœuvraient dans le hall ?

En l'espace d'une semaine, un étage entier fut transformé en caverne blanche. Chaque logement avait désormais l'allure d'une vaste salle immaculée, où rien ne venait distraire le regard.

« La caverne, rêvait Arno. C'est à la fois l'atelier et le musée originel, là où les premiers hommes ont inventé l'art. J'aurais dû y penser en arrivant. C'est sur la pierre qu'il faut peindre pour l'éternité. »

Le fracas des travaux de terrassement l'enchantait et il ne dédaignait pas d'y prendre part, entassant les gravats dans les seaux, se réjouissant de tripoter cette caillasse qui lui écorchait les paumes. « Un peintre soldat doit avoir des mains de maçon », répliquait-il lorsque Dieter l'exhortait à la prudence.

Judith assistait à ce saccage dans un état proche de l'hébétude. Sous ses yeux incrédules, les appartements devenaient des salles de garde froides et nues où le moindre chuchotement se changeait en écho. L'immeuble se transformait, prenait l'allure d'une forteresse austère où flottait en permanence une odeur de pierre grattée et de ciment frais. Elle se promenait au long de ces salles dépouillées de tout ornement et dont on avait récuré les parois jusqu'à rendre la muraille apparente. Elle s'imaginait prisonnière d'une citadelle accrochée au sommet d'un récif battu par les tempêtes. Les sapeurs avaient tout arraché : tuyaux, canalisations, sanitaires, baignoires, rendant chaque logement à la nudité de la caverne originelle dont parlait si souvent Arno. Elle avançait, rêveuse, couverte de cette poussière de plâtre qui toujours flottait dans l'air et vous faisait les cheveux gris. Les sapeurs besognaient sans un mot, la face et le torse blanchis. On les entendait piocher comme dans une mine. La maison résonnait de leurs coups et du bruit des éboulements quand s'effondrait une nouvelle cloison. Arno longeait les murs décapés, promenant la paume de sa main sur la surface immense.

« Ainsi je pourrai gratter et reprendre le dessin sans jamais crever le support, expliquait-il. Et seul un bombardement pourra détruire mon œuvre. »

Sans attendre la fin des travaux, il commença à préparer les fonds selon ces techniques anciennes qu'il affectionnait. Il enduisit les murs de trois couches de mortier, la plus grossière étant mêlée de poudre de lave, comme à Pompéi, la dernière contenant de la poussière de marbre réduit à l'état de farine soyeuse. Il lissait ces pâtes blanches à la spatule, afin d'obtenir une surface parfaite, en miroir, et ses gestes s'emplissaient alors d'une sensualité étrange. Dans certaines salles, il s'essayait à la technique byzantine qui consistait à additionner de la paille à la pâte de chaux, cela afin d'empêcher la formation des crevasses et de ralentir le durcissement des enduits. Il devait travailler sur la pâte fraîche, afin que les couleurs se fixent dans l'épaisseur de la muraille par une mystérieuse oxydation. Reproduits sur des cartons, les dessins étaient ensuite calqués sur la paroi, au fur et à mesure, chacun devant être achevé avant la fin de la journée.

L'ampleur de la tâche, loin de rebuter Arno, semblait au contraire l'emplir d'une fièvre que rien ne pouvait apaiser. Lui, d'ordinaire si hésitant, abattait de grands morceaux de peinture en un temps incroyablement court. Les figures des toiles crevées furent transposées sur la muraille sans rien perdre de leurs qualités picturales. La vitesse d'exécution ne les avait nullement altérées, et il était évident que leur enracinement dans la pierre leur conférait une majesté qu'elles n'avaient jamais eue sur le châssis. Arno sautillait entre les bols de mélanges qui couvraient le sol, l'éponge à la main, il unifiait les tons pour leur donner plus de valeur. Il connaissait tous les pièges de la fresque : l'humidité qui assombrit faussement les tons avant le séchage et peut tromper l'œil le mieux exercé, les couleurs que la chaux mange, la pellicule cristalline de carbonate qui se reforme toujours trop rapidement et empêche les pigments de se fixer. Pendant que ses mains ne cessaient d'aller et venir, il évoquait les grandes fresques de l'Antiquité, ces peintures qui avaient résisté aux pires cataclysmes et traversé les millénaires sans même une craquelure. Il se moquait des produits modernes, des couleurs fabriquées en usine. Il parlait de la peinture à la cire, une technique des premiers âges, mais qui avait permis aux sarcophages de traverser les siècles sans même s'écailler.

« Une bonne couleur, chuchotait-il, peut vaincre le temps. Un bon mélange peut rendre un coup de pinceau immortel. »

Juché au sommet de son échelle — car il lui fallait commencer la fresque par le haut — il parlait en chuchotant, mais la grande salle vide transformait aussitôt son murmure en un écho sourd qu'on percevait sans effort à dix mètres à la ronde. Judith déambulait sans savoir où elle allait, avec l'impression bizarre d'avoir élu domicile dans le ventre d'une falaise de craie. Les appartements arasés étaient devenus des tunnels, des galeries où le bruit de ses pas s'envolait. Les coups sourds des maçons lui semblaient la ruade d'une marée de forte amplitude courant dans la masse des pierres enchevêtrées. Et partout c'était l'odeur humide des enduits, un parfum de caverne entêtant qui la grisait par instants. Il faisait froid, très froid, car on avait arraché tous les radiateurs disgracieux et Arno avait banni les poêles de fonte dont l'haleine accélérait le séchage des fresques.

Judith marchait, caressant du regard ses murs encombrés de titans descendus du Walhalla. En s'enracinant dans la pierre, en changeant de support, l'art d'Arno avait pris une densité nouvelle, surprenante. Il y avait dans ces figures jetées sur la muraille une présence obsédante qui n'avait jamais habité les toiles alourdies de couleurs bitumées sur lesquelles il avait peiné deux années durant. Elle n'aurait su dire quoi, car elle n'était pas critique d'art, mais elle le sentait par toutes ses fibres. C'était quelque chose dans l'utilisation de la lumière, dans le rendu des reflets. D'un seul coup, ces titans traînant leur ferraille barbare de glaives et de boucliers n'évoquaient plus seulement des figurants occupés à piétiner dans les coulisses de l'Opéra, et fumant une cigarette entre deux tableaux wagnériens ; non, ils étaient pétris de lumière, modelés dans l'éclat blême d'un rayon de lune. Leur chair irradiait quelque chose qui parlait du cosmos, de la phosphorescence des étoiles mortes, de cette immensité noire où les planètes tombent sans fin dans une solitude extrême... Le sujet n'avait plus d'importance, la symbolique perdait toute sa pesanteur initiale, un brouillard voilait la fresque qui semblait tout à coup palpiter, au bord de l'effacement, de la dissolution. Il n'y avait plus, soudain, que ces hautes silhouettes courbées, avançant péniblement à travers la neige ou le brouillard, dans une averse de lumière glacée qui devait leur geler les épaules et leur engourdir le visage. Il y avait de la peine en eux, de la douleur et du harassement. Ces guerriers ployant sous le fardeau des boucliers cabossés avouaient leur fragilité, leur désir de repos.

Dieter — qui ne voyait dans ces transformations qu'une phase transitoire, une ébauche qui bientôt s'affermirait — était aux anges. Comme Judith ne posait plus, on avait cessé les injections d'hormones, et ses seins s'étaient taris ; elle en avait été plus déçue que soulagée. Elle se consolait en se disant que ce n'était qu'un état temporaire, dès qu'Arno aurait fini de transposer les toiles crevées sur la muraille, les séances reprendraient. Elle s'étonnait de désirer le retour d'une telle corvée et ne parvenait pas à démêler les sentiments contraires qui l'agitaient.

Un soir, alors que la lumière rouge du soleil envahissait la salle de travail, faussant les couleurs, Arno laissa tomber ses pinceaux.

« Il y a longtemps que je voulais vous dire..., commença-t-il. C'est au sujet du saboteur... Du fantôme...

— Oui ? murmura Judith, déjà en alerte.

— Je sais qu'il se cache dans la maison, fit doucement Arno sans cesser de contempler la fresque. Et je crois que vous savez de qui il s'agit. Je pense même que c'est vous qui l'avez installé là, comme une sorte de passager clandestin. »

Judith n'eut pas le courage de nier. Elle ne tenta même pas d'inventer une excuse, de risquer une dénégation. Elle savait que ce serait inutile. Arno ne la croirait pas.

Le peintre descendit lentement de son escabeau roulant, s'essuyant les mains sur le devant de sa blouse.

« C'est bien, constata-t-il. Vous n'essayez pas de me mentir, je suis flatté. Mais, rassurez-vous, je ne dirai rien à Dieter, il ne comprendrait pas. Votre... passager clandestin m'a aidé à retrouver le bon chemin. Je m'étais égaré. Par ses gribouillis, il m'a forcé à abandonner la toile, à changer de technique. Sans lui j'aurais continué à brosser de la peinture de bourgeois. C'est son insolence qui m'a fait réfléchir.

— Vous ne le dénoncerez pas ? demanda Judith en espérant que sa voix ne tremblait pas trop.

— Non, répéta Arno. Je crois qu'il m'a été envoyé par une puissance supérieure. Vous comprenez ce que j'essaie de vous dire ? Je m'étais égaré, on s'est servi de lui pour me délivrer un message. Je ne parlerai pas contre lui, mais je ne le protégerai pas non plus. Dites-lui de se tenir tranquille à l'avenir, et j'oublierai son existence.

— D'accord, dit Judith. Mais permettez-moi alors d'aller le ravitailler.

— Je crois qu'il est au sixième, fit Arno en hochant la tête. J'ai examiné les plans de l'immeuble, je pense qu'il y a là une chambre ou un réduit que vous avez masqué. Demain je ferai vider l'étage. Allez lui porter à manger et ordonnez-lui de ne plus sortir de son trou. Il ne doit pas tenter le diable, et désormais les dieux ne le protègent plus. Il a délivré son message, il ne sert plus à rien, qu'il se fasse oublier ; c'est à cette seule condition qu'il survivra. »

Il quitta la pièce, laissant Judith dont les jambes tremblaient au point qu'elle dut chercher l'appui de l'échelle.

Le lendemain, Arno fit comme il avait promis, chassant les factionnaires sous le vague prétexte que le cliquetis de leurs armes l'empêchait de se concentrer. Avec une certaine délicatesse, il se détourna ensuite, comme on abandonne une femme à sa toilette, afin que Judith puisse prendre le chemin du cagibi. Teddy l'y attendait, recroquevillé dans ses couvertures, le bonnet enfoncé au ras des sourcils. Sa barbe blonde semée de fils gris lui cachait la moitié du visage. Avec sa vieille canadienne à col de fourrure mitée, il avait la dégaine d'un clochard. Il se jeta sur la nourriture que lui tendait Judith et la dévora salement, en affamé qui n'a pas même le temps de dire merci. La jeune femme en éprouva un léger dégoût qui lui fit honte. Pis que tout, Teddy *sentait.* Le placard était plein de cette puanteur intime faite de crasse et de sommeil moite. Le seau hygiénique, relégué derrière le coffre, exhalait des relents qu'on ne pouvait ignorer. L'Américain réagit très mal quand Judith lui apprit qu'il était découvert, et qu'il ne devait d'être encore là qu'au mutisme complice d'Arno.

« Quoi ? grogna-t-il. Ce salopard de barbouilleur ? Tu veux dire que c'est lui qui me protège maintenant ? *Shit !* Tu as vu ce qu'il peint ? Et tu es là-dessus, toi, sur ces torchons raides de vernis ! Tu t'exhibes... Je t'ai vue. Quand je pense que tu jouais les pucelles avec Boildieu, et ce vieux pitre de Veaumollet ! Tu ne voulais rien montrer, et maintenant... *maintenant...* »

Il suffoquait, le regard mauvais, des débris de nourriture dans la broussaille de sa barbe. Judith lui mit la main sur la bouche car il commençait à crier.

« C'est pour toi, grogna-t-il, c'est pour toi que je l'ai fait. Pour qu'ils arrêtent de te torturer. Bon sang, ils t'ont compromise, tu comprends ça ? Ils ont fait de toi leur putain... Ces tableaux, c'est de la merde, est-ce que tu t'en rends compte, au moins ? »

Il voulut l'enlacer, l'attirer contre lui, mais elle se dégagea. Ce sursaut l'étonna elle-même ; elle avait dormi nue contre Teddy, elle avait connu le plaisir sous lui, et pourtant — tout à coup — c'était comme si un inconnu, un passant, essayait de la saisir à bras-le-corps. Un homme dont elle ignorait tout et dont elle ne voulait rien connaître. Leur vieille complicité s'effaçait, elle ne se rappelait plus ni la peau ni les gestes de son amant. Ou plutôt leur souvenir n'avait brusquement pas plus d'épaisseur qu'une image entrevue sur l'écran d'un cinéma louche.

« C'est pour toi que j'ai pris ces risques, répéta Teddy. Pour l'empêcher de continuer... Ils auraient pu me capturer, me fusiller, et tu t'en fous !

— Tu mens, cracha Judith. Et tu pleurniches. C'est pour toi que tu l'as fait. Pour toi seul. Pour que je tremble à l'idée qu'on puisse te faire du mal. Tu voulais te faire plaindre, tu voulais que je t'admire.

— Et alors ? explosa Teddy. J'étais bien forcé ! Tu crois que je n'ai pas compris que l'Allemand t'a embobinée ? Avec sa jolie figure. Il te tient, et tu ne le sais même pas. Quand il en aura envie, il claquera des doigts, et toi tu obéiras, en bonne petite fille. C'est réglé comme du papier à musique et tu ne t'en es même pas rendu compte ! Quelque part, c'est ta saleté d'éducation bourgeoise qui ressort, quand il te baisera, tu diras “ merci M'sieur ”, bien poliment. »

Judith se boucha les oreilles. Cette scène lui était odieuse, la jalousie de Teddy salissait tout.

« Mais je suis bête, attaqua l'Américain, c'est peut-être déjà fait, hein ? Si ça se trouve tu couches avec lui depuis longtemps ? Ça se passe souvent comme ça avec les modèles. La pose finie, hop, c'est la culbute au milieu des pinceaux, et les filles se relèvent avec des taches de peinture sur les fesses... des taches partout où les mains du bonhomme se sont promenées... »

Il criait maintenant, comme s'il se moquait d'attirer l'attention, comme s'il souhaitait même précipiter la catastrophe. Judith essayait de lui faire baisser la voix, mais il la repoussait sans plus se soucier de la meurtrir.

« Qu'est-ce que tu lui trouves, à la fin, haleta-t-il. C'est un mauvais peintre, un faiseur. Il fabrique du joli, des couvercles de boîtes de chocolats ou de bonbonnières.

— Plus maintenant, siffla Judith en reculant. *Plus maintenant.* En te moquant de lui, tu lui as rendu service... Sa manière a changé... C'est... plus beau qu'avant. Différent.

— Conneries ! gronda Teddy. Tu seras toujours une fille de la bourgeoisie, il te faut du « bien fait », un art de paresseux, d'imbéciles qui flatte l'œil et ne dérange pas vos habitudes. Ce qui vous plaît, c'est le décoratif, la chose qu'on comprend sans attraper la migraine. La photo peinte. Tu n'es qu'une idiote bêtifiant devant des chromos, et si le peintre est joli garçon, c'est encore mieux, hein ? »

Cette fois c'en était trop, la jeune femme se redressa d'un bond et repoussa la porte d'un coup d'épaule, abandonnant le panier de nourriture sur le plancher du réduit. Elle se mit à courir vers l'escalier en se répétant : « Je ne pleurerai pas, je ne pleurerai pas. »

Elle réussit à tenir parole. Cependant, elle n'avait pas claqué la porte du cagibi depuis un quart d'heure qu'elle regrettait déjà d'avoir blessé Teddy. Elle n'avait jamais réussi à demeurer constante dans la haine, c'était là son gros défaut. Elle courut se réfugier dans la cuisine, le cœur battant, la tête chavirée de confusion, ne sachant plus rien de ce qu'elle ressentait.

La nuit même, elle entendit craquer le parquet devant la porte de sa chambre, comme si quelqu'un hésitait à entrer. La poignée de porcelaine frémit mais ne tourna pas. Les pas s'éloignèrent, à peine perceptibles. Cédant à une impulsion, elle jeta une robe de chambre sur ses épaules et se précipita à la poursuite du fantôme.

C'était Teddy, avec sa barbe et ses haillons, le bonnet de laine enfoncé jusqu'aux sourcils. Elle le découvrit dans la salle des fresques, figé, les bras pendant le long du corps, les yeux levés vers la muraille. Il était très pâle, et la lumière de la lune se reflétant sur la paroi lui faisait un visage de craie. Quand Judith voulut lui prendre la main, il s'écarta avec une sorte de sanglot étouffé et prit la fuite, rasant les murs, fantôme en guenilles qui semblait flotter au-dessus du sol. En le voyant s'enfuir, vaincu, Judith comprit avec un pincement de cœur qu'elle avait vu juste. Arno était enfin devenu un vrai peintre, et c'était Teddy qui l'y avait aidé.

Le lendemain, elle aperçut le chat gris dans le couloir. Cette fois il avait une tache blanche au milieu du dos, ce qui, dans le code élaboré par l'Américain, signifiait : *Ne viens plus.*

Les travaux continuaient, ravageant tout, telle une guerre de conquête à l'antique. À certains étages, tous les appartements avaient été réunis de manière à ne plus former qu'une seule et unique salle. Des poutrelles avaient pris la place des murs de soutien, dégageant l'espace. Judith éprouvait une étrange allégresse à voir ainsi l'immeuble s'épurer, se vider de ses entrailles. Tapis, rampes d'escalier, moulures, miroirs, placages, tout disparaissait pour céder la place au bois nu, à la pierre décapée. Cette austérité de forteresse réjouissait la jeune femme. Stéphane n'était pas de cet avis. En architecte pointilleux, il avait repris les plans de l'immeuble, calculant l'impact des modifications, additionnant les lignes de force. Brandissant une liasse de papiers couverts de croquis, il poursuivait Judith de ses doléances.

« Ce sont des fous, expliquait-il. Vous savez qu'ils ont abattu des murs porteurs ? Si nous ne faisons rien, ils vont transformer l'immeuble en une espèce de coquille vide. Ils parlent maintenant d'abattre les parquets pour réunir les étages entre eux ! La maison va s'écrouler, c'est inévitable. Et vous restez là sans réagir, ça ne vous fait donc rien ? Ah ! votre père doit s'en retourner dans sa tombe ! Est-ce que vous n'avez aucune influence sur ce peintre ? Est-ce que vous ne pouvez pas obtenir de lui qu'il arrête ces travaux imbéciles ? »

Judith se contentait de hausser les épaules. Il ne lui déplaisait pas de voir la prison de son enfance réduite à l'état de squelette. Ces meubles trop lourds, trop noirs, qu'on jetait par les fenêtres, la libéraient de ses étouffements. Elle aimait le goût de poussière de plâtre que charriait désormais sa salive, elle aimait se découvrir blême, enfarinée telle une actrice de kabuki dans l'ovale d'un miroir rescapé.

« Ils n'épargneront rien, insistait Stéphane. Ils parlent de raser notre appartement, de nous installer sous des tentes. Vous entendez ? Sous des tentes, comme des soldats en campagne. »

Mais Judith souriait, lointaine, écoutant le bruit des gravats. Ce bruit qui lui rappelait tant celui de la mer sur les galets d'une plage. Il ne lui déplaisait pas non plus d'être expropriée. Qu'on abatte donc les planchers, qu'on ouvre des gouffres entre les étages, elle s'en moquait. Peut-être était-ce là ce qu'elle avait toujours désiré ?

Les sapeurs travaillaient sans relâche. Sous leurs efforts conjugués, la ruche aux alvéoles bien délimités qu'avait été le 3, place de Byzance, devenait une cathédrale pleine d'échos. Là où, des décennies durant, s'étaient sagement empilés trois étages de logements bourgeois, s'ouvrait à présent un abîme de blancheur où le regard tombait comme une pierre. Le vertige s'installait à demeure entre les murs de l'immeuble. Le vertige à domicile, avec ses ravins, ses gouffres, ses falaises...

Arno allait et venait au milieu de ce chaos, jetant des passerelles au-dessus du vide, dressant d'interminables échelles le long des parois, comme un conquérant solitaire se lançant à l'assaut d'une forteresse. Et partout il peignait, s'épuisant, maigrissant sous l'ouvrage. Mangé de fièvre et d'insomnie, il tatouait les murs, injectant dans l'épaisseur des pierres des visions peuplées de guerriers se dissolvant dans la lumière, des cohortes battant en retraite dans un blizzard lunaire, des légions de Vikings gelés, émiettant un peu plus à chaque pas leurs orteils de marbre. Et c'étaient, sur l'enduit humide, d'étranges processions assommées de fatigue, le casque alourdi de neige, les doigts collés par le froid au métal des épées. Un monde impalpable où les silhouettes se dissolvaient dans la lumière, comme si tous ces vaincus s'évaporaient, s'émiettaient dans la tourmente pour retomber en flocons de cendre sur la tête de leurs camarades...

Dieter s'agitait, piétinant dans les gravats, le cou rompu à force de scruter les fresques.

« Ça ne va pas rester dans cet état, hein ? répétait-il d'une voix où pointait l'angoisse. Ce n'est qu'une ébauche, n'est-ce pas ? Tu vas affermir les lignes, donner un peu de force à ces esquisses... »

Arno ne répondait pas. Depuis un moment déjà il ne parlait plus à personne. Efflanqué, plus maigre que jamais, il dansait au sommet des échelles, enjambait des abîmes pour prendre pied sur les passerelles. On ne savait plus où il dormait exactement. Peintre vagabond, il sommeillait là où l'abattait la fatigue, à pied d'œuvre, roulé dans un sac de couchage de l'armée.

Le chauffage central détruit, les radiateurs arrachés, l'hiver était entré dans la maison. La chaudière morte trônait dans les décombres, ensevelie sous les gravats, pieuvre de fer aux tentacules sectionnés. À cause des fresques que la fumée risquait de gâter, on n'avait pu allumer autant de braseros qu'il aurait fallu. On campait aux étages rescapés, essayant d'oublier que la porte du palier ouvrait désormais sur un gouffre. La maison s'était changée en un cauchemar de somnambule, il fallait prendre garde à ne pas se déplacer sans lumière. Souvent, Judith s'amusait à chuchoter pour le seul plaisir d'entendre son murmure s'enfler sous l'effet de l'écho. Stéphane s'effrayait de son « inconscience », il vivait dans la terreur d'un effondrement prochain, s'absorbait dans ses croquis et ses calculs.

« Ça ressemble de plus en plus à une cathédrale, disait-il, mais ce n'est pas bâti comme une cathédrale. Les lignes de forces sont aberrantes, sans arc-boutant. Nous finirons tous là-dessous, enterrés sous des tonnes de pierre, la bouche pleine de gravier. »

La détresse le rendait lyrique, mais Judith restait sourde à ses prophéties. Dieter avait fait dresser des tentes dans la cour des bâtiments, pour les hommes de troupe. L'appartement des propriétaires était le seul auquel on n'avait pas encore touché. Entre deux éboulements on faisait les plâtres des grandes salles, on fignolait les passerelles de métal s'entrecroisant.

Un jour, enfin, Judith prit conscience que Teddy risquait d'être découvert. Si les travaux gagnaient le sixième étage, on abattrait les fragiles cloisons du cagibi, éventrant la cachette de l'Américain. Il fallait empêcher cela. Elle voulut en parler avec Arno, mais le peintre, absorbé dans son rêve, ne l'écouta pas. Elle avait à peine commencé à supplier qu'il était déjà au sommet d'une échelle.

« Arrêtez les travaux ! lui cria-t-elle, vous avez déjà bien assez de murs à couvrir. Si vous continuez l'immeuble s'écroulera, et la fresque sera détruite. C'est ce que vous voulez, hein ? »

Par bonheur, Dieter, inquiet, décida lui aussi qu'il était temps de suspendre la besogne. On ne pouvait aller plus avant sans fragiliser à l'extrême le bâtiment en grande partie évidé. Sans crainte d'exagérer, on aurait pu dire que le 3, place de Byzance, se réduisait maintenant à une coquille de pierre creuse, mais cette coquille abritait les titans du Walhalla, des titans fatigués, piétinant dans une interminable retraite.

Pour ravitailler Teddy, Judith devait grimper jusqu'au sixième étage au moyen d'une échelle, car l'escalier de service avait été abattu. Les dents serrées pour oublier le vertige, elle se hissait lentement vers le faîte de l'immeuble, vers ce sixième presque inaccessible, où l'Américain vivait en ermite des montagnes, et elle posait le panier de vivres devant la porte dissimulée après avoir cogné trois fois de l'index sur le battant. Teddy n'ouvrait qu'une fois qu'elle était redescendue. Un soir, elle s'enhardit et le supplia de la laisser entrer, mais il s'était barricadé, faisant la sourde oreille. Il aurait pu sortir ; depuis les travaux, Dieter avait supprimé les patrouilles des couloirs pour concentrer la garde au rez-de-chaussée. Cependant Teddy refusa la main qu'on lui tendait, se recroquevillant dans son humiliation, n'acceptant que la nourriture et les livres que Judith continuait à lui faire parvenir.

Elle savait qu'il la punissait et qu'il imaginait de se venger d'elle en se laissant capturer. Elle aurait voulu lui trouver une autre cachette, mais c'était impossible. Tant qu'on ne toucherait pas au sixième étage, il serait en sécurité, mais combien de temps encore pourrait-elle escalader sans attirer l'attention les interminables échelles qui avaient pris la place des escaliers de jadis ?

Enfin le bruit des pioches cessa définitivement et l'on dut s'habituer à vivre derrière cette façade ouvrant sur le vide, entre ces murs gigantesques où ne subsistaient que peu d'endroits habitables. Seul le rez-de-chaussée était encore intact, car Dieter y avait installé ses bureaux et ses quartiers.

Quelques jours à peine après qu'eut cessé le martèlement des outils, un pli arriva, porté par un motocycliste chevauchant une machine boueuse. En le lisant, Dieter devint blême. Adolf Hitler, lassé des atermoiements du service artistique, envoyait son photographe personnel prendre des clichés des travaux d'Arno Zigfeld Hortz, afin de pouvoir juger sur pièces.

Cette fois on était au pied du mur.

XXI

Dans les jours qui suivirent, Dieter passa de plus en plus de temps le nez en l'air, faisant les cent pas le long des fresques, les scrutant comme s'il espérait que cette armée perdue aux confins d'un pays en cours de dissolution allait enfin se rapprocher, crever le brouillard pour apparaître au premier plan, nette et *bien dessinée,* ainsi que doit l'être toute peinture qui se respecte. Il y avait quelque chose de pathétique dans son va-et-vient de sentinelle inquiète, dans ce regard qu'il plongeait dans l'épaisseur du mur, tel un marin scrutant la mer pour deviner la position des écueils. Mais la légion fantôme aux casques recouverts de neige restait perdue à l'horizon de la fresque, à peine discernable, piétinant en deçà de cette frontière qui lui aurait permis d'acquérir une chair rassurante. À suivre son déplacement immobile, on finissait même par avoir l'impression que cet exode s'effectuait à reculons, dans le sens d'un effacement progressif, irrémédiable. On en venait à se demander si quelque aberration ne s'était pas produite dans la composition des pigments, et si la fresque n'était pas tout bonnement en train de pâlir, se gommant d'elle-même sous l'effet d'un mystérieux travail d'oxydation. Dieter se frottait les yeux, plissait les paupières, peu à peu gagné par la certitude qu'il était en train de devenir myope.

« Est-ce que c'est vraiment flou ? demandait-il anxieusement à Judith. Hein ? Vous voyez ça flou, vous aussi ? Plus je les regarde, plus j'ai l'impression qu'ils reculent à l'intérieur du mur... C'est effrayant. On dirait qu'ils se sont encore éloignés depuis hier. Cette nuit j'ai rêvé qu'ils s'étaient tellement reculés qu'on ne les voyait plus du tout. Je n'ai pas réussi à me rendormir. »

Depuis qu'il attendait la visite du photographe, il portait l'uniforme et la casquette plate des officiers. Comme il avait beaucoup maigri, la vareuse flottait sur son torse, lui ôtant toute prestance, et il avait un peu l'air d'un adolescent perdu dans les vêtements de son père. Judith s'étonnait de l'avoir un jour comparé à un cochon de lait. Qu'était devenu le gros garçon souriant qui avait investi l'immeuble à lui tout seul, un matin d'été ?

D'ailleurs, est-ce qu'ils n'étaient pas tous en train de changer ? Teddy, Arno, Dieter... et elle-même ?

Quand il ne piétinait pas au bas des fresques, Dieter poursuivait Arno sur les échelles et les praticables.

« Ce ne sont que des ébauches, gémissait-il. Ne peux-tu pas achever l'une de ces peintures, au moins ? Une seule ? Que le Führer puisse juger de l'effet au stade final...

— Mais elles sont achevées, tranchait le peintre. Je ne les retoucherai pas.

— Ce n'est pas possible ! se lamentait Dieter. *Tu as changé ta manière*. Tu ne peignais pas comme ça avant. Ce... ce n'est pas terminé, ce ne sont que des esquisses. Est-ce que tu es malade ? Est-ce que tu souffres des yeux ? C'est ça ! Tu as quelque chose aux yeux, tu ne vois plus ce que tu fais. Laisse-moi t'examiner... »

Mais Arno s'enfuyait, bondissant de passerelles en échafaudages, pour échapper aux harcèlements de son camarade qui finissait par perdre sa casquette galonnée au milieu des courants d'air.

Le photographe arriva un matin dans une grosse voiture qu'escortaient des motocyclistes couverts de cuir. Il salua brièvement Dieter et, en homme pressé, se transporta au pied des fresques qu'il entreprit d'enregistrer sur pellicule. Il travaillait vite, sans dire un mot, maniant un appareil encombrant dont le cliquetis était amplifié par l'écho des salles. Dieter le suivait à pas pressés, essayant de lui extorquer un commentaire, une appréciation. Après tout cet homme avait l'oreille du Führer, Hitler ne lui avait-il pas plusieurs fois demandé de superviser la sélection des tableaux pour la grande exposition annuelle de Berlin ? Comment trouvait-il le travail d'Arno Zigfeld Hortz ? Ce serait grandiose, n'est-ce pas... *une fois que ce serait fini, bien sûr !*

Mais l'homme n'écoutait pas. Il enfournait les plaques dans le ventre de l'appareil, visait, appuyait sur le déclencheur, et recommençait sans desserrer les lèvres. Il voulut grimper sur les passerelles. De temps à autre il faisait la grimace sans qu'on puisse déterminer s'il était mécontent de la lumière ou de l'aspect général de ce qu'on lui demandait de fixer sur la pellicule. Dieter laissait transparaître son angoisse. À présent, il chiffonnait ses gants comme une petite demoiselle dans l'antichambre d'un gynécologue.

Tout à coup, le photographe annonça qu'il avait fini. Sans même demander à rencontrer Arno, il rebroussa chemin et grimpa dans sa berline blindée. Dieter le poursuivit, la main à la visière, ébauchant un salut martial, mais la voiture s'éloignait déjà pour retourner au Bourget. Dans quelques heures les films arriveraient à Berlin, développés, agrandis. Les clichés seraient glissés dans une enveloppe et portés au Führer qui les examinerait entre deux conférences stratégiques sur la manière d'exterminer l'armée bolchevique. Car ce grand artiste qui avait sacrifié sa carrière au bien de l'Allemagne ne négligeait rien des choses de la création. Son œil perçant ausculterait les photos, le verdict tomberait...

« Maintenant il ne nous reste plus qu'à prier, murmura Dieter en s'épongeant le front. Nous sommes dans les mains de Dieu. »

Et comme Judith s'étonnait de ses inquiétudes, il se fâcha.

« Vous ne comprenez rien à l'âme allemande, siffla-t-il. Pour nous l'art n'est pas seulement une distraction futile, le moyen d'égayer les murs d'une maison, c'est une arme, un outil de redressement moral. Le Führer prend tout cela très au sérieux, et si Arno s'est trompé, comme je le crois, Adolf Hitler assimilera cette erreur à une trahison. Une trahison militaire, est-ce que je me fais bien comprendre ? Pour lui, nous serons des traîtres, des déserteurs, des... hérétiques. Nous aurons conspiré contre le Reich. »

Sa voix grimpait dans l'aigu, il s'en aperçut et

toussa. Levant une main mal assurée vers les fresques, il dit dans un souffle :

« J'ai honte d'avouer cela, car Arno est mon ami, mais ce que je vois en ce moment autour de nous n'est pas tellement éloigné de cet art dégénéré qui a si longtemps empoisonné la peinture allemande. C'est pour cela que je veux croire qu'il s'agit seulement d'un état transitoire. D'une ébauche. Mais comment expliquer cela au Führer ? »

Son désarroi devenait contagieux, et Judith se sentit brusquement mal à l'aise, en danger. Jamais jusqu'à présent elle n'avait pensé que les peintures d'Arno puissent avoir une telle importance. Elle avait cru qu'il ne s'agissait que d'images... de dessins. Ainsi on pouvait mourir pour un mauvais coup de pinceau ?

« La sanction va tomber, murmura Dieter. C'est ce que j'ai essayé de vous expliquer tout au long des derniers mois, mais vous ne m'avez pas cru. Vous n'avez pas pris la peine de raisonner Arno, de le mettre en garde contre ses démons, et voilà le résultat ! Une fresque qu'on dirait peinte par un myope... Des tableaux qui vous donnent envie de courir acheter des lunettes ! C'est de votre faute ! Quand Arno est arrivé ici il était en pleine possession de son art, vous l'avez... *abîmé.* Je ne sais pas comment, mais votre influence a été néfaste... Vous vous en repentirez bientôt, quand on vous déportera tous dans un camp de travail. »

Sur le moment Judith s'était contentée de hausser les épaules, mais la peur s'installa en elle dès la tombée de la nuit. L'angoisse de Dieter n'était pas feinte, et la jeune femme réalisa soudain qu'il disait peut-être la vérité. On allait les punir pour non-respect des normes artistiques aryennes, et l'on n'aurait pas tort, car la nouvelle manière d'Arno entretenait peu de rapports avec les lourdes machines mythologiques qu'il avait brossées en débarquant place de Byzance, deux ans plus tôt. Les fresques n'étaient pas belles, au sens où l'entendait Dieter. Elles n'avaient plus rien de joli, de fignolé, elles avaient perdu ce fini photographique du début, elles semblaient désormais raconter l'aventure d'une lumière mourante, la dissolution fragile d'une chair devenant cendre, l'histoire d'un passage vers autre chose.

Le lendemain matin, un silence pesant tomba sur la maison. Les sapeurs avaient cessé de travailler et l'on n'entendait plus que le bruit des bottes de Dieter dans les gravats. Il marchait le dos courbé, sa capote vert-de-gris boutonnée jusqu'au menton, les épaules affaissées en une ligne frileuse. Judith lui trouva l'air d'un officier dégradé faisant les cent pas dans la cour d'une citadelle. « Nous sommes en sursis », pensa-t-elle avec un frisson. Et brusquement elle eut besoin de Teddy, de la chaleur de Teddy, de son odeur forte d'homme toujours un peu négligé. Elle aurait voulu poser sa joue au creux de l'une de ses paumes, ces paumes abîmées par les dissolvants, aux doigts jaunis par la fumée des cigarettes. Elle eut — l'espace d'une seconde — physiquement besoin de lui, de sa compacité, de son poids, de sa présence taciturne et boudeuse.

« Cette fois tout est joué, ricana Stéphane qui grelottait sur une passerelle, engoncé dans un vieux chandail. Nos têtes vont tomber. Je vous avais dit de faire attention. Qu'est-ce que vous lui avez raconté à notre grand artiste pour qu'il se mette subitement à peindre ces horreurs ? Vous avez vu ça ? C'est... *gribouillé.* On dirait des croquis... Ou de la peinture d'aveugle... Oui, c'est ça : de la peinture d'aveugle qui ne sait même pas où poser son pinceau ! »

Il jubilait en caquetant, agitant ses mains maigres en direction des murs cernant l'abîme.

« De la peinture d'aveugle ! répéta-t-il. Une grande première : la technique de la fresque à tâtons ! »

Judith n'eut pas la force de lui répliquer. Elle se sentait fragile, en voie d'émiettement, comme ces guerriers qui se changeaient en flocons de neige, sur les murs, tout autour d'elle. La longue figure de Dieter l'effrayait. Étaient-ils vraiment condamnés ? Pourquoi ne profitait-on pas de ce répit pour s'enfuir ? L'acceptation passive, l'obéissance résignée qu'elle devinait chez tous ces hommes aux mains épaisses la terrifiaient. Allaient-ils tous accepter de poser leur tête sur le billot parce que Adolf Hitler n'aimait pas la peinture d'Arno Zigfeld Hortz ?

« Si ça... ne marche pas, demanda-t-elle à Dieter, qu'est-ce qui va nous arriver ?

— On viendra nous arrêter, répondit le médecin sans hésiter. Dans l'armée allemande on ne pardonne pas les échecs ou les fautes stratégiques. On vous déportera sans doute, il se peut qu'on me fusille...

— Et Arno ?

— Oh ! on ne l'épargnera pas. Un camp de travail, sans doute, où l'on dressera ses mains à faire autre chose que manier le pinceau. Je ne crois pas qu'il y survivra, il est de constitution trop délicate. Nous pourrions bien sûr choisir de nous suicider avant qu'arrive la sentence. »

Judith devina qu'il y pensait sincèrement. D'ailleurs, pour la première fois depuis son arrivée place de Byzance, il portait une arme à la ceinture en permanence, un affreux pistolet automatique, très lourd, qui cachait son nez au fond d'un étui de cuir noir.

Trois jours s'écoulèrent ainsi, dans une atmosphère de catastrophe imminente. Judith regardait les fresques, allait-on les effacer, ou bien se contenterait-on de faire sauter l'immeuble après avoir enfermé tous ses habitants dans l'appartement du rez-de-chaussée ?

Un soir, elle monta au sixième étage et gratta à la porte du cagibi, mais Teddy refusa de lui ouvrir.

La réponse arriva au matin du quatrième jour, apportée par un motocycliste couvert de boue. Dieter eut beaucoup de mal à déchirer l'enveloppe aux armes du Haut Commandement tant ses doigts tremblaient. Quand il eut pris connaissance du contenu de la missive, la plus intense perplexité se peignit sur son visage.

Judith, qui l'observait du haut de la passerelle menant à son appartement, ne pouvait se résoudre à descendre. Est-ce que ça y était ? Est-ce qu'on allait venir les arrêter ?

Instinctivement, elle leva les yeux vers la rue, cherchant les camions et les soldats occupés à encercler l'immeuble. Le vent d'hiver la gifla, et elle dut relever le col du manteau dont elle ne se séparait plus. Ses jambes, enfin, acceptèrent de s'engager dans l'escalier. Une marche, deux, trois... Ses talons faisaient résonner l'acier des structures, leur écho s'envolait pour tourner entre les murs de la grande salle comme un pigeon fou cherchant vainement une fenêtre ouverte pour s'échapper.

« Alors ? dit-elle au moment où elle posait le pied dans les gravats.

— Nous sommes convoqués, murmura Dieter d'une voix blanche. Là-bas... À la Tanière du Loup. Le Führer veut se rendre compte par lui-même. Nous devons tous y aller.

— Qui ça " nous " ? insista Judith.

— Vous, Arno, moi... Tout le monde, balbutia Dieter. Et *les fresques.* Nous devons également emporter les fresques. »

Il battit des paupières, avant d'ajouter dans un souffle :

« On nous ordonne de démonter l'immeuble et de le charger sur un train spécial, tout a été prévu. Un expert du transport des monuments antiques arrivera ce soir. »

XXII

Dieter lisait et relisait l'ordre de route, essayant de percer le sens réel de cet oracle. Fallait-il y voir la promesse d'une récompense ou au contraire l'annonce d'une punition ? Il ne savait choisir. Pour Judith qui ne comprenait pas l'allemand, il avait déjà traduit dix ou douze fois la missive, s'arrêtant sur chaque mot pour en peser la signification. Le Führer avait-il lui-même dicté ce texte dans la hâte d'une réunion d'état-major, alors que les généraux prenaient déjà place autour de la grande table encombrée de cartes ? Dieter fermait à demi les yeux, affinant l'image. Il lui semblait voir le chef du Reich penché sur les photos luisantes, dans la pénombre du bunker, dictant d'une voix sourde ses directives à un secrétaire. Mais pourquoi faire venir la maison en pièces détachées ?

« Il a peut-être trouvé cela très beau, rêvait Dieter. Il veut l'installer à Linz ; dans la ville-musée du Reich. Oui ! oui... Il a trouvé cela si beau qu'il a jugé que la place d'une telle œuvre n'était pas en France ! Peut-être même reconstruira-t-on l'immeuble à l'intérieur d'une salle d'exposition, là-bas les bâtiments sont si grands qu'une maison parisienne de six étages a l'air d'une simple maquette ! »

Il s'échauffait pendant quelques minutes sur ce thème, puis son excitation retombait d'un coup, minée par le doute et la secrète répugnance que lui inspirait la nouvelle manière d'Arno, ce style si relâché où la forme s'effaçait devant la matière, où la lumière semblait plus importante que le sujet. Non, non, il ne pouvait en aucun cas s'agir d'une récompense. Si on les convoquait, c'était en vue d'un procès, d'un passage en cour martiale. On les rappelait pour... *pour un complément d'enquête,* voilà tout !

À cette idée, il devenait blême et se voûtait, comme dans l'attente d'un coup.

« C'est à cause des photos, murmurait-il. Le Führer a cru qu'elles étaient floues, et il veut se rendre compte par lui-même avant de prendre une décision. Oui, ce ne peut être que ça. Il nous accorde pour un temps encore le bénéfice du doute. Il ne veut pas nous condamner sur un témoignage indirect. Sa bonté le pousse à nous laisser une dernière chance. »

Aussitôt l'hypothèse des photos floues l'empoignait, ne le lâchant plus, et il bâtissait en hâte dix fables approximatives auxquelles il finissait par croire : l'avion ramenant le photographe du Führer avait été attaqué par un chasseur anglais, une balle de mitrailleuse avait traversé le fuselage pour se ficher dans la caméra posée sur le siège, à côté de l'homme. La lumière du jour avait pénétré à l'intérieur de la chambre noire, voilant en grande partie le film, si bien que les clichés obtenus n'avaient donné des travaux d'Arno qu'une image terriblement vague. Intéressante mais lointaine. Adolf Hitler avait décidé d'en savoir plus. Comme il lui était impossible de se déplacer, il faisait venir l'immeuble par train spécial, pour trancher définitivement et décider du sort de cette équipe qui le promenait depuis deux ans en lui faisant miroiter des merveilles sans cesse différées. Quelle serait sa réaction quand il verrait la fresque ? Entrerait-il dans une épouvantable colère ? Une de ces célèbres colères qui faisaient trembler jusqu'aux maréchaux.

« Nous sommes en sursis, répéta Dieter. Notre sort se réglera là-bas, quand on débarquera l'immeuble... »

En l'écoutant, Judith voyait la maison se changer en une sorte d'énorme pièce à conviction dont l'exhibition ferait d'eux des héros ou des criminels. Elle ne comprenait pas pourquoi on l'associait à ce jugement, elle qu'on avait réquisitionnée et condamnée à poser, mais quand elle fit part de son étonnement à Dieter, le médecin agita sous son nez la lettre dont le papier commençait à casser aux pliures.

« C'est écrit là, lança-t-il. *Tout le monde doit partir : les modèles, le propriétaire des lieux, le responsable de division...* »

Mais il ne savait comment interpréter cette convocation massive. Cela pouvait vouloir dire que le Führer tenait à féliciter personnellement tous ceux qui avaient participé à cette réalisation grandiose... ou bien — dans l'hypothèse inverse — à châtier les complices de ce fiasco scandaleux, de cette hérésie picturale qui allait à l'encontre de tous les principes esthétiques du Reich. Comment savoir ?

Un homme vint, maigre, pressé. C'était l'architecte spécialisé dans le déplacement des ruines antiques. Avant la guerre il avait déjà scié nombre d'obélisques, démonté des temples que menaçaient les crues des fleuves tropicaux, transformé en puzzle des statues colossales dont il numérotait les divers tronçons. Il déménageait des pyramides, des sphinx sans jamais se laisser impressionner par le caractère antique des matériaux qu'on lui demandait d'acheminer. Il sciait, étiquetait, emballait, et chargeait les idoles dans la soute des cargos ou des avions. Rien n'était jamais trop grand ou trop lourd pour lui. Ainsi, le 3, place de Byzance, faisait figure d'aimable plaisanterie à côté des prodiges qu'il avait dû accomplir par le passé. Il se pencha sur les plans, et commença à dessiner des pointillés, là où il conviendrait de découper les murs. Quand il eut compris ce qui se préparait, Stéphane sombra dans l'abattement.

« Et vous ne réagissez pas ! lançait-il à Judith. On disloque votre patrimoine et vous restez sans réaction ? »

Mais Judith ne parvenait pas à s'indigner de ce qui était en train d'arriver. Elle trouvait amusant de voir les sapeurs tracer des pointillés sur les murs afin de débiter les fresques en morceaux réguliers qu'on pourrait aisément recoller ensuite. Ce puzzle géant lui rappelait les jeux de construction de son enfance : les cubes qu'on superposait pour bâtir des châteaux.

« Si votre père avait pu prévoir cela, se lamentait Stéphane. Lui qui craignait tant les bombardements ! »

Alors commencèrent les travaux, et Judith fut stupéfaite de voir à quelle vitesse on pouvait démonter un immeuble aussi imposant. Les sapeurs sciaient la pierre au moyen de grandes lames qui mordaient la muraille avec une facilité déconcertante. Des grues furent érigées pour descendre ces fragments numérotés qu'on enfermait aussitôt dans des caisses. La façade s'émietta par le haut. On vivait dans un brouillard continuel de plâtre, de ciment, et cette chute pulvérulente se déposait sur les cheveux, les épaules, faisant de chacun un fantôme saupoudré de farine. La nourriture avait un goût de craie. Les uniformes devenaient de plus en plus pâles, et tous les visages semblaient des figures de clowns blancs. On avait beau s'épousseter, rien n'y faisait. Tombant des étages supérieurs, l'averse poussiéreuse continuait, ne débordant pas des limites de l'immeuble. Des files de camions encombrèrent la rue. On y chargea les tronçons empaquetés.

« Un train spécial a été constitué, expliquait Dieter. Il nous mènera au grand quartier général en une trentaine d'heures de rail. Ensuite... »

Ensuite il ne savait pas. Personne ne savait. Cela dépendrait du Führer. De sa colère ou de son émerveillement. Il était bien capable de faire rebâtir le 3, place de Byzance, à Linz, et d'y installer Judith comme une châtelaine. Peut-être même accorderait-il à celle-ci la nationalité allemande à titre honorifique, pour la remercier d'avoir su si bien inspirer l'artiste ? Comment prévoir ?

Dans le cas contraire, si la fresque lui était odieuse, il ferait broyer les pierres de la maison, les changeant en gravier. Quant aux responsables de cette hérésie on les collerait contre un mur, ou on les expédierait dans un camp de travail, au fond d'un wagon plombé. Dieter remâchait à n'en plus finir ces deux hypothèses, passant de l'exaltation à l'abattement en l'espace de quelques minutes. Judith ne lui apportait aucun réconfort, depuis qu'on avait commencé les travaux elle tremblait pour Teddy. Là-haut, on avait enlevé les échelles, abattu les derniers planchers, si bien que le cagibi dominait à présent le vide, telle une niche creusée dans la paroi d'une montagne. Si l'Américain en entrebâillait la porte, il ne pourrait que contempler l'abîme qui s'ouvrait désormais sous ses pieds. Plus de couloir, plus de parquet. La muraille, au sein de laquelle il se tenait recroquevillé, filait en à-pic jusqu'au rez-de-chaussée, telle la paroi abrupte d'une falaise. Sortir du réduit équivalait à se jeter dans le vide si l'on ne disposait pas du matériel d'alpinisme nécessaire pour retourner vers le sol.

Isolé au sommet de la muraille, il était condamné à mourir de faim si personne ne lui venait en aide. De plus, cette partie de la maison ne comportant aucune peinture, Judith craignait qu'on ne l'abatte purement et simplement, provoquant la mort du passager clandestin. Elle alla trouver Arno, le suppliant d'intervenir, mais, depuis qu'il avait terminé la fresque, le peintre avait sombré dans une espèce d'effarement dont rien ne parvenait à le tirer. Tout le jour, il contemplait son œuvre, assis sur un tas de déblais, une expression d'incrédulité sur le visage, indifférent à la poussière de craie qui, le recouvrant, le changeait peu à peu en statue blanchâtre. Judith le secoua en vain, il paraissait en état de choc, rendu sourd et muet par le souffle d'une explosion invisible.

Aucune échelle n'était assez haute pour permettre à la jeune femme d'atteindre le cagibi. Il aurait fallu y grimper comme le font les montagnards, en fichant des crampons dans l'épaisseur de la paroi, c'était hors de question.

Alors qu'elle se désespérait, craignant qu'un éboulement ne précipite la cachette dans le vide, la porte dissimulée s'ouvrit un beau matin, et Teddy parut sur le seuil, les mains dans les poches, avec sa barbe hirsute et son bonnet de laine enfoncé au ras des sourcils. Ce prodige immobilisa les sapeurs, et Dieter lui-même se figea, la nuque cassée, bouche bée, les yeux fixés sur cette apparition surnaturelle. Là où l'on avait toujours cru côtoyer un mur plein s'ouvrait soudain une caverne habitée ! Et un homme se tenait là-haut, au bord du vide, jaugeant d'un œil morne l'abîme qui s'étendait sous ses pieds.

« Ah ! rugit Dieter en dévisageant Judith. Vous ne m'aviez pas parlé de cela ! Un juif ! Vous cachiez un juif ! Et moi qui vous faisais confiance... »

Durant une seconde Judith craignit qu'il ne fasse ouvrir le feu sur Teddy, mais il se contenta d'ordonner que la flèche de la grue pivote en direction du naufragé, afin qu'il puisse se suspendre à la chaîne. La jeune femme fixait l'Américain, mais à cette distance son visage se réduisait à une petite tache rose dépourvue d'émotions. Allait-il se jeter dans le vide pour échapper aux soldats ? Elle fut soulagée quand elle le vit agripper le crochet de la grue. La chaîne se déroula en cliquetant, l'amenant progressivement au niveau du sol. Un cercle de soldats s'était formé pour l'accueillir, le fusil en position de tir.

« Qui est-ce ? aboya Dieter en saisissant Judith par le poignet. Un de vos locataires ? Voilà pourquoi vous vous faufiliez dans les couloirs, la nuit. Et moi qui croyais que c'était pour rejoindre Arno ! J'avais donné des consignes pour qu'on vous laisse passer, et vous alliez ravitailler ce youpin... Qui est-ce ? Un de vos amants, peut-être ? »

Il devenait véhément et la colère lui faisait un visage de cire.

« Foutez-lui la paix, grogna Teddy en prenant pied dans les gravats. Et d'abord je ne suis pas juif. »

Son accent n'avait jamais été aussi prononcé, sans doute parce qu'il avait cessé de parler français depuis deux ans.

« Un Anglais ! rugit Dieter. Un aviateur anglais !

— Non, balbutia Judith. Il est américain... Ce n'est pas un soldat. C'est un civil.

— Elle ment pour me protéger, coupa Teddy. Je suis effectivement anglais, et pilote.

— Vous n'êtes pas en uniforme, trancha Dieter. Je pourrais vous faire immédiatement fusiller comme espion.

— Faites donc, siffla Teddy. De toute manière je ne vous dirai rien. Pas même mon foutu matricule car je l'ai oublié. Je n'ai la mémoire des chiffres que lorsqu'il s'agit d'argent. »

Il crânait mais sa bouche, entourée d'un cercle blanc, tremblait par à-coups, et il cassait curieusement les mots au milieu des syllabes, ce qui donnait à son discours un son mécanique. Pourquoi mentait-il ? Par provocation, pour jouer au héros ? Alors, enfin, Judith comprit qu'il cherchait à se venger d'elle, et à lui faire payer par ce pauvre moyen sa prétendue trahison. Elle eut pour lui une bouffée de haine parce que c'était là une manœuvre basse d'homme trompé qui n'a plus rien à perdre et joue son va-tout sans souci d'élégance. Et elle le détesta aussi, parce que, justement, ce stratagème venait de réveiller en elle une tendresse qu'elle croyait éteinte. Elle ne voulait pas qu'il mourût, lui, qui lui avait fait confiance au point de s'en remettre totalement à elle, de devenir aussi dépendant qu'un enfant. Elle voulut s'interposer, crier une fois de plus qu'il était américain, civil, que les États-Unis n'étaient pas en guerre avec l'Allemagne et qu'il n'y avait pas lieu de l'arrêter, mais les soldats la repoussèrent. Dieter n'écoutait pas. Avec un dégoût manifeste, il fouillait les vêtements de Teddy à la recherche d'une arme, de papiers d'identité.

« Vous ne portez même pas de plaque militaire, dit-il en écartant violemment le col de chemise de Teddy. Vous êtes un espion, rien qu'un espion.

— C'est exact, ricana l'Américain, et vous, vous êtes les barbouilleurs les plus minables qu'il m'ait été donné de rencontrer. »

Un éclair de haine traversa les yeux de Dieter qui avait sursauté, frappé par une brusque illumination.

« Alors..., haleta-t-il, alors c'est vous qui... qui veniez gribouiller la nuit sur les tableaux ! Oui... C'est vous le saboteur ! C'est pour cela qu'on vous a parachuté, pour détruire nos chefs-d'œuvre ! Je vais vous faire fusiller, tout de suite, comme un vulgaire terroriste, au pied des peintures que vous avez tenté de mutiler ! Oui, j'en ai le pouvoir... »

Déjà il avait jeté un ordre, les soldats s'emparèrent de Teddy pour le pousser sur un tas de déblais. Le piétinement des bottes levait une poussière de plâtre qui noyait la scène dans un brouillard âcre. Judith tenta une nouvelle fois de s'interposer, mais Dieter la gifla, l'assommant à demi. La jeune femme vacilla pendant que les soldats levaient leurs fusils.

« Non, arrêtez, lança Arno d'une voix sèche. J'ai besoin de lui. Il m'a aidé. »

Les paroles, prononcées sur un ton de commandement, et tombant du haut d'une passerelle, avaient résonné étrangement entre les murailles de l'immeuble éviscéré. Les soldats hésitèrent, ne sachant plus à qui obéir.

« Qu'est-ce que tu racontes ? s'emporta Dieter. Un espion t'aurait aidé ? C'est absurde...

— Non, affirma Arno d'un air hautain. Il m'a montré la voie. J'étais en train de m'égarer et il m'a ramené sur le droit chemin. C'est grâce à lui si j'ai pu achever la fresque... Tu ne peux pas le tuer. »

Dieter fronça les sourcils, ne comprenant plus rien à ce qui se passait.

« *Lui,* balbutia-t-il. Tu t'entendais avec lui dans mon dos ? Tu demandais des conseils à ce terroriste ? Tu es devenu fou... »

Il parlait soudain comme une femme trahie ou un enfant au bord des larmes. Son visage creusé trahissait une souffrance qui ne donnait nullement envie de se moquer, et Judith eut de la peine pour cet homme qui se découvrait tout à coup sans importance aucune dans la marche des choses.

« Tu l'écoutais, lui ? gémit-il encore. Un... étranger. Un saboteur qui salissait tes tableaux ?

— Tu ne peux pas comprendre, trancha Arno. Tu n'es pas un créateur. Je m'étais perdu. Il m'a permis de réfléchir, de faire un retour sur moi-même, de me défaire de mes obsessions. Il ne le sait pas, mais c'est grâce à lui si j'ai pu mener à bien mon travail.

— Oh ! souffla Dieter. Alors c'est lui qui t'a inspiré

ces choses ! Cette " nouvelle manière " ? Et tu crois *vraiment* que tu peux l'en remercier ? »

Il souriait, goguenard, tournant sur lui-même pour feindre d'admirer les fresques encore en place. Puis son visage se ferma et il dit, dans un murmure :

« Pauvre crétin ! Tu ne le sais pas encore mais tu nous as condamnés... C'est pour nous fusiller qu'on nous fait rentrer chez nous. Et puisque tu apprécies tant l'amitié de cet Anglais, tu le présenteras toi-même au Führer comme ton " conseiller artistique ", je ne doute pas que cela le fasse beaucoup rire ! »

Il cracha un ordre, et les soldats se jetèrent sur Teddy pour le garrotter. Après quoi l'Américain fut poussé vers l'un des camions qui servaient au transport des pierres.

« Il voyagera avec nous, fit Dieter avec lassitude. Jusqu'au bout. La lettre le dit bien : tous les responsables du projet doivent regagner l'Allemagne. Il est juste après tout que ton confident secret t'accompagne, n'est-ce pas ? »

Puis il se passa la main sur le visage, comme s'il essayait d'effacer une vision effrayante.

« Arno, murmura-t-il. Je te faisais confiance et tu nous as perdus... »

Cela sonnait comme une tirade de Mounet-Sully, mais, d'instinct, Judith sut à quel point c'était vrai.

XXIII

Ils ne parlaient plus. Seul le bruit lancinant des grandes scies débitant la façade résonnait entre les quelques murs qui tenaient encore debout. L'immeuble n'était plus qu'une carcasse ouverte au vent, une de ces « vues en coupe » qu'on trouve sur les planches illustrées des dictionnaires, et qui déshabillent l'intimité des êtres vivants, des turbines, des sous-marins ou des châteaux forts. Des somnambules habitaient cette ruine étrange dont on emballait précautionneusement les gravats numérotés, des naufragés pensifs à la tête et aux épaules couvertes de plâtre. Le 3, place de Byzance, s'en allait, morceau par morceau. La dernière peinture enlevée, il ne resterait plus de la maison qu'un squelette incomplet, réduit à sa plus simple expression, nettoyé par une armée de prédateurs voraces : quelques cages d'escalier sans escalier, des chambres aux fenêtres murées, des étages que plus rien ne reliait entre eux, un ascenseur enseveli dans les cailloux...

Arno titubait au milieu des déblais, frissonnant dans sa cape maculée de poussière. Il avait perdu son arrogance de jadis, il marchait à petits pas, le nez levé, avec, sur le visage, une expression apeurée, timide. Judith ne le reconnaissait plus. Il avait quelque chose d'un enfant dépassé par une mauvaise blague ourdie en secret, et dont le succès inattendu tourne au désastre.

Il y avait de l'incrédulité dans ce regard, un étonnement, une incompréhension qui semblait dire : « C'est moi qui ai fait ça ? Vous en êtes sûr ? » Et peut-être du regret, également. La brusque conscience d'une bêtise qu'on a poussée trop loin dans un moment d'insouciance. Il s'asseyait sur un bloc de pierre, drapé dans sa cape comme un réfugié dans une vieille couverture, et il regardait, le cou cassé, indifférent à la pluie de plâtre qui, lentement, se déposait sur son front et ses joues.

Judith devinait sa détresse. Sa figure maigre et pâle de convalescent l'émouvait plus qu'elle ne l'aurait voulu.

Dieter, lui, s'était retranché dans un mutisme hostile. Il surveillait l'achèvement des travaux, la tête rentrée dans les épaules, les mains enfouies au fond des poches. Arno lui jetait des regards en coin, mendiant une absolution qui ne viendrait pas. Judith songea qu'une fois de plus tout cela était la faute de Teddy. Car c'était lui qui, par ses graffiti de potache, avait amené Arno à faire un retour sur lui-même. Sans le harcèlement des poux cubistes et autres sottises de la même eau, jamais Arno ne se serait dégagé de la manière figée, académique dont il était jusqu'alors prisonnier. Bizarrement, il avait fallu ce pied de nez, ce soufflet irrévérencieux, pour que l'artiste perce sous le bon élève. À force de gratter ses toiles pour les débarrasser des insanités du saboteur nocturne, Arno Zigfeld Hortz avait fini par découvrir autre chose, la vanité de ses empilements anatomiques, l'absurdité de ces formes reproduites avec un scrupule imbécile de photographe de salon. Tout ce « bien fait », ce fignolage de la mauvaise peinture bourgeoise conçue pour flatter l'amateur inculte. Rabotant les couches superposées, il avait enfin entrevu un mystère, après des années d'errements, d'obstination fétichiste. Un mystère, ou plutôt l'histoire d'une dissolution, le passage du fini à l'incréé. Il s'était mis à peindre à rebours, décomposant les apparences pour écrire l'aventure de la matière en mouvement, de la circulation de la vie à travers le système sanguin de la réalité. Et, peu à peu, les lourdes machines guerrières s'étaient mises à raconter autre chose, à soulever un coin du voile sur l'énigme du vivant. Les gladiateurs en armes, les chevaliers bardés de métal n'avaient plus rien exprimé que leur fragilité extrême, la palpitation d'un bien irremplaçable que la tourmente pouvait souffler à tout instant. Et l'on restait la gorge serrée devant le spectacle miraculeusement saisi de cette seconde ultime, oscillant au bord de l'effacement définitif. Et l'on se mettait à haïr la guerre, le sang, le tumulte des armes, tout ce scandale du fer victorieux que les fresques auraient dû normalement célébrer. La manière niait le propos. Les paladins dissous n'étaient plus là que pour témoigner de l'absurdité du conflit pour lequel on les avait sacrifiés. Ils pleuraient leur désespérance à travers le brouillard des coups de pinceaux estompés, hachés, des taches de couleur bues par le support. Oui, on pouvait se le demander, était-ce vraiment le même homme qui, six mois plus tôt, peignait des déesses nordiques déguisées comme des cantatrices d'opéra de province ?

Mal à l'aise, Judith finissait par penser qu'elle avait sous les yeux les traces d'une crise sans lendemain. Un éblouissement fugitif comme il s'en produit parfois avec certains artistes qui, en une nuit, brossent le seul et unique chef-d'œuvre qu'ils seront capables de produire dans toute leur vie. Une question vibrait en elle, qu'elle n'osait formuler à voix haute, une interrogation douloureuse qui lui donnait envie de se mordre les lèvres jusqu'au sang : Arno serait-il seulement capable de recommencer ?

À voir son visage de blessé convalescent, elle en doutait. La fièvre l'avait quitté, le laissant brisé et incrédule. Une fièvre née de l'exaspération, de l'humiliation, du désir de mourir qui l'avait saisi lorsqu'il avait été contraint de mutiler lui-même ses œuvres, lorsque à force de grattages répétés il avait fini par crever les toiles. Mais aujourd'hui, le coup de folie retombé, il contemplait la fresque avec l'œil rond d'un visiteur entré par mégarde dans une galerie de peinture dont il ignorait jusqu'à présent l'existence. Il ne se *sentait* pas dans ce qu'il voyait. Il ne s'y reconnaissait nullement. Tout semblait avoir été peint par quelqu'un d'autre, un étranger, un inconnu avec lequel il n'avait aucune affinité.

Judith allait s'asseoir à ses côtés, ne sachant que lui dire. Parfois il grelottait et elle devait résister au désir d'entourer de son bras ses épaules maigres, comme l'on fait pour un enfant qui prend froid. Elle n'avait pas besoin de parler pour deviner son anéantissement, son horreur même, l'horreur de cet acte irréparable qu'il avait commis dans un moment de démence. Le vernis de l'artiste pompier s'était fendillé, laissant le créateur jeter son œil dans l'interstice de cette coquille jusqu'alors aveugle, et cela avait suffi pour engendrer un chef-d'œuvre. Mais la coquille n'était-elle pas déjà en train de se ressouder ?

« Tu n'as pas à avoir honte, avait envie de lui murmurer Judith. C'est beau. »

Elle n'y connaissait rien, mais elle savait d'instinct que c'était beau, d'une beauté écrasante qui serrait le cœur... et cette beauté allait les tuer, tous, parce qu'elle n'avait pas le droit d'exister.

De temps à autre, Arno tournait la tête, regardait Judith avec une expression d'excuse dans les yeux. Il avait l'air de dire : « Ce n'est pas de ma faute... Je n'y suis pour rien... tu le sais bien, toi. »

Enfin le dernier pan de mur fut enlevé, et Dieter fit savoir à Judith qu'elle devait se tenir prête dès le lendemain. Pour le voyage, elle n'aurait droit qu'à une petite valise et au strict nécessaire. L'ordre valait également pour Stéphane, Tolokine... et Arno.

À l'aube on les fit grimper dans un camion bâché, entre les soldats. Personne ne les menaçait, aucun fusil n'était braqué sur eux, mais ils se savaient prisonniers. Tous, même Dieter. Heinzort avait lui aussi reçu des ordres. Il les accompagnerait jusqu'au bout, et son attitude, déjà, avait changé. Il s'adressait à Dieter sans aucune déférence, avec une morgue nouvelle, et, parfois, une pointe d'insolence.

Quand le véhicule se mit en marche, Judith se pencha sur son banc pour essayer d'apercevoir une dernière fois les décombres de l'immeuble dans la pâle lueur de l'aube. Du 3, place de Byzance, ne subsistaient que quelques pans de murs et des montagnes de gravats d'où émergeait le cadavre de la chaudière. Puis un soldat rabattit la bâche pour la fixer, et elle ne vit plus rien.

On les conduisit dans une gare qu'elle ne reconnut pas, mais elle avait si peu voyagé qu'elle les confondait toutes. Il faisait très froid. Une bise affreuse sifflait dans les poutrelles et rabotait les quais. Tout était gris et noir, comme si un arrêté du Haut Commandement avait banni toute couleur des lieux. La grande horloge avait l'air d'une lune échouée entre les poutres de fer, par moments, lorsqu'il soufflait dans la bonne direction, le vent vous apportait à l'oreille le bruit ténu du cliquetis des rouages dont le gel figeait la graisse.

Judith croisa les bras sous ses seins, pour retenir sa chaleur. Pendant que Dieter se renseignait sur la position du convoi, la jeune femme s'arrêta au pied d'une affiche dont elle se força à lire le texte de la première à la dernière ligne, pour s'empêcher de penser. C'était un placard de la Préfecture de Police qui disait :

UN MILLION DE RÉCOMPENSE. Ces derniers temps, plusieurs attentats ont été commis contre les voies de chemins de fer. Ces attentats mettent en danger les vies humaines et notamment celles des milliers de travailleurs qui empruntent chaque jour ce moyen de transport...

Plus bas, les lettres devenaient grasses, baveuses, pour annoncer : *Une récompense d'un million de francs est offerte à toute personne qui permettra d'arrêter les auteurs des attentats commis. La discrétion la plus absolue est assurée. Il y a lieu de fournir tous les renseignements utiles à la Préfecture de Police (Direction de la Police*

Judiciaire — 56, quai des Orfèvres. Téléphone : Turbigo 92-00, poste 357).

Judith s'aperçut qu'elle respirait trop vite. De la buée s'échappait de sa bouche en nuage épais. « Je fais comme les locomotives », pensa-t-elle bêtement. Et elle releva la tête pour regarder autour d'elle les grosses machines échouées au bord des quais. C'étaient des monstres métalliques dont le fer et la fonte luisaient d'un éclat mouillé. La rosée du matin piquetait les flancs des chaudières d'une myriade de gouttelettes, une vapeur grise sortait en sifflant de ces enchevêtrements de bielles et de roues, comme si dormait là une puissance mal contenue, proche de l'explosion, impatiente d'employer sa force. La jeune femme eut un mouvement de recul. Toujours, les locomotives l'avaient effrayée par leur allure de pachyderme, leur grondement souterrain, et ce halètement qui s'emparait d'elles dès qu'elles s'élançaient sur les rails.

Remarquant son intérêt, Dieter se fit aimable pour lui expliquer qu'il s'agissait là de *Kriegloks* du type « 150 », des locomotives de guerre capables de tracter des convois très lourdement chargés. On les avait munies de plaques de blindage à l'avant, pour protéger la chaudière des tirs ennemis, c'était pour cette raison qu'elles ressemblaient tant à des chars d'assaut dépourvus de canon. Judith hocha la tête sans répondre, sa langue était morte au fond de sa bouche. Elle vit Stéphane, arrêté le dos contre une poutrelle, sa petite valise à la main. Plus que jamais il avait l'air d'un vieillard précoce, qu'auraient usé des émotions au-dessus de ses moyens, et elle eut pour lui une bouffée de tendresse irritée. Dieu ! Est-ce qu'elle ne saurait donc jamais choisir ? Stéphane, Teddy,

Arno... elle ne savait comment se partager entre eux. Comment leur distribuer son amour. Ils étaient trop nombreux, trop disparates. Si seulement elle avait pu prélever en chacun d'eux ce qu'il y avait de bon — seulement cela — et modeler un nouvel être synthétique, mais ç'aurait été trop simple... Le monde ne s'offrait jamais que dans la dispersion. Elle aurait voulu être plus dure, plus... masculine, ne pas céder aux attendrissements faciles qui font le malheur des femmes. Pourquoi s'obstinait-elle à ne voir en chaque homme que le meilleur de lui-même ? « Tu n'arrives pas à croire que les gens sont mauvais, lui avait dit une fois Teddy, et c'est ça qui fera toujours de toi une victime. Prends mon cas : je suis un salaud, je ne te l'ai jamais caché, mais tu t'obstines à voir en moi un petit garçon malheureux qui joue les canailles pour masquer sa peine. La notion de " petit garçon " est un mythe inventé par les femmes, une religion à laquelle vous vous raccrochez pour pouvoir continuer à regarder vos fils en face. »

Elle s'ébroua. Le froid l'engourdissait. La gare énorme et déserte écrasait de ses structures les voyageurs échoués en bout de quai. Dieter avait enfin localisé le convoi, une interminable enfilade de voitures qu'on avait encadrées de deux locomotives, l'une en tête de train, l'autre en queue. Cette machine, dite « de pousse », étant rendue nécessaire par le poids de l'immeuble réparti sur les wagons plats bâchés qui constituaient la plus grande partie de l'attelage. Entre les wagons-tombereaux aux flancs de fer rouillé, avaient été intercalées quelques voitures de la compagnie des wagons-lits, une voiture-restaurant ainsi qu'un ancien fourgon postal d'une longueur interminable, et dans lequel voyageraient les soldats de l'escorte. Sur chaque toit on avait installé des sacs de sable d'où pointait le nez d'une mitrailleuse. Judith avait du mal à se persuader que l'immeuble était là, en morceaux sagement alignés, sous ces grosses bâches kaki. La façade, avec ses sculptures, ses balcons, mais aussi les pignons, la porte cochère et l'entrée de service, tout cela bien découpé, pièces d'un jeu de construction gigantesque.

Heinzort s'impatienta. L'heure du départ approchait, il fallait grimper dans les voitures. Judith se laissa bousculer. Où se trouvait Teddy ? Dans l'un des fourgons d'acier ? Pouvait-il la voir en ce moment ? Elle scruta les ouvertures grillagées. La pulsation des locomotives ébranlait le quai, se transmettait à ses chevilles. Elle se hissa au sommet du marchepied, embarrassée par sa petite valise qu'elle n'osait pas lâcher.

Vingt-quatre heures, avait expliqué Dieter. Le voyage ne durerait que vingt-quatre heures, ensuite...

C'était une veillée d'armes... non, plutôt l'ultime nuit d'un condamné à mort. Elle se demanda si elle entendrait le verdict dans le bruit des roues ? Quand on écoutait le bruit des trains, on entendait toujours des choses, des phrases scandées, interminablement répétées. Il n'y avait qu'à poser son front contre la vitre, fermer les yeux, et écouter. Qu'est-ce qu'elle entendrait cette fois-ci ?

Vous-al-lez-mou-rir ? Ou bien *Hon-neur-aux-ar-tis-tes ?*

Quand elle était petite fille, au cours de ses rares voyages en train, elle n'avait jamais surpris que des messages saugrenus, des oracles dont elle ne parvenait pas à percer le sens. En irait-il autrement cette fois ?

Dans le convoi, elle traversa les wagons les uns à la suite des autres, poussant des portes aux articulations compliquées, s'engouffrant dans le tunnel de soufflets qui sentaient la suie. C'était comme si elle avait remonté un interminable couloir de fer. De temps à autre elle traversait une voiture élégante aux parois capitonnées de cuir ou recouvertes de marqueterie anglaise. Mal assurée sur ses hauts talons, elle enjambait les attelages graisseux, tout cet enchevêtrement métallique qui relie les wagons entre eux. Le train n'étant pas illuminé, elle avançait dans une demi-nuit, avec l'impression que le convoi mesurait des kilomètres. Elle ne savait déjà plus combien de voitures elle avait traversées. Enfin elle déboucha sur une plate-forme bâchée, là se tenaient les pierres numérotées emballées dans des caisses à claire-voie, énormes dominos de granit, de brique et de parpaing, sur lesquels s'étiraient les différentes séquences de la fresque. Des cordes s'entremêlaient, fixant les caissons à la manière d'une toile d'araignée. Le chat gris ronronnait dans l'ombre, juché au sommet d'un bloc, sa queue balayant rythmiquement les peintures. Il ronronnait, et la voûte de la bâche amplifiait ce bruit sourd qui sortait de sa poitrine. Comment était-il venu là ? Judith n'en avait aucune idée, mais rien de ce qui concernait le chat ne l'étonnait jamais. Ainsi il accompagnerait la maison jusqu'au bout, *sa* maison, comme s'il savait déjà qu'on allait la rebâtir quelque part, au bout du voyage. Fallait-il y voir un bon présage ? Elle n'essaya pas de le toucher, il se serait dérobé. « Est-ce que tu sais, toi, ce qui va nous arriver ? » eut-elle envie de lui demander à voix haute. Dans la pénombre du wagon, sous ce chapiteau de toile rêche qui évoquait quelque campement dressé au milieu d'un site archéologique, la fresque devenait encore plus belle. Elle acquérait soudain une patine antique, une usure millénaire qui décuplait sa vulnérabilité. On avait peur, tout à coup, qu'un courant d'air ne l'efface, que ses pigments ne s'en aillent dans le vent, laissant l'enduit à nu, vide, inhabité. On avait réellement l'illusion qu'une équipe de terrassiers égyptiens venait de l'extraire du ventre de la terre, là où l'avait enfouie, mille ans plus tôt, un cataclysme légendaire.

Judith frissonna et recula en essayant de ne pas se prendre les pieds dans les cordes. Dans vingt-quatre heures tout serait réglé, elle tentait de se familiariser avec cette idée. Autour d'elle, de l'autre côté de la bâche, les hommes d'escorte s'installaient dans les wagons de fer sans échanger un mot.

« Qu'est-ce que vous faites là ? demanda la voix de Klaus Dieter dans son dos. Il ne faut pas vous promener comme cela. Vous l'avez sûrement compris : nous sommes désormais les prisonniers de Heinzort. Il nous tiendra à l'œil durant toute la durée du voyage, et si l'un de nous essaie de s'enfuir, il le fera abattre. Soyez prudente, ne descendez pas sur le quai aux arrêts. Restez dans votre cabine... »

Judith sourit. Il avait dit « cabine » comme s'il se trouvait à bord d'un paquebot se préparant à appareiller.

« Où est Teddy ? interrogea-t-elle.

— Vous voulez parler de votre ami anglais ?

— Il n'est pas anglais mais américain. Vous n'avez aucun droit de le retenir prisonnier. »

Dieter haussa les épaules, il paraissait las.

« Vous voulez le voir ? fit-il. N'espérez pas le faire évader. Il est enchaîné au fond d'un wagon, et je ne possède même pas la clef de ses menottes. C'est Heinzort qui la garde. Comme vous voyez, je n'ai plus les pleins pouvoirs. »

Prenant Judith par le bras, il l'aida à enjamber les cordages arrimant les pierres sur la plate-forme. Presque tout l'immeuble était là, curieusement « mis à plat ». Judith songea qu'elle procédait ainsi, lorsque — petite fille — elle s'apprêtait à construire une maison au moyen des cubes de bois appartenant à son frère. Elle s'agenouillait sur le parquet et étalait tous les matériaux autour d'elle.

Dieter la soutint galamment pendant qu'elle entrait dans un nouveau compartiment. Teddy était étendu sur une banquette. Ses poignets et ses chevilles avaient été menottés, et une très longue chaîne reliait les bracelets de métal à un anneau fixé dans le sol. Elle trouva qu'entravé de la sorte il ressemblait à un ours, dont il avait l'odeur, du reste. Les rideaux du compartiment étaient tirés, mais le jour naissant dessinait en transparence le grillage qu'on avait fixé sur le pourtour de la fenêtre. L'Américain dormait, ou faisait semblant, un bras levé en travers du visage.

« C'est votre amant, n'est-ce pas ? murmura Dieter avec une moue dégoûtée. Mon Dieu ! Et moi qui espérais que vous deviendriez la maîtresse d'Arno... Son inspiratrice. Si vous aviez voulu vous auriez pu avoir une excellente influence sur lui, et aujourd'hui nous n'en serions pas là.

— Vous ne pouvez pas l'admettre, n'est-ce pas ? dit fermement Judith. Arno est devenu un grand peintre... Vous ne le sentez donc pas ? Il a passé la frontière. Il est de l'autre côté, maintenant.

— Vous dites n'importe quoi », s'emporta Dieter. Il s'effaça pour la laisser entrer dans le compartiment dont il referma la porte, demeurant ostensiblement dans le couloir, tel un geôlier complaisant qui veut laisser à deux amants le temps de s'aimer à la sauvette. Son dos tendu de drap gris occultait la vitre trouant la porte coulissante. Judith hésita à descendre le rideau. À ce moment Teddy s'assit, faisant cliqueter la chaîne qui l'entravait. Judith songea qu'il ressemblait plus que jamais à Edmond Dantès au château d'If. Les yeux de l'Américain lui parurent plus pâles qu'à l'accoutumée, et sa barbe plus blonde. Les deux années de claustration avaient donné à sa peau un aspect diaphane, et il avait quelque chose de ces christs anémiés qui peuplent les images saint-sulpiciennes. On ne pouvait déterminer si ces transformations étaient émouvantes ou parfaitement ridicules.

Judith réalisa subitement qu'elle n'avait rien à lui dire, et s'en accusa.

« Pourquoi ? murmura-t-elle pour rompre le silence, pourquoi t'es-tu laissé arrêter ? »

Teddy haussa les épaules, ennuyé par la banalité de la question.

« Ça m'a semblé bien, sur le coup, dit-il distraitement. Un peu mélo, comme dans les romans que tu passais ton temps à lire quand nous étions ensemble. Je me suis dit que tu apprécierais. J'étais bien, non ? Très " capitaine confédéré se rendant aux soldats de l'Union "... Moi, ça m'a plu. Et je n'ai pas bégayé sur mes répliques, tu as vu ?

— Arrête, siffla Judith. Ne prends pas ce ton, je ne

le supporte plus. Il faut alerter ton ambassade, faire quelque chose... »

Mais à l'instant où elle prononçait ces mots, elle s'aperçut qu'elle ne savait même pas si les États-Unis entretenaient encore une quelconque délégation consulaire à Paris.

« Non, lança Teddy. C'est mieux comme ça, c'est bien qu'on aille jusqu'au bout côte à côte. »

Il avait dit « côte à côte », pas « ensemble ». La jeune femme secoua la tête, les mâchoires crispées.

« Je ne comprends pas, souffla-t-elle, prise entre l'exaspération et la crise de larmes. D'un seul coup tu joues les amoureux tragiques... pourtant quand je vivais avec toi, c'est tout juste si tu remarquais mon existence...

— Lorsque nous vivions ensemble, commença Teddy, le regard lointain, tu m'agaçais, c'est vrai. Tu ne te rebellais jamais. Tu t'obstinais à me croire bon. Tu me pardonnais tout avec une application de bonne sœur. Et puis tu me guettais... Tu me regardais en coin, tu surveillais mon visage pour surprendre mes expressions, comme si quelqu'un d'autre allait soudain apparaître, entre deux grimaces. J'ai compris que tu avais choisi de parier sur moi, comme on parie sur un boxeur plein d'avenir... C'était un peu comme si tu essayais d'éplucher un fruit abîmé pour dénicher, sous la pourriture, un petit morceau encore mangeable. Ça m'était insupportable. Tu étais là, dans mon dos, comme un entraîneur sportif qui attend que son poulain fasse ses preuves... Je ne pouvais pas accepter ça. »

Il continua à parler d'une voix qui régressait peu à peu au stade du murmure. Oui, il ne le contestait pas : il l'avait rudoyée pour la dégoûter de lui, et ça avait marché. Un jour, elle était partie et il s'était senti soulagé, libre. Si libre.

« Alors pourquoi es-tu venu place de Byzance ? demanda Judith. Tu n'avais pas besoin de te cacher. Tu aurais pu partir, rentrer chez toi, te faire rapatrier par l'ambassade, tu le sais bien. Pourquoi es-tu venu me demander de te trouver une cachette ? »

Il ne savait pas. Là se tenait le mystère. Ça s'était imposé à lui. Une impulsion à laquelle il n'avait pas essayé de résister. Est-ce que c'était ça aimer quelqu'un ? Non, il ne croyait pas.

« Je ne sais pas, répéta-t-il. C'était comme un sevrage qui n'aurait pas réussi. Une... dépendance. Ça ne me faisait pas plaisir mais je ne pouvais pas m'en passer. Il fallait que je te retrouve. »

Il ne savait pas vraiment ce qui lui était arrivé ensuite. Cela l'avait pris là-haut, dans le cagibi, presque par surprise. Tout à coup, dans ce réduit coupé du monde, il avait retrouvé l'impression de sérénité qu'il avait connue jadis dans le cockpit de son avion, en 1918, quelques mois avant l'armistice. Recroquevillé au centre du placard, il avait eu l'illusion de planer à des centaines de mètres au-dessus du sol, moteur en panne, hélice bloquée, et de dériver en douceur, seulement porté par les courants aériens. Il s'était mis à écouter le bruit du vent dans les tuiles, c'était exactement le même que celui des rafales sifflant dans les filins du biplan. Alors il s'était laissé aller, à la dérive, s'abandonnant à ce silence chuintant, à cette immobilité trompeuse. Il lui avait plu de dépendre complètement de Judith, il ne savait pourquoi... Il s'était mis à guetter son pas dans l'escalier, à attendre ses visites. La solitude ne lui pesait pas, il la vivait comme un long désir retenu. Il avait découvert qu'il aimait tout devoir à cette femme : la nourriture, l'eau, la chaleur humaine. Et jamais il ne l'avait trouvée aussi belle. Une excitation lui était venue, une excitation qui n'avait rien de sensuel. Un manque. Une dépendance, oui, il ne trouvait décidément pas d'autre mot.

« Mais, balbutia Judith, avant, du temps de Montparnasse, tu ne me regardais même pas... »

Oui, c'était exact, il ne cherchait pas à s'en excuser. Tant qu'elle avait été là, à ses côtés, supportant sa grogne, ses bouderies, il n'avait pas fait attention à elle. Il avait fallu qu'elle s'en aille pour qu'il découvre un vide. Cela l'avait stupéfié au point de lui faire peur. C'est pour cela qu'il n'était pas reparti en Amérique et qu'il avait choisi de se laisser piéger.

« Je m'en suis remis à toi, dit-il. Comme un malade s'en remet à son infirmière. Je me suis dit que ça allait sûrement passer, que j'allais guérir, et puis... »

Il se confiait à contrecœur, comme s'il avait honte de s'être laissé piéger. Judith constata qu'elle était effrayée par cet amour qui venait trop tard. Et stupéfaite, aussi, qu'on puisse l'aimer ainsi. Jamais elle n'avait pensé qu'elle pourrait un jour inspirer une telle passion, elle se sentait prise en faute, coupable, responsable de cette... dépendance à laquelle Teddy ne cessait de faire allusion. Un homme qui vous aimait à ce point n'avait-il pas des droits sur vous ? Des droits l'emportant sur vos désirs personnels, les annulant en quelque sorte ? Est-ce qu'elle n'était pas « légalement » responsable de son état ? Elle ne savait plus, s'effrayait, se troublait. D'un seul coup elle voyait en Teddy une espèce de créancier exigeant d'être payé sans plus tarder, un créancier à qui la loi donnait raison. Pis que tout : elle ne parvenait pas à se persuader qu'elle ne lui devait rien.

L'Américain se rallongea pour lui signifier que l'entretien était terminé.

« Tu sais que c'est la fin ? dit-il. Ils nous emmènent pour nous exécuter.

— Mais non, protesta Judith. On n'en sait rien.

— Heinzort le pense, lui, affirma Teddy. Je l'ai entendu le dire à ses hommes. Vous êtes ses prisonniers. On ne vous a pas encore passé les menottes, mais ça peut venir. »

La porte du compartiment coulissa dans le dos de Judith. Dieter s'impatientait. Elle dut le suivre. Sans échanger un mot, ils regagnèrent le wagon-restaurant. C'était une belle voiture où fleurissaient le cuir, les boiseries et le cuivre rutilant. Un soldat assurait le service. Judith remarqua qu'il avait passé des gants blancs.

Une secousse ébranla le convoi, et les wagons tirèrent sur leurs attelages. Le train prenait le départ. Judith écouta monter le halètement rythmé des deux locomotives, celle de tête et celle de queue. Le quai commença à défiler de l'autre côté de la vitre.

« Vingt-quatre heures, pensa-t-elle une fois de plus. Dans vingt-quatre heures nous saurons. »

XXIV

Elle avait cru qu'elle ne dormirait pas, elle s'était trompée. Dès qu'elle eut gagné son compartiment le bruit régulier du train la fit glisser dans la torpeur. Elle aimait l'odeur de cuir de la voiture. Elle ferma les yeux et s'abandonna sans plus penser à rien. Il y avait trop longtemps qu'elle était sur le qui-vive. Des images absurdes défilaient dans sa tête. Elle rêva de ces trains de nuit qui peuplent les romans policiers, et dans lesquels se perpétuent les crimes les plus étranges. Des noms magiques traversèrent son esprit : Orient-Express... Transsibérien...

Elle fut réveillée en sursaut par un choc terrible. Sa première pensée fut que la locomotive s'était écrasée contre un mur et que tous les wagons allaient s'encastrer les uns dans les autres, broyant leurs passagers. Elle poussa un gémissement. La collision avait ébranlé tout son corps, et sa tête heurté la paroi. À demi assommée, elle se prépara au pire. Les patins de freins hurlaient sur une note stridente et tout le train brinquebalait comme s'il allait se renverser sur le flanc. Pendant une seconde ils furent au bord du déraillement, puis le convoi s'immobilisa en rase campagne, au milieu d'une brume épaisse. Heinzort hurlait des ordres tandis que les soldats de l'escorte couraient sur les talus de chaque côté de la voie, l'arme au poing. Des coups de feu éclatèrent. Les hommes tiraient au hasard sur les ombres qui traversaient le brouillard.

Deux coups secs furent frappés à la porte du compartiment. Avant que Judith ait eu le temps de répondre, Dieter était entré.

« Un attentat, dit-il précipitamment. On a essayé de nous faire dérailler. Heureusement la charge n'était pas assez puissante ; elle n'a fait qu'endommager les boggies d'une plate-forme. Mais nous ne pouvons pas continuer comme ça... Il faut réparer. Nous allons essayer de rejoindre la gare la plus proche. Saint-Chasnier. Nous ne pourrons sans doute pas repartir avant deux ou trois jours. »

Judith se contenta de hocher la tête. Un sursis, le hasard venait de leur accorder un sursis. Elle lut dans les yeux de Dieter qu'il pensait la même chose.

XXV

Le temps s'immobilisait, comme le train qu'on avait remisé sur une voie secondaire, loin des bâtiments de la gare. Lorsqu'elle se penchait à la fenêtre, Judith ne distinguait que des rails tout autour d'elle, des kilomètres de rails, luisants ou rouillés selon la fréquence de leur utilisation. La pluie tambourinait sur le toit des voitures comme sur un bidon vide, et ce bruit auquel elle avait d'abord cru s'habituer la rendait folle. Dieter et Stéphane jouaient interminablement aux échecs à l'intérieur du wagon-restaurant. Heinzort courait les chantiers à la recherche du matériel de réparation, mais se heurtait à des priorités inflexibles. Les convois d'hommes et de matériel en partance pour la Russie avaient le pas sur tous les autres acheminements ; un train chargé d'œuvres d'art pouvait attendre. Et l'on restait sous la pluie, parfois sans lumière ni chauffage. Judith avait été étonnée de voir à quelle vitesse la rouille colonisait les flancs des wagons de fer.

À plusieurs reprises elle rencontra Arno dans la pénombre de la plate-forme bâchée où étaient entreposées les pierres. Le visage plissé par l'inquiétude, il allait et venait, se cognant aux cordes.

« Ce n'est pas moi qui ai peint cela, fit-il un soir alors que le vent s'acharnait contre la toile tendue sur les arceaux de la plate-forme.

— Vous savez bien que si, riposta Judith.

— Non, s'entêta Arno. D'ailleurs, je ne pourrais pas recommencer, même si je le désirais.

— Qu'est-ce que vous voulez dire ? souffla la jeune femme qui sentait ses mains devenir froides.

— Je ne serais pas capable de recommencer, insista Arno. Je le sais. C'était comme une fièvre, *ça m'a... échappé.* C'est venu du dehors, ça s'est imposé à moi, sans que je sache pourquoi. Quelque chose guidait ma main, mais ce n'est pas moi qui ai peint cela. Ça ne vient ni de mon cerveau ni de mes doigts. Chaque fois que je lève les yeux sur ces peintures, j'ai l'impression de découvrir le travail de quelqu'un d'autre. Cela me semble... étranger.

— Vous voulez dire que ça ne vous plaît pas ? hasarda Judith.

— Si, dit précipitamment Arno, si ; je ne devrais pas l'avouer, mais ça me plaît beaucoup. C'est extraordinaire, mais ça n'est pas de moi. Je n'ai été que l'instrument d'un moment. Quelqu'un m'a habité, le temps d'une œuvre, puis s'est en allé. *Il ne reviendra pas*. Jamais. »

Judith eut un sursaut exaspéré. Elle ne voulait pas se l'avouer, mais les confidences d'Arno lui faisaient peur, peut-être parce qu'elles recoupaient ses propres craintes, des choses vagues qu'elle s'était dites à un moment ou un autre.

« Assez, soupira-t-elle. Je ne veux plus entendre ces histoires d'inspiration venue du ciel ou de souffle divin. Nous ne sommes plus au XIXe siècle. Laissez ces foutaises romantiques de côté. C'est vous qui avez peint cette fresque, personne d'autre, et surtout pas une entité invisible qui vous aurait tenu la main à votre insu.

— Qu'est-ce que vous en savez ? cracha le peintre au bord de la colère. Vous n'étiez pas dans ma peau quand cela s'est produit. Je sais que je ne serai pas capable de recommencer, je le sens. C'est venu et c'est reparti. Ça ne reviendra plus. C'était un miracle, ça ne se reproduira pas. Je suis redevenu un mauvais peintre. Vous comprenez ? Le génie ne m'a habité que le temps d'un coup de fièvre. À présent je suis guéri, je retombe dans ma médiocrité naturelle. »

Dès lors il ne cessa plus de remâcher cette idée qui tournait à l'obsession. La terreur d'être redevenu un artiste médiocre l'empêchait de dormir, paralysant son intelligence. Il ne voulait plus toucher un fusain de peur de se découvrir infirme.

« Essayez, le suppliait Judith. Faites des esquisses, des croquis. Vous verrez que cela reviendra. Vous l'avez fait une fois, vous pourrez recommencer... »

Mais il secouait farouchement la tête, enfonçait ses mains dans ses poches. Non, non, il avait peur. Il n'était pas prêt, il ne supporterait pas de se savoir redevenu un mauvais peintre, un barbouilleur de salon tout juste bon à flatter le goût des bourgeois. Un faiseur de cartes postales.

« Ça m'a touché, répétait-il, ça m'a brûlé, et c'est reparti. »

Judith sentait la panique la gagner. Et si Arno avait raison ? Teddy ne lui avait-il pas parlé, jadis, des artistes d'une seule œuvre, ces imbéciles que le grand souffle n'avait visités qu'une fois, comme par mégarde, les laissant hagards, les membres brisés, pour le restant de leur vie ? Ils devaient apprendre à se survivre, grands hommes d'une minute redevenus des gâcheurs de peinture sitôt le miracle dissipé. Et ils vieillissaient, se racornissaient à l'ombre de leur unique coup de génie, fantômes aux mains pataudes. Arno avait-il été victime de l'un de ses traits de fureur mystérieuse qui traversent parfois la vie des artistes, faisant d'eux des dieux d'une semaine ? Elle avait du mal à l'admettre, mais que savait-elle, après tout, de l'étrange cuisine de la beauté ? Elle regardait Arno à la dérobée, comme on scrute le visage d'un blessé qui vient d'échapper à un accident. Y aurait-il des séquelles ? Des bouleversements internes, des infirmités ? Comment pouvait-elle lui prouver qu'il se trompait ? Elle n'en savait rien. D'ailleurs, elle redoutait qu'il eût raison.

Arno allait et venait, arpentant les couloirs du convoi immobilisé. Sa promenade le menait chaque fois chez Teddy qu'il allait visiter comme un oracle aux prédictions fumeuses.

« C'est à cause de vous, dit-il un jour en s'asseyant sur la banquette, en face du prisonnier. C'est grâce à vous... alors vous devez savoir. Vous devez bien avoir une idée ; n'est-ce pas ? Est-ce que je serai capable de recommencer ? Hein ? De peindre une autre fresque aussi belle, ou bien est-ce que je ferais mieux de devenir maçon ? »

Judith avait peur de ces tête-à-tête auxquels elle n'était pas conviée. Elle avait pris l'habitude de s'embusquer au bout du couloir, essayant de surprendre des bribes de phrases. Elle épiait la complicité des deux hommes comme une gamine envieuse exclue d'un jeu par des camarades impatients.

« C'est terrible de ne pas savoir, gémit Arno, ce jour-là. L'incertitude, c'est affreux. Je regarde mes mains, et je ne sais pas, vous comprenez ? Je ne vois rien en elles. Vous devez savoir, vous. Est-ce qu'on peut avoir peint une œuvre formidable et n'être plus capable de rien... plus jamais ? »

En entendant cette voix de petit garçon désorienté, Judith se sentit emplie d'une jalousie mordante à l'égard de Teddy. Pourquoi était-ce à lui qu'Arno allait se confier ? À cet ennemi qui n'avait jamais cru en son talent ? Pourquoi ne venait-il pas lui demander son aide, à elle, qui lui avait servi de modèle des mois durant ? N'existait-il donc aucune complicité entre eux, aucun lien ? Est-ce qu'elle n'avait donc été qu'un objet, un mannequin, un tas de viande posé sur une sellette ? Elle souffrait d'être tenue ainsi dans la coulisse, à l'écart du débat intérieur qui bouleversait le peintre. Elle devenait mauvaise, elle eut envie de lui crier : « Teddy ? Mais ce n'est qu'un raté ! Un faussaire qui n'a jamais eu le courage de passer à l'acte. Il ne sait que *copier.* Il est incapable de créer. C'est un contorsionniste, rien de plus. »

Elle eut honte de surprendre en elle de telles réserves de haine. Et Teddy parla, d'un ton las et sans passion aucune, tel un spécialiste des mystères de l'art qu'on vient de tirer de sa somnolence millénaire. Il évoqua Wajda Konarevsky, le peintre sublime du *Sacre de sang,* qui, après avoir brossé ce chef-d'œuvre en douze jours à l'âge de trente-trois ans, ne produisit plus tout au long de sa vie que des croûtes, des barbouillages sans chair, et ce, jusqu'à sa mort qui survint en sa soixante et onzième année. Il parla de William Turinckz, ce Bostonien immortalisé par le buste en terre glaise de sa maîtresse, Mina Weissmann, un modelage esquissé en trois coups de pouce, un soir de beuverie, une merveille de sensibilité qui stupéfia les critiques. William Turinckz, qui passa le reste de sa vie à tailler le marbre pour n'en sortir que des titans insipides tout juste bons à peupler les squares des villes de province...

Et d'autres encore, tant d'autres, victimes d'un coup de génie comme on peut l'être d'une insolation. La fièvre retombée, l'homme, éberlué, se retrouvait rendu à sa banalité native, condamné à la nostalgie de cette œuvre unique, solitaire, jeté dans sa pauvre vie comme un remords.

En l'entendant énumérer la liste des infirmes de l'art, Judith se retenait de hurler. « *Et toi !* avait-elle envie de crier, est-ce que tu n'as pas laissé quelque part en Amérique un tableau qui te poursuit comme un fantôme ? Hein ? Salopard de faussaire ! »

« Alors c'est possible, chuchota Arno, vaincu. On peut n'avoir été qu'un instrument...

— Oui, confirma Teddy. Pour être sûr du contraire, il faut pouvoir recommencer.

— Ah ! murmura Arno. Recommencer... »

Au sortir de cette entrevue, Judith le récupéra comme un enfant à qui un médecin vient d'infliger un traitement douloureux, et qui s'en va, les dents serrées pour ne pas pleurer. Titubant, Arno quitta le train pour déambuler sur les voies. Judith s'obstina à le poursuivre, se tordant les chevilles dans les cailloux comblant les traverses.

« Ne l'écoute pas, se surprit-elle à balbutier. C'est

un beau parleur, il te jalouse, il cherche à te faire du mal.

— Non, non, coupa Arno en agitant la main. Tu ne peux pas comprendre. C'est à cause de lui que tout est arrivé, c'est grâce à lui... Il y a un lien entre nous. Un pacte... On l'a utilisé lui aussi, comme moi... On nous a manipulés.

— Oh ! s'impatienta Judith. Assez avec tes histoires de puissance obscure ! »

Elle feignait la colère, mais au fond d'elle-même elle se grisait de ce tutoiement jeté comme un hameçon et auquel Arno venait de se laisser prendre. Elle y voyait une victoire sur Teddy. Elle se sentait devenir la proie de sentiments déplaisants.

« Le plus terrible, soliloqua Arno, c'est de se dire qu'il faudra recommencer... du moins essayer... Qu'est-ce qui se passera alors quand je découvrirai que je ne peux plus ? »

Il tourna vers Judith un visage effrité par la détresse, et la jeune femme dut se faire violence pour ne pas saisir cette tête entre ses mains, l'attirer vers elle.

« Je ne supporterai pas de savoir que je ne peux plus, répéta Arno. Je ne pourrai pas continuer à vivre avec ça, devenir mon propre fantôme... »

Il réfléchissait si intensément que ses traits se crispaient, le rendant laid, mais Judith n'était pas rebutée par cette laideur soudaine.

« Le plus simple, dit-il avec un rire triste, ce serait d'avoir un accident. Si j'avais du courage j'irais poser mes deux mains sur les rails, là-bas, et j'attendrais que le train me coupe les poignets, comme ça tout serait réglé. Je serais débarrassé du problème, je n'aurais plus rien à prouver. Plus d'énigme à résoudre. »

Il souriait, Judith eut peur de ce sourire un peu fou.

« Quitte à devenir infirme, persifla Arno, autant l'être réellement, s'installer dans le confort... comme un mutilé de guerre qui a fait son devoir. Un mutilé de l'art ? Hein ? On me donnerait peut-être une médaille ? »

S'agissait-il d'une simple pose ? Judith aurait voulu le croire. Arno avait sorti les mains de ses poches, les étendant devant lui, longues et maigres, abîmées par les solvants, avec leurs ongles jaunes. Judith les imagina, posées sur le métal luisant d'un rail. Les poignets évoquaient pour elle le cou mince d'un animal dépourvu de pilosité. Elle frissonna en entendant passer une locomotive qui regagnait le dépôt, et ses yeux se portèrent instinctivement sur le couperet circulaire des roues qu'actionnaient les bielles.

« Tu me soignerais, ricana encore Arno. Tu ferais mes pansements. Tu aimerais ça... Je m'installerais douillettement dans mon rôle de génie à la retraite. »

Puis sa bouche perdit toute gouaille et, pendant qu'il se tournait vers les parallèles des rails filant vers l'horizon, il murmura : « Ne plus se poser de questions, comme ça doit être reposant. »

Dès le troisième jour d'immobilisation, Dieter revint à la charge. Ne serait-il pas possible de mettre ce contretemps à profit pour achever les fresques ? Le train ne bougeait plus, le matériel d'Arno avait été embarqué jusqu'au moindre pinceau. Il suffisait au peintre de se glisser sous la bâche et d'achever son œuvre à l'insu de tous. Comme Arno ne réagissait pas, Klaus devenait véhément :

« Tu ne peux donc pas comprendre que c'est pour nous une chance inespérée ? lui criait-il aux oreilles. Si le voyage s'était déroulé normalement nous serions morts à l'heure qu'il est, ou derrière les barbelés d'un camp. »

Alors la neige commença à tomber, recouvrant le convoi immobilisé. Elle formait une croûte dure qui enveloppait les wagons non chauffés. Ainsi les plates-formes sur lesquelles étaient disposés les tronçons de la maison se transformèrent-elles en d'énormes congères. On ne distinguait plus les contours des voitures sous ces murailles durcies par le gel, et la fresque se trouvait désormais prisonnière de ce tunnel de glace qui l'enserrait de toutes parts. Chaque fois que Judith remontait le convoi pour aller admirer les peintures arrimées à l'arrière, elle avait l'impression de s'engager dans une crevasse de la banquise. La neige durcie l'encerclait, irradiant un froid intense, et elle sentait la peau de ses joues se rétracter sous l'effet de la température trop basse.

Elle se disait qu'elle aurait pu s'asseoir là, au pied de la muraille, et laisser le froid l'engourdir, jusqu'à ce que le sommeil de la mort s'empare d'elle.

Le lendemain, elle assista à une terrible altercation entre Heinzort et le gouverneur militaire de la région, mais elle ne put comprendre de quoi il s'agissait. Ce fut Dieter qui le lui expliqua :

« Il nous reproche d'être des trafiquants d'art travaillant pour Göring, murmura le médecin. Il refuse de nous dépanner. Il prétend que notre mission ne présente aucun caractère prioritaire. Il s'amuse à nous faire attendre. Il prend sa revanche. Il a dit que nous n'étions pas de vrais soldats. Il a averti Heinzort que si nous tentons de réquisitionner du matériel sans son autorisation, il ferait ouvrir le feu sur notre convoi. Et pour prouver qu'il ne plaisante pas, il a posté un char sur une plate-forme, au bout du quai n° 3. »

Tendant ses jumelles à Judith, il lui désigna l'endroit où se tenait le blindé. Elle eut un mouvement de recul instinctif lorsque le canon du panzer entra dans le champ des lentilles. Le tank était bel et bien en attente, visant la locomotive de tête. Il lui suffirait d'un seul obus pour la faire exploser.

« Mais alors..., murmura la jeune femme. Nous sommes prisonniers ?

— Ça y ressemble, dit Klaus Dieter. Je pense qu'il nous observe en permanence depuis le poste d'aiguillage. Je crois qu'il espère que nous essaierons de passer outre...

— Pourquoi ?

— Pour avoir le plaisir de nous tuer... Depuis les revers du front russe, l'armée fourmille de mauvaises têtes. Des militaires qui s'estiment affranchis du devoir d'obéissance. Ils accusent les politiques de les avoir précipités dans le guêpier de Stalingrad. Ce sont des renégats... Il faudrait s'en débarrasser au plus vite. »

Judith avait du mal à saisir ces antagonismes. Elle avait d'abord cru qu'il s'agissait d'enfantillages, elle réalisait à présent que le gouverneur militaire — dont le nom était quelque chose comme Von Fichtgrau — ne plaisantait pas. Il avait décidé de les laisser mourir de froid, comme les soldats qu'il avait dû abandonner dans la steppe russe. Le train resterait cloué sur sa voie de garage, les roues soudées aux rails par le gel, aussi longtemps qu'il le souhaiterait.

L'inquiétude commençait à gagner les hommes de l'escorte. Heinzort lui-même donnait des signes de désorientation. Les soldats ne comprenaient pas pourquoi on les tenait ainsi cloués sur place alors que tout le jour des machines de levage allaient et venaient, effectuant des réparations sur d'autres wagons accidentés. Tout se passait comme si on avait décidé de les oublier sur cette voie de garage. On murmurait autour des bivouacs, la mine sombre, maudissant la cargaison incompréhensible entassée sous les bâches. Ainsi c'était pour quelques cailloux peints qu'on allait crever de froid ?

Un jour, Judith marcha jusqu'à la gare, en se tordant les chevilles entre les traverses des rails. Lorsqu'elle atteignit les quais, elle avait les pieds gelés.

Elle s'approcha du char, mais une sentinelle surgit de la tourelle et lui signifia de faire demi-tour. Elle n'était pas autorisée à pénétrer dans la gare, elle devait partir.

Elle dut obéir car le soldat devenait menaçant, mais durant la minute où elle était restée immobile au pied du panzer, elle avait pu jeter un coup d'œil sur la perspective des quais. Ils étaient encombrés de civières et de fauteuils roulants. Il y avait là beaucoup de blessés emmitouflés dans des couvertures et des capotes militaires, qui semblaient attendre un hypothétique convoi en grillant cigarette sur cigarette. Elle songea qu'on les cachait peut-être ici pour que la défaite du front russe ne devienne pas trop évidente.

Alors qu'elle regagnait le train, elle se heurta à Arno qui déambulait entre les voies. Depuis qu'il ne se rasait plus, une étrange barbe blonde avait envahi ses joues. La jeune femme ne parvenait pas à s'habituer à cette nouvelle physionomie. C'était comme si en l'espace d'une nuit, d'une seule, il était passé de l'état de petit garçon à celui d'homme mûr.

« Ils ne t'ont pas permis d'entrer, hein ? dit-il l'œil fixé sur les bâtiments de la gare. Ils nous traitent comme des pestiférés. Ils nous laisseront en quarantaine jusqu'à ce que nous crevions de froid. »

Il était si maigre que Judith sentit son cœur se serrer. Elle fut tentée de lui faire remarquer qu'il n'était pas assez couvert et qu'il allait attraper la mort à se promener ainsi dans le vent glacé. Elle aurait également voulu lui demander de se débarrasser de ce poil qui lui couvrait les joues, mais elle n'osa pas.

« J'ai proposé à Dieter de me couper les mains, dit Arno, les yeux toujours fixés sur la ligne grise des bâtiments aux poutrelles chargées de neige. Il pourrait le faire, il est médecin.

— Tu es fou, balbutia Judith. Il ne faut pas... »

Mais en réalité elle n'entendait pas ce qu'il lui disait. Le tutoiement dont ils s'étaient mis à user sans concertation la grisait comme un vin trop fort. Elle aurait répété ce « Tu es fou » pendant des heures.

« Il est médecin, insista Arno. Il pourrait m'amputer proprement, avec de la morphine je ne sentirais rien. Ce serait à peine plus douloureux qu'une dent arrachée. S'il était vraiment mon ami, il le ferait.

— Mais non, chuchota Judith. Ce que tu demandes est impossible. »

Elle se tenait tout contre lui, et leurs manteaux se touchaient. Elle n'aurait eu qu'à faire un pas pour se heurter à la charpente maigre de son corps.

« Là-bas, dit-il en désignant la gare, il y a des médecins et des blessés... Si j'avais de l'argent, j'essaierais d'acheter un chirurgien pour qu'il m'ampute. Qu'est-ce que ça pourrait lui faire, deux mains de plus ou de moins ? Si personne ne m'aide, je les enfoncerai dans la neige, jusqu'à ce qu'elles gèlent. Alors là, on sera bien forcé de me les couper pour m'éviter la gangrène... »

Judith le saisit par le bras et le força à pivoter sur lui-même.

« Viens, ordonna-t-elle. Il ne faut pas rester dehors, il fait trop froid. »

En fait elle avait peur qu'il ne mette sa menace à exécution et ne s'enfouisse les mains dans la neige durcie des remblais.

« Dieter, maugréa le peintre. Il se disait mon ami... Il pourrait m'opérer, mais maintenant il se fiche de tout. Il s'est mis dans la tête qu'on allait nous fusiller. »

Judith eut le plus grand mal à lui faire réintégrer le train. Les hommes de l'escorte les observaient, l'air mauvais, comme s'ils devinaient que tous leurs problèmes venaient de la fresque barbouillée par ce garçon halluciné.

Dès lors Judith ne vécut plus que dans l'angoisse, tremblant à l'idée qu'Arno puisse se mutiler. Elle en parla à Dieter qui se contenta de hausser les épaules. Le petit médecin semblait avoir renoncé.

« De toute manière nous gèlerons tous, marmonna-t-il. Ce que veut Von Fichtgrau, c'est nous faire payer les souffrances qu'il a subies en Russie. Quand nous n'aurons plus rien pour alimenter les poêles, nous mourrons dans notre sommeil. »

Il avait l'air de croire à ce qu'il disait. Un jour, Judith aperçut le gouverneur militaire, au bout du quai, il examinait le convoi immobilisé à l'aide de ses jumelles. La jeune femme se saisit de celles de Dieter et sortit du wagon pour faire de même, sans chercher à se dissimuler. Von Fichtgrau était un homme trapu, au torse en barrique. Sa main droite gainée de cuir noir avait l'aspect artificiel d'une prothèse. Ils se fixèrent une minute durant, s'étudiant par l'entremise des jumelles. Judith avait l'impression curieuse qu'elle aurait pu tendre la main pour toucher les cicatrices blanchâtres qui sillonnaient le visage de l'homme. Ils étaient face à face et pourtant perdu chacun sur une planète différente. Puis Von Fichtgrau baissa ses oculaires et lui adressa un salut glacé, touchant la visière de sa casquette avec les doigts de sa main artificielle. Elle en retira l'impression qu'il se moquait d'elle, et que cette manifestation de politesse n'était qu'une farce.

Pendant le reste de l'après-midi elle espéra follement que son initiative allait débloquer la situation, qu'un pacte silencieux s'était signé en l'espace d'un regard. Von Fichtgrau avait enfin pris conscience de la présence d'une femme à bord du train immobilisé — se répétait-elle —, il allait la convoquer, il lui proposerait de coucher avec lui en échange de la libération du convoi. Et elle accepterait... pour Arno. Pour l'empêcher de commettre une folie. Elle ne doutait plus qu'il fût un grand artiste.

Elle regagna son compartiment et, malgré la température très basse, entreprit de faire sa toilette car elle ne voulait pas passer pour une souillon aux yeux du gouverneur. En se regardant dans la glace du minuscule cabinet, elle murmura le mot « Putain » sans rien éprouver de particulier. Putain, répéta-t-elle, mais rien ne vint, ni honte ni excitation diffuse. Elle se coiffa du mieux qu'elle put, se parfuma, enfila des bas neufs puis elle s'assit sur sa couchette, attendant qu'un aide de camp se présente, porteur d'une gerbe de roses rouges. Elle accepterait le rendez-vous, elle partirait sous le regard des hommes, et au matin elle reviendrait, défaite, les yeux cernés. Une équipe de mécaniciens l'accompagnerait, elle leur ferait signe de procéder aux réparations nécessaires, et le train reprendrait sa course, grâce à elle.

Elle attendit longtemps, mais l'aide de camp ne vint pas. Ce fut Arno qui frappa à sa porte. Avec des phrases empruntées il lui demanda si elle ne voulait pas rendre visite à Teddy qu'elle n'était pas allée voir une seule fois depuis l'immobilisation du convoi.

Elle comprit qu'il donnait à cette « visite » un sens tout autre que celui communément admis, mais elle se laissa guider sans se rebeller ; au moins ne se serait-elle pas parée en vain.

« Il faut le réconforter, insista Arno. Il en a besoin. Il m'aide beaucoup par ses conseils. S'il n'était pas là, il y a longtemps que je me serais laissé mourir le long d'un ballast. »

Judith se raidit en entendant ces mots. Elle dut se retenir de crier : « Et moi ? Je ne te sers donc à rien ? » Elle se mordit la lèvre pour ne pas pleurer et écouta résonner ses hauts talons dans l'étroit couloir. Ainsi on la livrait à domicile, comme une pute, et elle allait obéir. La « cage » de Teddy sentait fort. D'ailleurs tout le monde puait depuis que le train avait été placé en quarantaine. En pénétrant dans le réduit, elle eut l'impression étrange de se trouver en présence d'un parfait inconnu, d'un « client » qu'elle n'aurait jamais rencontré auparavant. Elle ne savait par quel subterfuge Arno avait éloigné la sentinelle, mais elle fut mortifiée par la complicité qui unissait l'Américain et l'Allemand. Elle s'allongea sur la banquette froide et ferma les yeux. Arno avait refermé la porte coulissante et baissé le rideau. Elle sentit le poids de Teddy écraser son corps mais elle ne réagit pas. Elle l'entendit parler, mais elle n'écouta pas ce qu'il lui disait. Il la prit en lui faisant mal, elle ne se plaignit pas. Elle espérait que son indifférence lui ferait honte. Elle voulait qu'il ait l'impression de faire l'amour à une statue.

Quand ce fut fini, elle se releva et alla frapper sur le battant. Arno ouvrit, elle sortit en le fixant dans les yeux. Elle voulait qu'il la découvre souillée, le rouge à lèvres étalé sur le menton, les vêtements en désordre, les bas filés.

« Merci », dit Teddy.

Mais ce n'était pas à elle qu'il s'adressait, c'était au peintre.

« Je te devais bien ça », fit Arno en levant la main en signe de protestation polie.

Elle se sentit submergée de haine et s'enfuit au long du couloir en se tordant les chevilles. Elle songea qu'elle se serait moins avilie en se livrant à Von Fichtgrau.

XXVI

Heinzort complotait, Judith en était certaine. Cela se devinait à ces longues conversations chuchotées autour des braseros, à ces croquis tracés dans la neige à l'aide d'une badine et aussitôt effacés de la pointe de la botte. Un coup de force se préparait. Heinzort n'entendait pas se laisser dicter sa conduite par un officier félon alors qu'il avait en poche un ordre signé du Haut Commandement. Les hommes de l'escorte hochaient la tête pour signifier qu'ils avaient compris. Judith sentait son cœur se serrer. Ainsi on allait se battre pour quelques tonnes de pierraille entassées sur des wagons rouillés ? Elle alla voir Dieter qui se contenta de murmurer :

« On ne peut pas rester ici, notre retard pourrait être considéré comme une désertion... Il faut passer, coûte que coûte. Cela peut se faire en l'espace d'une nuit si l'on parvient à neutraliser les sentinelles et à s'emparer de la gare. Nous procéderons à l'échange des wagons abîmés et nous reprendrons la route.

— Mais que dira Von Fichtgrau ?

— Je ne sais pas, il peut choisir de nous oublier ou entamer des représailles.

— Vous allez vous battre contre vos propres soldats ? Est-ce qu'il n'y a pas moyen de faire autrement ? Ne pouvez-vous pas contacter quelqu'un à Berlin ?

— Impossible. Von Fichtgrau nous a placés en quarantaine. Il ne nous laissera pas approcher du centre de transmission. Vous avez pu constater que nous n'avons même pas le droit d'entrer dans la gare. Il nous traite comme des prisonniers. Et si nous passons outre à ses ordres, il nous accusera de mutinerie. »

Judith ne put obtenir de plus amples confidences. La certitude d'une catastrophe imminente la submergea. Elle imaginait des flammes dans la nuit, une langue rouge jaillissant du canon du panzer, un obus sifflant interminablement dans le ciel noir avant de s'abattre sur la locomotive de tête. Elle avait peur pour Arno.

Alors qu'elle marchait le long du train, elle aperçut Stéphane et Tolokine, emmitouflés dans de vieilles couvertures auprès d'un bivouac. Elle réalisa avec un sursaut de frayeur qu'elle avait oublié jusqu'à leur existence. Ils étaient sortis de son esprit, comme s'ils n'avaient même jamais existé. Elle les regarda sans chercher à s'approcher d'eux. Elle n'éprouvait rien, ni honte ni remords. Elle ne pensait plus qu'à Arno. Tout ce qui n'était pas Arno ne l'intéressait plus. N'existait plus. Elle fixa Stéphane qui ne la voyait pas, et s'étonna d'avoir pu vivre avec cet étranger. Elle détailla son profil, ses mains qui s'agitaient au-dessus du feu. Elle ne leur trouva aucun air familier. C'étaient ceux d'un inconnu, d'un passant. Les souvenirs de sa vie conjugale lui paraissaient aussi inconsistants que les images d'un film muet. Elle ne parvenait pas à se convaincre qu'elle avait réellement vécu cela. Rien de ce qu'elle avait partagé avec Stéphane n'était inscrit dans sa chair, d'un seul coup tout était gommé, sans importance.

« Je suis neuve, pensa-t-elle. Je peux recommencer... »

En même temps, son absence de remords l'horrifiait. Elle croyait y discerner une note criminelle, quelque chose comme l'inconscience des fous.

Elle s'éloigna sans même avoir fait un pas en direction de Stéphane. Elle n'en était pas capable, elle avait toujours eu le plus grand mal à parler aux inconnus.

Le jour même, alors que les soldats de l'escorte fourbissaient leurs armes en silence, elle découvrit Arno sur un remblai couvert de neige. Il avait creusé deux trous dans la congère pour y enfouir ses mains, et se tenait là, tassé sur lui-même, les yeux fermés, depuis une heure peut-être. La neige avait commencé à recouvrir la grosse capote militaire dans laquelle il s'était enveloppé, et c'est tout juste si un petit nuage de buée s'échappait de ses lèvres. Judith le crut mort. S'approchant de lui, elle le saisit par le col du manteau et le secoua avec violence. Il réagit à peine, il paraissait engourdi. Le regard perdu dans le vague, il se laissa pousser de côté sans même se débattre. Ses mains étaient bleues jusqu'au poignet, Judith entreprit de les frictionner entre ses doigts. La chair du peintre ne semblait plus vivante. La jeune femme approcha les doigts cyanosés de sa bouche et tenta de les réchauffer avec son haleine. Était-il trop tard ? Elle appela Arno sans provoquer chez lui la moindre réaction, le froid l'avait plongé dans une torpeur étrange.

Elle le contraignit à se relever, mais il tenait à peine debout. Elle s'effraya de son apathie. Elle savait qu'en demeurant immobile on pouvait mourir d'hypothermie par un froid modéré.

Les soldats massés autour du bivouac les regardèrent passer sans faire un geste pour les aider. Pas un d'entre eux ne se leva pour aller soutenir le peintre, et Judith sentit peser sur elle la haine de ces hommes frustes qui n'avaient nullement envie de mourir pour défendre quelques tonnes de pierre coloriée.

Elle eut le plus grand mal à hisser Arno dans le wagon-lit. Il titubait et, bien qu'il fût très maigre, pesait encore trop lourd pour elle. Elle le traîna au long du couloir. Leurs pieds étaient encroûtés d'une boue salie par les scories des ballasts. Ils semaient cette neige noire au long des tapis. Enfin, elle ouvrit la porte de son compartiment et laissa Arno s'effondrer sur la couchette. Il était là, raide et glacé comme une grande poupée de porcelaine. Judith s'empressa d'allumer le petit poêle à alcool que lui avait donné Dieter pour chauffer ses quartiers. Une flamme bleue dansa bientôt au centre de la coupelle de fer parabolique. Puis elle se précipita dans le cabinet de toilette pour prendre la bouteille d'eau de Cologne et un gant de toilette. À défaut d'eau chaude, elle pourrait peut-être activer la circulation par une friction vigoureuse ? Il fallait d'abord débarrasser le peintre de la gangue des vêtements gorgés de neige durcie qui enveloppait son corps. Ce n'était pas facile. Les étoffes avaient l'air coupées dans du carton.

Elle le dévêtit peu à peu et, quand il fut nu sur les draps, elle s'étonna de le découvrir si blanc et si vulnérable. Si peu « homme ». Elle trouva qu'il avait tout d'une statue égarée chez les humains, un de ces stucs académiques qui peuplent les squares parisiens. Un de ces éphèbes à la grâce un peu mièvre. On s'attendait presque à lui découvrir des fragments de piédestal accrochés aux pieds.

Elle le frictionna avec le gant imbibé de parfum, et, peu à peu, sa chair commença à rougir. Mais il faisait trop froid dans le compartiment. Il aurait fallu y faire ronfler un feu d'enfer. En désespoir de cause, elle écarta les couvertures et glissa Arno entre les draps. Il ne parlait toujours pas. Ses lèvres tremblaient, et parfois ses paupières s'entrouvraient, mais il ne semblait rien voir. Sa température corporelle était toujours très basse et il ne parvenait pas à se réchauffer. Alors Judith arracha ses propres habits, se mit nue, et entra à son tour dans le lit pour se coucher sur le jeune homme. Elle serra les dents en le découvrant glacé. Il était si peu vivant qu'elle avait l'illusion d'être étendue de tout son long sur un marbre renversé. Elle s'appliqua à le couvrir le plus possible, pour lui communiquer sa chaleur. Elle soufflait son haleine sur sa peau, lui saisissait d'autorité les mains pour les plaquer sur ses seins. Arno demeurait sans réaction, à la frontière du coma. Elle rabattit draps et couvertures par-dessus leurs deux corps, pour retenir le plus possible la chaleur de leurs respirations. La tête lui tournait. La nudité de cet homme, devant lequel elle avait posé si longtemps dans le plus simple appareil, l'émouvait étrangement. Elle noua ses bras autour du torse maigre, s'accrochant à cette carcasse d'éphèbe comme on tire un noyé hors de l'eau. L'oreille collée contre sa bouche, elle guettait son souffle irrégulier, tremblant à l'idée qu'il puisse s'arrêter soudain.

Elle demeura très longtemps ainsi, soudée à l'homme inconscient. Et puis la fièvre vint, et Arno se mit à grelotter. Quelques instants plus tard il brûlait comme une bûche et son corps devint sec. Ce n'était plus une statue de marbre, c'était un bronze à peine tiré de son moule, et tout gorgé de la chaleur de la fonte. Il commença à transpirer. Judith ne bougea pas. Du bout de la langue, elle cueillait les perles de sueur qui roulaient sur le front du peintre. Il délirait, bredouillant en allemand des choses qu'elle ne comprenait pas. Il eut un mouvement pour la repousser, mais elle tint bon.

La nuit tomba, et Judith entendit les soldats de Heinzort chuchoter le long de la voie. Ils allaient tenter quelque chose, elle en était sûre à présent. Le commando échouerait et le char d'assaut embusqué au bout du quai ouvrirait le feu sur le train.

Elle allait mourir dans les bras d'Arno, ce serait au moins cela. Elle lui aurait volé une nuit, à son insu et peut-être même contre son gré. Elle se surprit à remercier la maladie qui le lui avait livré sans défense, lui accordant enfin ce qu'elle avait désiré depuis le début.

La fièvre d'Arno la brûlait, et elle finissait par ne plus savoir qui des deux était malade. Elle ne se lassait pas de toucher le corps de l'homme inerte, l'explorant du bout des doigts, avec une impudeur qui la surprenait et lui faisait le souffle court. Elle posait la main sur son sexe endormi, empoignait ses testicules. Il était à elle, livré. Il ne pouvait se défendre. Elle posa sa bouche sur la sienne, glissa sa langue entre ses lèvres. Elle était devenue pareille à ces succubes des vieilles légendes qui profitent des jeunes gens endormis, et n'en ressentait nulle honte.

Enfin, elle ferma les yeux et attendit l'explosion. Maintenant la nuit était complète. De l'extérieur lui parvenait le bruit de la neige craquant sous les bottes des soldats. Heinzort avait déclenché l'offensive. Parviendrait-il à surprendre les sentinelles qui veillaient sur la gare ? Judith découvrait soudain qu'elle n'avait même pas peur. Tout lui était indifférent hormis ce corps d'homme qui lui brûlait la peau. Elle songea qu'elle n'aurait peut-être pas de plus belle occasion de mourir apaisée, sans regrets. Elle écouta craquer la neige, le commando s'éloignait dans l'obscurité. Les soldats allemands s'en allaient faire la guerre à d'autres soldats allemands.

Elle finit par s'endormir, la joue sur la poitrine d'Arno. Ce fut la secousse du train s'arrachant à l'immobilité qui la réveilla en sursaut. L'aube grise filtrait au travers du rideau, et, au long de la voie, on entendait des hommes courir en échangeant des ordres chuchotés. Sans doute avait-on chauffé les roues et les rails pour les débarrasser de la glace qui les soudait ensemble ? Le convoi s'ébranlait péniblement tandis que les soldats de l'escorte se hissaient en hâte sur les marchepieds. Le coup de force avait donc réussi ? Heinzort avait mis la nuit à profit pour procéder aux réparations nécessaires, se rendant du même coup hors la loi aux yeux du gouverneur militaire. Judith se dressa sur un coude, fut tentée d'écarter le rideau, puis renonça. Ces péripéties n'avaient pas la moindre importance. Seule comptait la présence d'Arno au creux du lit. Arno toujours inconscient, mais dont la fièvre avait baissé. Elle le caressa, d'abord timidement, du bout des doigts, puis avec plus de hardiesse, explorant son corps, toute pudeur oubliée Elle savait qu'il était important qu'elle en profitât. Elle devait lui voler ces moments d'intimité, car, dès qu'il aurait repris conscience, il la chasserait. Cela pouvait d'ailleurs se produire d'une minute à l'autre. Il suffisait que la fièvre tombe, qu'il ouvre un œil et la découvre ainsi, couchée sur lui... Alors il la repousserait, et elle tomberait de la couchette, entortillée dans les draps, grotesque.

Elle agissait avec une avidité de voleuse qui sait que le temps lui est compté. Elle le caressa, d'abord tendrement, puis avec la volonté farouche d'éveiller son désir. Et lorsqu'elle y parvint, elle le glissa en elle, fixant le visage du peintre aux paupières closes. Dormait-il vraiment ? Avait-il choisi de s'abandonner ? Elle ne savait pas, d'ailleurs elle ne songeait plus qu'à le faire jouir. Le train prenait de la vitesse, filant sur la voie dans un grand bruit de ferraille. L'air était plein d'une odeur de fumée.

Les pensées les plus hétéroclites se bousculaient dans l'esprit de Judith. Elle se pencha, guettant les lèvres d'Arno. Elle aurait tellement voulu l'entendre gémir. Gémir par sa faute...

Il avait toujours la peau brûlante, même s'il ne transpirait plus, et ses muscles secs saillaient sur son torse avec une précision de planche anatomique.

Elle l'amena au plaisir sans qu'un trait de son visage ne tressaille.

« Je t'ai volé, pensa-t-elle avec un curieux sentiment de puissance. Je t'ai volé et tu ne le sauras sans doute jamais... »

En se couchant sur lui, elle songea que c'était peut-être la première fois qu'Arno faisait l'amour. Elle se surprit à prier pour que son coma ne soit pas feint. Il lui plaisait qu'il ne sût jamais ce qui venait de se passer. Qu'il se crût toujours intact.

« Moi seule, pensa-t-elle avec une exaltation qui lui faisait un peu tourner la tête. Moi seule... »

Elle se décida à se lever parce qu'elle craignait que les cahots de la course ne finissent par réveiller le malade. Le train tremblait, lancé à pleine vitesse, et les wagons s'emplissaient du grondement de cette ruée.

Elle se vêtit en hâte, se coiffa. Elle savait qu'elle sentait la sueur, la sueur d'Arno, mais cela ne lui était pas désagréable. Il lui plaisait de porter sur sa chair la marque de cet amant involontaire que la fièvre lui avait offert l'espace d'une nuit.

Enveloppée dans son manteau, elle sortit dans le couloir pour aller chercher Dieter.

Elle le trouva dans le wagon-restaurant, en compagnie de Stéphane et de Tolokine. Silencieux, les trois hommes se partageaient le contenu d'une cafetière de porcelaine portant le sigle de la Compagnie des Wagons-lits.

« Arno est malade, dit Judith en prenant place à la table. Vous devriez aller le voir. Il a pris froid. »

Dieter haussa les épaules, comme si tout cela n'avait plus la moindre importance désormais.

« Cette nuit Heinzort a attaqué la gare, dit Stéphane d'une curieuse voix creuse.

— Il a neutralisé les sentinelles », ajouta Tolokine.

Judith ne comprenait rien à leurs mines de chiens battus, elle eut envie de leur éclater de rire au nez.

Elle les trouvait pitoyables. Si peu vivants. Elle s'étonnait qu'ils puissent s'inquiéter de mourir, eux qui existaient à peine ! Elle était pleine d'une force étrange qui crépitait dans sa poitrine en une inépuisable décharge électrique.

« Vous n'avez pas l'air de prendre cela au sérieux, siffla Dieter, mais c'est très grave. Von Fichtgrau n'est pas homme à accepter de se laisser tourner en ridicule. Il va nous accuser de mutinerie et réclamera des sanctions.

— Mais c'est lui qui faisait obstruction... », s'indigna Judith.

Dieter eut un geste las.

« Vous êtes une femme, soupira-t-il. Vous ne pouvez pas comprendre l'état d'esprit militaire. Nous sommes maintenant des renégats. N'importe quel soldat allemand a le droit d'ouvrir le feu sur nous.

— Mais vous avez un ordre de route prioritaire ! fit observer la jeune femme.

— Ça n'aura aucune valeur en cas d'interception, rétorqua Dieter. Von Fichtgrau assure le commandement militaire pour toute la région. S'il décide de nous faire dérailler, il en a le pouvoir.

— Est-ce qu'il le fera ? »

Dieter haussa les épaules, avouant son ignorance. Judith dévisagea les trois hommes. Leurs traits pâles semblaient avoir été sculptés dans de la bougie.

Elle eut l'intuition qu'ils allaient périr parce qu'ils n'aimaient personne. Elle eut presque envie de leur dire : « N'ayez pas peur de mourir, vous verrez à peine la différence. »

Ce matin elle était invulnérable et le bonheur la rendait féroce.

XXVII

Le convoi roulait à une allure effrayante, et, chaque fois qu'il abordait une courbe, on avait l'illusion qu'il allait se coucher sur le flanc tant les voitures penchaient. Le bruit, à l'intérieur des wagons, était tel qu'il devenait à peu près impossible d'avoir une conversation normale. Dieter s'était rendu au chevet d'Arno, à qui il avait administré diverses injections. Le peintre avait brièvement ouvert les yeux, marmonné quelques mots, et s'était rendormi. Son regard avait glissé sur le visage de Judith sans manifester le moindre intérêt.

« Il ne sait pas ! » avait songé la jeune femme, et elle avait été heureuse de ce secret qu'elle ne partagerait avec personne.

Il était difficile de se déplacer dans les couloirs en conservant son équilibre. Le train brinquebalait, brûlant tout son charbon pour s'éloigner au plus vite de Saint-Chasnier. Le paysage filait si vite qu'y jeter un simple coup d'œil vous donnait le vertige. À force d'être projetée d'une cloison à l'autre au rythme des cahots, Judith avait les épaules couvertes de bleus.

Elle se demandait comment les voitures pouvaient résister à une telle vitesse.

« Heinzort veut sortir du district, avait expliqué Dieter. Il espère échapper aux représailles de Von Fichtgrau, mais ça ne marchera pas... »

Le train avait quitté la plaine pour s'enfoncer dans une forêt épaisse. Les branches des sapins frottaient parfois sur le toit des wagons, faisant tressaillir les passagers. La voie enjambait des torrents de montagne, des ravins. Judith n'avait aucune idée de l'endroit où elle se trouvait. L'air embaumait la fumée et la résine.

Il fallut s'arrêter pour refaire la provision d'eau dans une petite gare accrochée au flanc d'un pic rocheux. Les soldats durent investir la station l'arme au poing pour obtenir d'être obéis. Von Fichtgrau avait manifestement donné des ordres, le convoi hors la loi ne devait bénéficier d'aucune assistance.

Les hommes devenaient nerveux. Les préposés aux mitrailleuses installés sur le toit des wagons scrutaient le ciel, redoutant une intervention aérienne. Judith ne parvenait pas à prendre tout cela au sérieux. Allait-on vraiment se battre pour un train empli de cailloux ?

« Les hommes ont peur, lui murmura Dieter pendant qu'ils se dégourdissaient les jambes au pied du réservoir. Des bruits courent, idiots, comme toujours. Von Fichtgrau enverrait à notre rencontre un train bourré d'explosifs, de manière que nous le percutions de plein fouet. C'est absurde... »

Mais il ne semblait pas très sûr de lui. Instinctivement, Judith regarda vers l'horizon, vers ce point d'illusion où les parallèles des rails paraissent toujours se rejoindre. Elle tendit l'oreille, cherchant à détecter le halètement du convoi lancé à leur rencontre.

« Pourquoi ne pas abandonner le train ? proposa-t-elle. Nous disperser dans la montagne ? »

Dieter eut un sursaut et la regarda comme si elle était devenue subitement folle. Elle haussa les épaules et se détourna.

Quand elle était certaine que personne ne pouvait l'observer, elle flairait sa peau, ou la goûtait du bout de la langue pour s'assurer que l'odeur d'Arno s'y trouvait toujours imprimée. Elle essayait d'imaginer comment elle se comporterait avec lui quand il serait de nouveau sur pied. Désormais elle aurait toujours une longueur d'avance. Il continuerait à lui donner des ordres, mais ce serait amusant d'obéir, de feindre de lui reconnaître un pouvoir qu'il avait perdu. Maintenant il était à elle, il lui appartenait. Il n'en saurait jamais rien. Et c'était bien ainsi. La magie demeurerait préservée, car on ne vivait pas avec un Arno Zigfeld Hortz, on ne partageait rien, on ne pouvait bâtir aucun projet... Arno n'était pas un prince charmant, et il n'aurait jamais qu'une maîtresse : sa peinture. Judith savait qu'il était inutile d'espérer autre chose. Elle lui avait volé une nuit, à son insu, et c'était déjà bien. Elle n'en demandait pas davantage. Désormais ce serait lui l'esclave, un esclave attendrissant parce que ignorant tout de sa sujétion.

Il fallut remonter dans le train. Heinzort présentait tous les signes d'une grande agitation. Les jumelles en sautoir, il s'était hissé sur le toit d'un wagon. Il semblait admis que le danger viendrait du ciel et qu'il allait se manifester de manière imminente.

Le convoi filait dans la tranchée ouverte au milieu des pins. Le vent de la course rabattait la fumée de la locomotive de tête sur les hommes postés en sentinelles. Les yeux protégés par d'épaisses lunettes, ils toussaient dans les volutes noires semées d'escarbilles.

Stéphane et Tolokine avaient baissé les vitres du wagon-restaurant pour examiner le ciel, eux aussi.

Judith allait et venait, observant les hommes et les choses avec une acuité douloureuse.

« Regarde-les, pensait-elle, regarde-les bien... C'est peut-être la dernière fois que tu les vois. »

Et elle fixait la ligne voûtée du dos de Stéphane, comme si, là, en ces derniers instants, une réponse allait lui être enfin donnée... la réponse à une question qu'elle entrevoyait à peine.

Est-ce que tout allait vraiment finir, là, maintenant ? Elle aurait voulu que la texture des choses change brutalement. Que les pensées deviennent transparentes, les objets plus lourds, le goût des aliments plus puissant qu'à l'accoutumée, que les couleurs se mettent à scintiller... mais le prodige ne daignait pas s'accomplir. Elle pensait : « C'est la dernière fois... » sans parvenir à se pénétrer de la réalité de la chose.

Est-ce qu'elle n'aurait pas dû saisir Stéphane aux épaules pour lui dire... Mais lui dire quoi ?

Est-ce qu'elle n'aurait pas dû courir vers Teddy... Est-ce que...

Ils regardaient tous le ciel. Tous, sauf Dieter dont elle sentait le regard la brûler. Leurs yeux s'accrochèrent.

« Je crois que j'ai compris..., dit le petit médecin.

— Quoi ? interrogea Judith. De quoi parlez-vous ? »

Dieter se passa une main tremblante sur le visage. Il était d'une pâleur extrême.

« Pour Arno, dit-il. C'est vous qui aviez raison... Il était devenu un grand peintre... »

Révoltée par cet emploi de l'imparfait, elle voulut répliquer, mais elle n'eut pas le temps d'ouvrir la bouche. Des cris d'alarme retentirent. Un avion venait de surgir dans le ciel, mince croix noire qui volait très haut.

La main de Dieter se referma sur le poignet de la jeune femme.

« Venez, ordonna-t-il, c'est la fin... »

Il la tira vers la portière ouverte et ils restèrent ainsi, au-dessus du marchepied, tandis que le vent de la course les giflait. Il faisait terriblement froid. Le train, sortant de la forêt, allait s'engager sur un pont métallique enjambant la flaque scintillante d'un lac. Dans le ciel, la croix noire de l'avion de chasse grossissait. Des détonations éclatèrent, en rafales. Sur le toit des wagons, les mitrailleurs avaient ouvert le feu, mais la bourrasque réduisait ces explosions rageuses à une pétarade sans importance.

Judith ferma à demi les yeux, assaillie par ce tumulte de sensations. Elle avait instinctivement plaqué les paumes de ses mains sur ses oreilles. Le vacarme du train lancé dans la tranchée des sapins, et que se renvoyaient en échos démultipliés les flancs de la montagne, atteignait les limites du supportable. La lumière matinale sur les plaques de neige était éblouissante et blessait le regard. La jeune femme voulut faire un pas en arrière, mais Dieter l'empêcha de reculer, sans qu'elle comprenne pourquoi. Tout à coup, le sifflement de l'avion en piqué couvrit tous les autres bruits, puis ses mitrailleuses crachèrent, et les gros projectiles dessinèrent des pointillés dans le toit des voitures, crevant les parois. Judith vit des soldats fauchés par la rafale qui basculaient dans le vide. Les balles hachèrent le wagon-restaurant, pulvérisant la vaisselle et les boiseries. Une théière d'argent virevolta, cassa une vitre et disparut dans la forêt où elle ricocha sur le tronc d'un pin.

Judith s'aperçut qu'elle hurlait depuis plusieurs secondes déjà alors qu'elle ne se souvenait même pas d'avoir ouvert la bouche. Elle esquissa un mouvement pour rentrer dans la voiture. Stéphane et Tolokine se trouvaient dans le wagon-restaurant, ils étaient probablement blessés... Elle devait leur porter secours.

Et Arno ? Arno allongé sur sa couchette, sans défense... La rafale avait crevé les wagons sur toute la longueur du train, il avait peut-être été touché...

« Non ! cria Dieter en lui barrant le passage. C'est trop tard. Restez là...

— Mais pourquoi ? hurla-t-elle.

— Là-bas ! cria le petit médecin. Regardez là-bas... »

Il désignait une trouée d'herbe s'ouvrant entre les pins, juste avant que la voie ferrée ne s'engage sur le pont, au-dessus du lac. C'était l'amorce d'une petite prairie en pente vive. Entre les plaques de neige qui fondaient, l'herbage humide de rosée luisait de ce vert improbable des albums pour enfants.

« Je ne comprends pas ! » dit-elle.

Mais au lieu de lui répondre, Dieter leva les mains à la hauteur de sa poitrine et la poussa dans le vide.

Judith battit des bras, essaya de se retenir, mais l'Allemand l'avait déséquilibrée. Elle se sentit basculer du marchepied sans pouvoir ralentir sa chute. Elle tomba tandis que le train s'éloignait d'elle à toute vitesse et que la silhouette de Dieter, toujours immobile dans la découpe de la portière, rapetissait jusqu'à devenir indiscernable.

Il lui sembla qu'elle mettait une éternité à toucher le sol, puis le choc l'assomma. Bien que l'épaisse couche de neige eût amorti le contact, elle crut que tous ses os se brisaient, et commença à rouler dans l'herbe molle de la prairie en pente. Elle roulait, roulait, roulait, cul par-dessus tête, la jupe troussée à mi-corps, déshabillée par la force de l'impact. Elle perdit ses chaussures et son manteau, et quand elle s'immobilisa enfin, elle se persuada qu'elle ne pourrait plus jamais se relever car son squelette était sûrement en miettes.

En gémissant, elle bascula sur le ventre. Elle saignait du nez, des genoux, des coudes. Les chardons lui avaient lacéré tout le corps mais elle était vivante. Elle regarda le train qui déjà s'engageait sur le pont, la fumée de sa machine de tête rabattue sur l'échine. Presque tous les mitrailleurs avaient été fauchés par la rafale. Une unique silhouette à casquette plate s'obstinait à ouvrir le feu. Elle crut identifier la carrure de Heinzort, les mains crispées sur les poignées de la grosse mitrailleuse.

Elle vit l'avion descendre très bas et lâcher quelque chose : une bombe, une torpille — elle ne savait pas comment cela s'appelait — mais l'objet fusiforme étincela un instant dans le soleil avant de frapper la locomotive qui se volatilisa dans une gerbe de lumière. La chaudière éclata, se distendant comme un ballon de baudruche peint en noir. Dans la seconde qui suivit, le pont s'affaissa par le milieu — chaussée et tablier s'émiettant tel du massepain — et le convoi tout entier s'engagea dans cette brèche béante pour plonger dans le vide. Ce n'est qu'au moment où les premiers débris crevèrent la surface que Judith réalisa que l'eau était gelée et qu'une épaisse couche de glace couvrait toute l'étendue du lac, tel un miroir terni. La glace se fendit avec un craquement d'arbre qui s'abat, et de longues fêlures coururent depuis le point d'impact jusqu'aux rives enneigées.

Judith enfonça ses ongles dans la terre meuble de la prairie. Les wagons tombaient les uns après les autres, selon la même trajectoire courbe qu'on eût dite calculée au degré près. Au moment où ils touchaient l'eau, leurs tôles se froissaient sous l'impact et leurs flancs se racornissaient comme la toile d'un accordéon. Une énorme gerbe d'écume s'était élevée du point d'engloutissement en un geyser de paillettes liquides, et le train tout entier s'enfonçait au cœur de cette fleur mousseuse qui ne cessait de déployer de nouveaux pétales. Des débris de glace virevoltaient dans l'espace, telles les pendeloques d'un lustre éparpillé, accrochant des éclats de soleil. En retombant, ils cliquetaient comme le verre d'une vitrine fracassée.

La locomotive de queue ne put freiner, entraînée par l'élan, elle quitta les rails au même endroit et s'abîma dans le lac à la suite des plates-formes bâchées qui contenaient les tronçons du 3, place de Byzance.

L'avion fit deux passages au-dessus du pont détruit tandis que la gerbe d'écume retombait en une averse lente qui cribla la surface des eaux. Judith resta immobile, espérant que le pilote ne repérerait pas la tache de son corps au milieu de la prairie. Le chasseur-bombardier frôla la cime des sapins et s'éloigna entre les montagnes pour rejoindre sa base.

Il avait disparu depuis longtemps que la jeune femme fixait toujours la surface du lac où s'épanouissaient de grands cercles concentriques faisant s'entrechoquer les fragments de la banquise morcelée. Aucun débris n'était remonté à la surface. C'était comme si le train n'avait jamais existé.

ÉPILOGUE

Judith erra longtemps sur la berge sans trouver un seul objet : botte, casque ou vêtement ; mais peut-être ces épaves se trouvaient-elles prises sous la couche de glace, ce qui les empêchait de venir s'échouer sur la berge ? Malgré le froid, elle s'obstina. Elle aurait voulu ramasser quelque chose, un souvenir, n'importe quoi. De temps à autre elle s'arrêtait pour fixer la grande étoile creusée par l'impact au centre du lac. L'eau clapotait doucement dans cette découpe de la glace, aussi noire que la « banquise » était scintillante. Le train gisait quelque part dans la vase du fond, prisonnier de son lest de pierre. Les plates-formes supportant la fresque avaient sans doute broyé les wagons sur lesquels elles étaient venues s'empiler. Du train, ne subsistait désormais qu'un grand gâchis de ferraille tordue ; wagons, locomotives et blocs de pierre mêlés.

Judith avait froid et sa tête était vide. Elle n'éprouvait rien qu'une impression d'incrédulité. Comme elle entendait des voix, elle se cacha. C'étaient des paysannes accompagnées d'enfants qui venaient aux nouvelles. Elle aurait pu se montrer, leur demander de l'aide, elle préféra rester dissimulée et s'éloigner à reculons dans les taillis.

Sans trop savoir ce qu'elle faisait, elle s'enfonça entre les pins et se mit à gravir le flanc de la montagne dont la pente était rude et défendue par des broussailles épineuses. Elle avait le souffle court mais l'effort la réchauffait. Elle ne voulait pas réfléchir à ce qui venait de se passer. Surtout pas.

Elle monta aussi haut qu'elle put, mais finit par buter sur la roche abrupte comme sur une muraille d'enceinte. Elle ne pouvait pas aller plus loin. Décontenancée, elle longea le flanc granitique, se tordant les chevilles au milieu des pierres éboulées.

Elle mit près d'une heure à découvrir la cabane. C'était une maison troglodyte, bâtie sur l'ouverture d'une petite caverne. Des plaques d'ardoise brute avaient été empilées sur le toit et maintenues en place à l'aide de grosses pierres couvertes de mousse. Elle ne comportait pas de fenêtres, juste deux meurtrières occultées par du papier goudronné.

Judith frappa à la porte, appela sans obtenir de réponse. Elle finit par pousser le battant, provoquant la fuite apeurée d'un mulot. Il n'y avait personne. Les cendres du foyer n'avaient même plus d'odeur. Elle comprit qu'il s'agissait sans doute d'un refuge de berger, mais l'endroit n'avait pas été habité depuis longtemps. Elle se laissa tomber sur le bat-flanc qui servait de couche et ferma les yeux. Il faisait très sombre à l'intérieur de la cabane qui s'enfonçait dans le ventre de la montagne.

Elle n'avait pas peur, elle n'était pas désespérée. Elle ne ressentait rien.

Un peu plus tard, dans une sorte de niche, elle

trouva une couverture de peau de mouton qui sentait le suint et s'en enveloppa. C'était chaud, elle était bien. Elle se recoucha et s'endormit.

Ce fut la faim qui la réveilla le lendemain matin, la contraignant à sortir. L'air trop vif la grisa et elle éprouva une sorte de nausée brutale.

Alors qu'elle achevait de vomir derrière une pierre, elle entendit tinter les clochettes d'un troupeau de chèvres. C'est ainsi qu'elle vit sortir du bois une fillette de douze ans qui écarquilla les yeux en la découvrant au milieu des éboulis, sa peau de mouton sur les épaules. C'était une gamine grêle, toute en jambes, enveloppée dans un manteau bizarre probablement coupé dans une capote militaire. Elle avait les joues rouges des enfants qui vivent au grand air et des mains calleuses de vieille ouvrière.

« Vous étiez dans le train qu'est tombé du pont, hein ? lança-t-elle sans la moindre timidité. C'est un miracle de la Sainte Vierge que vous soyez pas au fond du lac ! »

Dans les cinq minutes qui suivirent, elle expliqua qu'elle s'appelait Nine et qu'elle vivait à Morfonds-des-Hauts, un village où il n'y avait plus que des femmes et des vieux.

« Tous les gars sont prisonniers, maugréa-t-elle. Si ça continue comme ça on restera toutes vieilles filles. »

Elle parlait avec une grande spontanéité, offrant à Judith de partager son casse-croûte : du pain, du fromage, et une espèce de saucisson aussi dur que la pierre.

Elle ne s'étonna pas du silence de Judith, et il ne lui fallut qu'un coup d'œil pour reconnaître la couverture de peau de mouton que la jeune femme avait conservée sur les épaules.

« Ça vient de la cabane au Maheut, dit-elle. Le benêt du pays. Il gardait les chèvres, il est parti lui aussi. On dit qu'il s'est noyé à Dunkerque en essayant d'embarquer sur un bateau anglais. Quelle drôle d'idée, lui qu'allait même jamais nager dans le lac ! »

Judith l'écoutait avec bonheur. Elle se demandait si la tristesse allait enfin venir. Et la peine, et les larmes... Elle décida que non. Elle était neuve, sans attache, sans lien d'aucune sorte. Prête à tout recommencer.

« Si vous ne savez pas où aller vous pouvez rester dans la cabane du Maheut, proposa Nine. Ça dérangera personne. Et si vous voulez je ne dirai même pas aux femmes du village que vous êtes là. Ce sera comme notre secret... j'm'ennuie tellement avec les chèvres. »

Judith lui sourit. Elle aurait voulu lui dire quelque chose, mais aucun son ne parvint à franchir le seuil de ses lèvres.

« Oh ! s'empressa de lancer la fillette, ça fait rien si vous êtes muette, j'suis assez bavarde pour causer pour deux ! »

C'est ainsi qu'elles signèrent le pacte et que Judith devint la passagère clandestine de la montagne. Tous les jours, Nine lui apportait de quoi subsister, ou lui apprenait comment poser des pièges, des collets. Elle lui donnait également de menus objets de première nécessité : chandelles, briquet, couteau, écuelle.

Pour les vêtements, Judith dut se contenter de loques que la bergère récupérait ici et là, le plus souvent dans les greniers des fermes environnantes, mais cela ne la gênait nullement. Elle apprenait à survivre au milieu des cailloux, avec, sous les yeux, le spectacle du lac dont la grande blessure en étoile avait déjà cicatrisé. La glace s'était refermée sur le train, il avait suffi pour cela de quelques nuits de gel bien vif. Judith se répétait que lorsqu'elle aurait rassemblé tout son courage, elle s'avancerait sur le lac durci à petits pas, et qu'elle irait jusqu'à la « cicatrice » du point d'impact. Là, elle s'agenouillerait pour regarder au fond des eaux, dans l'espoir d'apercevoir le convoi englouti. C'était un projet absurde mais elle y songeait souvent.

Aidée par Nine, elle avait remis en état la petite cheminée de la cabane du Maheut et allumait chaque nuit des flambées de bois résineux qui la faisaient tousser, mais dont elle aimait l'odeur « pharmaceutique ».

Un soir, elle entendit gratter à la porte. Elle ouvrit, c'était le chat gris, le poil tout boueux. Sans même se frotter à ses jambes il alla s'installer au coin de l'âtre et se mit à ronronner, les yeux mi-clos. Judith décida de ne pas s'étonner et de ne lui poser aucune question. Dans une écuelle, elle émietta les restes d'un lapin qu'elle avait pris au collet le matin même. Le chat daigna accepter cette nourriture qu'il engloutit après l'avoir longuement flairée.

Ce fut deux semaines plus tard qu'elle comprit enfin qu'elle était enceinte. Immédiatement après, elle réalisa qu'elle ne savait pas de qui. Teddy ou Arno ? Elle eut un vertige et s'assit sur une pierre pour reprendre son souffle. La montagne la dominait de sa haute masse bleue. Un oiseau tournait à la verticale de la cabane, ce n'était pas la première fois qu'elle le remarquait. Il s'agissait d'un rapace nichant sans doute dans le surplomb rocheux dont l'ombre venait, en milieu de journée, couvrir la maison troglodyte.

Nine qui sortait du bois, poussant devant elle son maigre troupeau crotté, leva son bâton en direction de l'oiseau.

« Tiens ! s'exclama-t-elle. Il est toujours là ? C'est un aigle... Il n'y en a pas d'autre dans toute la montagne. C'est à cause de lui qu'on a surnommé la cahute du Maheut " la maison de l'aigle "... »

Judith renversa la tête, une main en visière au-dessus des yeux, mais l'oiseau fila le long de la paroi de granit et se perdit dans la brume du sommet.

DU MÊME AUTEUR

Aux Éditions Denoël

3, PLACE DE BYZANCE

LA MAISON DE L'AIGLE

LA MOISSON D'HIVER (Folio n° 2861)

HURLEMORT (Folio n° 2961)

LES OMBRES DU JARDIN

Composition Traitext.
Impression Bussière Camedan Imprimeries
à Saint-Amand (Cher),
le 20 février 1998.
Dépôt légal : février 1998.
Numéro d'imprimeur : 981140/1.
ISBN 2-07-040380-7./Imprimé en France.

84033